孟宪明文集

节日之光

大宋侠童

1

中原出版传媒集团
中原传媒股份公司

大象出版社
·郑州·

图书在版编目(CIP)数据

大宋侠童. 1 / 孟宪明著. — 郑州 : 大象出版社,
2023. 4
(孟宪明文集. 节日之光)
ISBN 978-7-5711-1750-4

Ⅰ. ①大… Ⅱ. ①孟… Ⅲ. ①长篇小说-中国-当代
Ⅳ. ①I247. 5

中国国家版本馆 CIP 数据核字(2023)第 030976 号

孟宪明文集 节日之光
大宋侠童. 1
DASONG XIATONG YI

出 版 人 汪林中
策 划 汪林中 张桂枝
项目统筹 孟建华 丁子涵
责任编辑 高 莉
责任校对 张英方
装帧设计 王莉娟
插 画 甘梓钰
责任印制 郭 锋

出版发行 大象出版社(郑州市郑东新区祥盛街 27 号 邮政编码 450016)
发行科 0371-63863551 总编室 0371-65597936
网 址 www. daxiang. cn
印 刷 河南新华印刷集团有限公司
经 销 各地新华书店经销
开 本 890 mm×1240 mm 1/32
印 张 9
字 数 167 千字
版 次 2023 年 4 月第 1 版 2023 年 4 月第 1 次印刷
定 价 32. 00 元

印厂地址 郑州市经五路 12 号
邮政编码 450002 电话 0371-65957865

目　录

—*—

第一章　扬名

—*—

东岳泰山种了个籽　西岳华山发了个芽
南岳衡山扯了个蔓　北岳恒山开了朵花
中岳嵩山结了个果　蹦出个猴子比山大
——民谣

1

人要是该发财，鬼神都挡不住。你把门关住，钱从窗户里拱进来。

人要是该出名，鬼神也莫奈何，你就是赖着不露头，那名声也狼烟滚滚遍地来。

嗳，王猴就遇见了这事！

2

王猴还没有出生，就已经名满京城。

高阁老的女儿十六岁嫁到翰林王朝宾家，东岳拜过碧霞元君，西岳求过华山老母，南岳祷过赤帝祝融，北岳跪过玄帝娘子，到了三十五岁，仍然没有得子。王翰林夫妇不死心，听一个道姑说，中岳庙里的天灵娘娘十分灵验，六十多岁的一个老太婆竟然求得了儿子，于是在阳春三月，风尘仆仆地赶到了中岳嵩山。说来奇怪，那天夜里，王高氏做了一个梦，闪展腾挪一只灵猴，从高耸入云的嵩岳峰顶一下子跃入她的怀中。“我的儿——”王高氏一身冷汗，惊醒过来。当新年连天不绝的鞭炮声响彻云霄的时候，王翰林的儿子喊叫着来到了这个世界。他，就是我们本书的主人公：

王猴。

二十年遍求五大名山，王翰林得子不易。所以，京城里开玩笑，常拿这件事做喻：

鼓励人。就说，世上无难事，你看王翰林！

叹世艰。就说，王翰林求子，难着呢！

发感慨。就说，朝完五岳路，自然有子生。

翰林是宋朝的官名，相当于今天的文化部部长。王翰林是名人，王家的事自然就成了京城的一个象征。

更为轰动的还在后边：做满月那天，贺喜的宾客一下子给王猴起了几千个名字，除去重复的，尚有一千八百八十八个：

岳生，石生，道生，天生……这是就神奇而言；

宏愿，宏大，宏伟，鸿鹄……这是就志向而言；

金龙，猛虎，飞豹，天马……这是就英武而言；

大拴，拴住，拴牢，拴紧……这是祈盼成人；

毛驴，黑牛，兔子，狗剩……这是祈愿结实；

臭蛋，臭屎，狗屁，猫尿……这是用贱物迷惑鬼神。

循此思路，一千多名号次第排出：

铁炮，铁锁，铁锤，铁叉，铁锛，鋤头，镢头，锄头，斧头，金钟，金磬，金印，金楷，金堆，金枪，金剑，金疙瘩，铜钟，铜范，铜镇，铜锤，铜矛，铜锁，铜鉴，铜门搭，木锨，木棒，木棍，木枪，木本，火棍，火镰，火石，火炮，火堆，石岭，峻峰，峭崖，峭石，石磨，石磙，石碾，石钟，石杵，石人，石敢当……

五福，有福，来福，得福，满福，留福，天福，天嘉，天庆，天毓，天禄，天祥，天寿，天勇，天安，天赐，天予，永安，长安，平安，安静，安康，安宁，安祥，发祥，得祥，福祥，永祥，龙祥，翔龙，飞龙，神龙，勇龙，文龙，青龙，火龙，龙猛，龙强，龙大，龙壮，龙仔，太平，乐平，永平，和平，平顺……顺安，顺遂，顺发，顺溜，安之，福之，禄之，祥之，顺之，泽之，润之，乐之，平之，嘉之，仁之，礼之，怀玉，怀德，怀生，平乐，福生，富生，有才，有德，有能，有义，有禄，喜子……

得意，满意，如意，趁意，称意，中意……

和尚，沙弥，光头，秃子，道童，道士，道行，道德，道长……

孬蛋，孬货，臭小儿，臭妮儿，臭乖，臭臭，粪堆儿，尿片儿，混蛋，混账，混球儿，憨子，憨瓜，傻子，傻瓜，傻小儿，迷瞪，迷糊，马糊，混盆儿，猫妞，狗妞，笆斗，长篮，不是人……

土匪，强盗，响马，叫花子，丐头儿……

（这些名字可以不读，翻过去就行了）

以上这些中规中矩的名字都是亲朋们起的。王翰林的这群文友们可不这样起，他们创意奇谲，有的用一句格言做名字：

天行健；

慨而慷；

元亨利贞……

有的取的是千古名诗：

行行重行行，一揽众山小；
春江花月夜，泰华衡恒嵩；
俱怀逸兴壮思飞，欲上青天揽明月；
黄河之水天上来，春城无处不飞花……

王翰林的同榜进士杨慎之诗兴大发，一首长诗二十行，蜿蜿蜒蜒二百八十个字，竟说是给孩子取的名：

天上星宿二十八，散落神州千万家。
三山五岳共一珠，翰林园里当春发。
春雷随着春雨走，春心催着春风刮……

有个醉酒的举子非要把杨慎之取的这个二百八十个字的长名喊出来，一口气没上来，把辣的咸的吐了个精光。

一千八百八十八个名字，贵的贱的，俗的雅的，传统的原创的，乐翻了大半个京城。

娇孩子名多，这是宋朝京城里的风俗。俗话说送子娘娘疼孩子，常常要到得子的人家里悄悄地瞧看，她一叫，孩子就跟她走了。孩子名多，送子娘娘记不住，就是她记住了，小孩儿也犯糊涂，不知道到底叫的是谁。

王翰林当然知道亲朋们的美意，他把这一千八百八十八个名字工工整整地抄在纸上，贴于高高的墙壁，六十张大红宣纸，整贴了三节院落。

“王翰林的儿子——名目繁多！”京城又多了歇后语。

3

猴子，这是娘起的名。每每抱起他来，娘总是万分爱怜地亲他，唱他：“猴子啊，娘的小心肝啊！猴子啊，娘的宝贝蛋啊！猴子啊……”娘叫他猴子，他就是猴子。王翰林家的猴子，自然就是王猴了。

王猴闹夜。白天里睡觉，一到后半夜便精神起来，扯着嗓子号叫。爹抱着拍，娘抱着唱，就是那些下人们谁也别想合一合眼睛。原想着，孩子小，过了满月就好了。谁知道，一闹四十天不止，夜夜哭得满头大汗。王翰林本来也不信，现在没了办法，只好买来黄裱纸，写了几十条咒语贴到城里的十字街口：

天皇皇，地皇皇，
我家有个夜哭郎。
过路君子念三遍，
一觉睡到大天亮。

全城都知道了王猴闹夜。走到十字路口不自觉就站下来，咕咕哝哝念几遍。“天皇皇地皇皇”，一时竟成了京城里的流行语。

然而，没用！王猴照样闹。

一天上午，王家来了个化缘的和尚，当时王翰林正抱着儿子倒时差，总盼他白天玩耍夜里睡，小家伙紧闭双目，任你如何逗，就是不愿意把眼睛睁开。和尚看见，竖起掌念了声阿弥陀佛，老远地对着猴子调了调气，说：“孩子啊，别淘气了，让爹娘和下人们都歇一歇，睡个安生觉吧！”

说来神奇，从这天起，猴子睁开眼睛，开始了正常的起居。

王猴好动，睁开眼一会儿不闲。伸伸蜷蜷地踢腿，咿咿呀呀地唱歌，时不时哈哈哈一阵大笑。王家的气氛好极了！三岁那天，全家人一番庆贺忙到深夜，天没亮孩子病了。呼吸急促，小脸儿通红，浑身烧得像火盆。王翰林急忙请来御医，又是扎针，又是灌药，一连三天高烧不退，滴水不进，一声不响。王猴体弱，闹点儿病也算正常，但像今天这般模样可是从来没有。王太太内火攻心，一头栽倒在床上说起胡话。王翰林也是满嘴起泡，烂鼻子肿眼睛，话都哈不出来。第四天早晨，化缘的和尚又来了，下人们一报，王翰林立马就出来了，佛法无边，他想请法师再施妙手，救人水火。这和尚也不推迟，对着孩子念了声佛，运气，发力，又在孩子的后背上轻推了几把。孩子“哇”地哭出声来。“猴子！”王翰林猛抱起孩子，两股泪水汹涌而出。这和尚不慌不忙，又从背囊里取出一包红药面面儿，轻轻地化在水里，说：“让孩子喝下去！”

“孩子三天水米没打牙，能——”王翰林怕孩子喝不下。

和尚点了点头，拿起调羹，亲自去喂。

王猴喝完药，慢慢地睁开眼睛，咧开小嘴儿对爹笑了笑。

阳光驱散迷雾。

“猴子啊——”王翰林一声喊，忍不住哽咽起来。

王猴好了。和尚成了王家的贵客。

和尚说他叫净空，是少林寺的弟子，游遍了天下名山，想在京师小住。王翰林立即请留，让下人腾出了一处院子。和尚在王家住了两年，王猴跟法师学了两年，闪展腾挪练武，风雨无阻；呼吸吐纳练气，晨昏不辍。小小年纪，竟还学会了参禅打坐。有一次作功前他去了桂花林，落了满头浅红的花瓣，一群蜜蜂追过来，竟把他参禅的脑袋当成了花丛。一动不动的小徒弟让师傅惊叹了很久！

王猴五岁那年，净空法师升座为少林寺方丈。临行之前，他提醒王翰林，说公子八岁前有血光之灾，万望小心。王翰林吓坏了，跪求法师破解。和尚想了一阵儿，说出了两个字：礼佛。这以后，王猴就出家去了少林寺，法名率性。五岁个孩子，王翰林岂能放心，于是他们就在少林寺旁边的少阳溪边盖下了一处院落。王猴白天进寺习武念佛，晚上回家吃饭睡觉。爹和法师说好，八岁时把孩子赎回凡间。

嵩岳是中国的名山。大禹的都城坐落在嵩山之南，远古时候的滔天洪水在此臣服東流归海。山北即是奔腾不羁的黄河，河伯作怪、洛神起舞、伏羲画卦降伏龙马都是在这一片波涛之中。西边是周朝的都城洛阳，王气喷薄三千年不衰。面东的则是黄帝的故都，中华文明的血脉之源从这里激射而出，珠玑般瑰丽美妙的故事俯拾皆是。五百里嵩岳之内，西有佛家名刹少林寺，达摩祖师面壁成佛、慧可二祖立雪断臂都是在此。东有道家洞天中岳庙，天中王大帝呼风唤雨，天灵妃娘娘有求必应，皆是神奇灵验之地。中间则坐落着宋朝的高等学府嵩阳书院，当代大儒程颢、程颐兄弟在此传道授徒，五百名饱学之士虔诚研修，铿锵的诵经声晨昏不绝。儒、释、道三教并举，相争相融，相汇相生，成就了华夏文化的一大奇观。

嵩山是王猴的福地。中岳庙是他的凝魂之处。少林寺是他的学佛之所。爹不想让孩子终身事佛，在一个日丽风清的早晨，他又把儿子送到了嵩阳书院，成了儒家的入门弟子。诵经，礼佛，修道，五岁的王猴同时修炼着三门功课，儒释道三教的甘霖逐一畅饮。他有三个师傅，五百多个学兄，八百多个道兄，一千多个佛兄。他是小学士。他是小道童。他是小和尚。他是一千多个兄长的小弟弟，又是唯一的儒释道三教兼修的小精灵。

风雨晨昏，王猴在嵩山里度过了三个年头，把一个大脑袋的幼儿变成了长腿细腰的小小少年。血光之灾一过，迫不及待的王翰林立即把儿子接回了京城。

4

王猴回乡，竟成了京城里的一大新闻，不少人来到王府，想看看这个有着一千八百八十八个名字的传奇又传奇的猴子究竟长成了什么模样。

回来的第二个月，正赶上京城里的第一场解试。学子三千多名，王猴考了个第一。

宋朝以文取仕。先是头年秋天的解试。再是次年春天的省试。三是皇帝亲自主考的殿试。解试考取的是举人，第一名叫解元。省试考取的是进士，第一名叫省元。殿试考取的是等次，第一名叫状元。这时候的王猴，应该称他王解元了。

过年后，王猴参加省试，不小心又考了第一。九岁的孩子正贪玩，开封府尹包大人接见他们的时候，王猴的蛐子“铁头将军”躲进了草丛，猴子着急，怎么哄都不愿见包大人。包老爷宽宏大量，亲自到王府来看小子，把王翰林羞得满面通红。不害臊的猴子竟举着他的“铁头”告诉府尹，如果蛐子能有人的体重，一百只蛐子就能保天下太平。包府尹称赞有加，提笔赠他四个大字：

童心如佛

又过了一年，也就是王猴十岁的那年春天，他以京都省元的资格参加了由大宋皇帝亲自主持、文武百官全部出席的隆重的殿试。

第二章 考官

—*—

山上有石头　河里有泥鳅
麦子磨成面　芝麻磨成油
哗啦啦流　　哗啦啦流……
——民谣

1

阳春三月，京城里一片灿烂。宋人爱花，不仅一街两旁栽种的全是花木，就是家家院内，户户门边，摆放着的也都是鲜花，姹紫嫣红，千娇百媚，像同时睁开了无数双少女的眼睛。贯城而过的汴河两岸，绿柳长垂，鲜花如锦。如梭的暖风放浪着春天的梦幻，一重云霞一重绿。河中的行船上也大都摆放着鲜花，或牡丹，或碧桃，毫无顾忌地招摇着心中的浪漫与快乐。

通往皇宫的御街两侧栽种的全是桃树，这一边四行，那一边也是四行。如火的桃花绽放着春天的热情，像挂满了《诗经》以降的历朝历代的不朽诗篇，使走过这里的每一个人，治国能臣，或者饱学之士，无不点燃起胸中的诗情。

三月初六清晨，王猴也来到了御街的桃花丛中，他是来参加殿试的。爹是翰林，自然也要出席这次隆重的选拔。爹没有走在大臣们的行列里，他不放心，特地带着儿子一起走。

“爹，桃树开花是从上边的枝条开始还是从下边的枝条开始？”

爹一脸庄严，更紧地牵牢儿子的手。

王猴看爹一眼，想着一定是爹嫌他的问题不够学问，又问了一句：

“爹，《诗经》上说，桃花灼灼，杨柳依依。能不能说，桃花嘻嘻笑，杨柳圈圈跑……”

“猴子，你看人家都没有说话！”爹小声提醒他。

王猴还真没有注意周围，他抬起头望望四周。爹告诉过他，这次殿试的举子共有一百二十一人，来自全国上百个州。举子们老少都有，老的白了胡子，一脸凝重。少的正当青春，胸脯挺成了笔架。王猴一笑，忽然又有了问题，他想问爹为什么不让说话，他看爹严肃得像一块木板儿，话到嘴边又拐回去了。他掏出一粒炒豆，猛地弹向空中，然后一个鲤鱼跳跃张嘴接住。

爹吓了一跳，双手抓住儿子，小声凶他：“把炒豆给我！”

“这是我娘炒的！”王猴不给，他知道爹怕别人听见，故意声音很高。吃炒豆是王猴的习惯。他从小喜欢，咯嘣，咯嘣，既好吃，又好听。因为爱吃炒豆，只要是焦的香的，他都爱吃。顺便也喜欢上了油炸的酥麻花和锅焙的焦干饼，包括那首短短的儿歌：“小老鼠，爬覆棚，吃麻花，就干饼，咯嘣，咯嘣！”

爹了解他，越不让干啥越干啥，越让干啥越不干啥，干脆扭了脸不再理他。王猴又吃了几颗，就来到了金水河上汉白玉砌成的御桥边。宽冰似的石板晶亮亮地躺倒在桥上，惬意地躬起一个浅浅的弧面，两边的桥栏饰着青色的龙首喜盈盈地看着走来的举子。王猴突然挣脱父亲的手，在宽冰似的桥面上连翻了两个跟头。“猴子——”爹惊叫了一声。他真怕在这个时候出点儿啥闪失。

王猴收住功，嘻嘻地看着爹笑。

王翰林走上前，对着王猴的头要打。王猴忽然一个后翻，躲过了父亲的巴掌。

旁边的人们禁不住笑起来。

“嚯嚯嚯儿……嚯嚯嚯儿……”清越的叫声扯着细密的颤音，像几片薄薄的金箔被浅浅地敲响在明丽的阳光中。

王翰林一惊，喊一声“扔了！”上前去抓儿子。

王猴扭脸儿跑进举子们的行列，做着鬼脸儿对爹喊：“放心爹，一定给您考好！”

王翰林擦了擦头上的汗，下意识地追了两步，他看儿子得意的逃兵似的，“嗐”了一声，摇着头走回到大臣的队伍。

2

以后多少人问他殿试的情景，尤其是状元、榜眼的钦点过程，王猴都说不清楚。因为当时他正开小差儿。他能说清的，就是皇宫很大，柱子很粗，蛐子在这样的地方鸣叫，一丝儿一丝儿的出气声都听得清楚。

一百二十一个举子整齐地站了三排，王猴在中间一排的中间位置，人小个子低，谁也看不见他。王猴瞅了瞅四周，一个个宽大的青衫遮挡着他的脑袋，缝隙中他看见了高坐在龙墩上的大宋皇帝，虽然椅子很高，但看上去人并不高。王猴头一次来此圣殿，但他似乎并不生疏，因为他多次听爹说过金銮殿如何巍峨华美，皇上何等英明圣断，王猴往前挤了挤，想看得再多些，就在这时，袖筒里的蛐子忽然叫起来，“嚯嚯嚯儿……嚯嚯嚯儿……”王猴有点儿急，连忙振动衣袖。蛐子知趣，立即噤声。王猴笑了，对着袖子呵了口气儿，算是对蛐子进行了奖励。

皇上手拿朱笔，专注地审阅着案上的考卷。秉笔太监恭立在一边，似乎比皇上还看得仔细。终于，皇上抬起了尊贵的头颅，把一张批着朱红的试卷轻推给太监。

王猴一扭脸，正看见在一侧站立的爹。爹显然也看见了他，因为爹向他使劲儿瞪了一眼。王猴知道，那是让他老实。他怕蛐子再叫唤，后退了身子，从兜里掏出一块儿豆饼塞进袖子。

大太监下意识地在衣袖上擦擦双手，捧起早已拟好的圣旨尖声宣谕：

“殿试头名，状元——杨真！”

“哇——”圣殿里一片细密的喧哗，像夏风掠过茂盛的杨林。

“微臣在！”随着一声高应，王猴的眼前忽然一空，遮挡他的那面青衫向前一倾，倒在地上：

“微臣谢万岁！吾皇万岁万岁万万岁！”

“赐，大红锦袍，一袭！”太监再喊。

“吾皇万岁万岁万万岁！”杨真像患了感冒。王猴明白，哭了。

大太监走上前来给杨真穿衣戴冠。金殿内静若无人，似乎天下的眼睛全看着这里，窸窸窣窣的穿衣声振聋发聩。

焕然一新的状元再次跪倒。两太监上前搀起，站立于众人之前。

王猴忽然想吃炒豆，他掏出一粒，对着微张的嘴一弹。本想着叫进哪儿进哪儿呢，这次却不听话了，炒豆在上下牙上撞了两下，猛地跳到了一边地上。王猴弯腰想捡，忽然想起爹在旁边，只好又掏出一颗，轻轻弹进嘴里。发狠似的嚼出“嘎嘣”一声脆响。

“……殿试二名，榜眼——刘修！”大太监又唱。

“微臣在！”须发斑白的老人从王猴身边用力挤过，猛地跪倒在前边地上。

“微臣谢万岁！吾皇万岁万岁万万岁！”老人感极而泣，肩膀头不住地抽动着。

炒豆真香。一粒一粒地掏，一颗一颗地弹，一个嘎嘣一个嘎嘣地响。王猴好惬意！

“赐，大红锦袍，一袭！”

“吾皇万岁万岁万万岁！”榜眼激动至极，加之年纪高迈，喊得声嘶力竭，听上去颇显滑稽。

王猴哧哧地笑起来。

刘修穿了御赐锦袍，却怎么也站不稳，晃晃地直想倒。两太监不得不上前搀扶他。

王猴忍住笑，晃晃地跟着学。

“嚯嚯嚯儿……嚯嚯嚯儿……”蛐子忽然大叫。

王猴下意识地朝爹站的地方看一眼，连忙振袖安抚。本想着一振就不叫了，谁知道蛐子这次不听话，一个劲儿地大声吵闹。周围的举子都往他这儿看。王猴轻拍着袖口，故作正经地看着前方。

“……殿试三名，探花——王茂昌！”大太监再喊。

蛐子不住声，王猴有些急，他不怕蛐子叫唤，他是怕爹罚他。爹门后有四块砖头，专门伺候他的。小错跪一块，中错跪两块，大错跪三块，特大错跪四块。他跪过一块的，那是他发脾气故意弄打一个茶盅。也跪过两块的，那是他偷懒少背了四章《论语》。他不知道今天回去该跪几块，大太监唱响名字的时候，他正给自己量刑呢。

“探花，王茂昌？”大太监又喊一声。

王茂昌是王猴的大名。这次他听见了，高应一声“微臣在！”急跑出来，对着皇上作个高揖，叭地跪在了地上。

圆圆的蛐子笼从袖筒里跳出，对着皇上的脚下滚去。

这信号太大，把满朝文武的眼睛都扯直了。“嘘——”百官们禁不住一阵轻嗤。

王猴也吓了一跳，但他立即就镇定下来，扯嗓子高声答谢：

“微臣谢万岁！吾皇万岁万岁万万岁！”十岁的童音像扯着一条明丽的彩绸在雕梁画栋间缠绕，不觉地擦亮了百官的眼睛。

“嚯嚯嚯儿……”不知趣的蛐子忽然动股振翅，大喊大叫着宣泄自己的快乐。高粱皮儿编成的蛐子笼又轻又亮，蛐子在里边一动，笼子就在外滚动一圈儿。金銮殿静若无物，蛐子的叫声像无数点细小的针尖儿一闪一闪地直刺过来。王猴往前爬爬，他想把蛐子笼收起来，机灵的小家伙儿显然把王猴伸来的手当成了危险，猛地往外一闪，误判导致误判，王猴不但没捉住，反而又把蛐子笼碰远了。得意的蛐子“嚯嚯儿”又叫。

这么庄严的场合，这么轻狂的蛐子，众人大惊失色。最紧张的要数王翰林了，两眼发直，冷汗直冒，胡子一飞一飞地直想逃走。

“王茂昌！”皇上唤。

“微臣在。”王猴抬起头来。

“几岁了？”皇上又问。

“十岁。”

“十岁？”皇上沉吟。

“对。子鼠丑牛，属牛的。”王茂昌声音朗朗。

大太监面现惊讶，禁不住看着皇上，咕哝一句：

“和太子同岁。”

“嗯。”皇上哼一鼻子。

“万岁，咱大宋江山兴旺，才源茂盛啊！”大太监低声奉承。

“嗯。”皇上又一鼻子，忽然寒下脸来，“王茂昌。既然你喜欢蛐子，朕命你以蛐子为题作一首诗。作得好了，你还是探花；作不好了，就回家玩你的蛐子去，如何？”

王朝宾使劲儿眨了眨眼睛，悄悄擦了擦额上的汗。

“谢万岁！”王猴又磕下一个头，然后一扬脸，朗声高吟：

铁盔金甲一英雄，
秦关汉月任驰骋。
诸葛智慧张良勇，
跃上龙廷歌太平。

百官听了，禁不住个个颔首。

“哈哈哈哈，”皇上笑了，“王茂昌，还以蚰子为题再为朕作一首如何？”

“微臣领旨！”王猴立起身，朗声又是一首：

一声寥唳出深宫，
转动环宇仍嫌轻。
莫说微臣身量小，
四海春色在胸中。

“好啊！”看着皇上高兴，大太监禁不住鼓了一下掌。

“嗯！”皇上赞许地点了一下头，“王茂昌，仍以蚰子为题，能否为朕再作一首！”

王猴眼珠一转，立即又是一首：

一朝风月万古空，
千般造化在其中。
大象非大蚁非小，
蚰子是我亲表兄。

“哈哈哈哈！”皇上被王猴逗笑了，“王茂昌，你为朕作了三首诗，第一首称蚰子为将军，‘秦关汉月任驰骋’，‘诸葛智慧张良勇’，勇武，智慧；第二首称蚰子为能臣，‘转动环宇仍嫌轻’，

‘四海春色在胸中’，伟岸，旷达；第三首你称蛐子为‘亲表兄’，朕该怎么解呀？”

“回万岁！”王茂昌挺直身子，“子云，四海之内皆兄弟。佛言，万相皆佛。道曰，一生二，二生三，三生万物。前贤所教，皆云万物皆我，我皆万物。蛐子是我亲表兄，只可善待；蝼蚁是我亲表弟，不敢施虐。”

“嗯，好，好！记下来，善待万物，不遗蝼蚁！为君，为臣，都不可忘记啊！”皇上感慨着，忽然问，“王茂昌，你是哪里人氏？听口音不是太远啊？”

大太监附耳低语。

“啊，啊啊？原来你就是那个有着一千八百八十八个名字的猴子啊？”

“嗯。”王猴一笑，露出一排细白的牙齿。

“听说你去过少林寺？都学了什么本事，给朕表演一番！”

“谢万岁！”王猴站起来，瞅了瞅左边的雕龙立柱，一个旱地拔葱，轻跃于立柱之巅，做了一个盘腿打坐的姿势，尖嗓子喊了一声，“皇上，我在这儿呢！”

“啊！”众人惊叹的头颅刚扭到柱巅，他已经飘到了右柱半腰，手举着蛐子笼再次高喊：“皇上，瞧！”

王猴这是轻功，从左柱飘往右柱的时候，他一个漂亮的俯冲掠走蛐子笼，众人竟没有看清。

“哈哈哈哈……快赐大红锦袍，”皇上大喜，“再赐玉带一条！”

大太监尖着嗓子高唱：

“赐，探花王茂昌，大红锦袍一袭——，碧玉宝带一条——”

“微臣王茂昌谢万岁——”清脆的童音让雕梁画栋间再一次飞绕起明丽的“彩绸”。

锦袍太好穿了，大太监似乎是只往王猴头上比画一下，大红锦袍自己就跑下去裹住了主人。人小衣宽，看上去十分滑稽。更好玩儿的是谢恩，一个头磕下，袍子竟成了头巾。好容易找着了领口钻出来，下边又踩了袍襟。要不是两个太监伺候到位，王猴非摔个大跟头不可。

“哈哈哈哈，哈哈哈哈！”廷上百官和众学子禁不住笑出声来。最高兴的要数翰林王朝宾了，他一边哈哈笑着，一边手指着儿子昵骂：“哎呀，王八羔子！哎呀呀，你个王八羔子吓死爹了……”

皇上笑呛了，一边咳嗽一边指点着王猴的锦袍。

大太监理解皇上的心意，高声吩咐司礼太监：

“快给探花郎裁做新衣！”

3

夸官从御街开始。这是从宋太祖赵匡胤登基以来几十年不变的老规矩。状元，榜眼，探花，三匹枣红马驮着三袭大红袍，由三个彩衣太监执马前导，从龙廷华表下逶迤南行。平时的御街都是走官的，老百姓谁也不敢上前，但三年一次的状元夸官那是特例，要饭花子都可以上来走。夸官的举动始于大唐王朝。据说唐王李世民从父兄手中抢得天下，怕世上贤才谋反夺位，苦思冥想得了个妙招，以文取仕，让有才能的人都来考试，成绩好的做官，成绩最好的做最大的官。状元是第一名，当然最为显赫。每有状元及第，都要骑马夸官。这既是一种榜样宣示，让天下贤才都来投考，也是政权合法性的一种宣示，说明他是上天的儿子，老天爱他，派最有才气的文曲星来到了凡间。他奉天承运，必江山永固。唐朝才子孟东野曾专为夸官写过一首名诗："春风得意马蹄疾，一日看尽长安花。"

震天的礼炮响过，喧闹的鼓乐声訇然而起。走在最前边的是军鼓，黑色的夔龙皮鼓面，紫红的枣木鼓槌，鼓点铿锵，声震昊天。后面是皇家乐班，红男绿女百多丽人，似乎是和桃花比美。唢呐短，号角长，笙箫丝竹一齐奏响。京城汴梁沸腾起来，男人们驾着车，女人们坐着轿，齐往御街赶。两边的卫队一改过去使枪舞刀的样子，一律身着大红喜衣，只拿了短棒维持秩序。

天朗气清，风息云凝，夸官的好惬意！状元杨真四十来岁，尽管努力做出矜持的样子，还是兴奋得满头是汗，不时拱手向欢呼的人群致意。榜眼刘修已经七十，朱红的长冠掩不住两鬓的白发，高兴了几天，泪水早已流干，但还是不时地拭着双目。尽情高兴的只有个猴子，一会儿骑，一会儿立，一会儿做个鬼脸儿回应两嗓子。

这小子太抢眼了，虽然说是状元夸官，但状元、榜眼都是成人，探花郎却是个年仅十岁的孩子，这可是大宋朝肇基以来从没有过的事。让过前两匹马，人们齐叫着涌向后边。

王猴真感到新鲜，以前他从没有俯看众人的经历，现在坐马上往下一瞅，哎哟！满街上都是高举着的人脸，每张脸上都有两只晶亮亮的眼睛，兴奋得像含着两包清水。一想到这些人脸都是他举起来的，王猴都禁不住想喊。有孩子骑在大人脖子上，手指着王猴喊“探花，探花！”像是发现了奇怪的动物。王猴忽然看见了自己的小伙伴，狗蛋，银锁，疤癞头，他们在人缝里欹着，钻着，每钻过一道人墙，马上又有一道挡在了前边。好在，人与人相挤的时候总是有空子的。三个家伙终于挤到马前。“王猴，王茂昌！王猴，王茂昌！”几个家伙举起手里的蛐子笼。

王猴马上回应，从袖子里抖出蛐子笼，站在马鞍上手舞足蹈：

“狗蛋——银锁——疤癞头——”

伙伴们更高兴，冲过来要给王猴牵马。

“王猴，让我骑骑呗！”狗蛋扯嗓子。

“上来！上来吧，这上面能骑五个！”王猴应着，又命令牵马的彩衣太监，“停一下停一下，让他们都上来！你停一下呗！”

“去！去！”卫兵急跑过来，想把孩子们驱散。

孩子们忽然拍手作歌，高唱起来：

王茂昌，探花郎，
蛐子喂到金殿上。
皇上哈哈笑，
太监着了忙。
王猴的袖子短，
蛐子的大腿长……

“去去！”卫兵驱赶孩子们。孩子们不走，在人群里钻来钻去。

疤癞头走慢了，屁股上挨了一脚。

王猴不高兴了，忽然从衣襟下掏出两枚小炮儿，在马鞍上轻轻一擦燃着火捻儿，猛地向卫兵投去。叭！叭！一枚小炮儿在卫兵的脖子里炸响。卫兵猛地往上一跳，惊叫着满地转圈。王猴吓了一跳，以为卫兵要死了，过了一会儿，那卫兵又恢复正常，奔跑着维持秩序去了。

4

因为这两枚小炮儿，王猴险些跪砖。皇家的卫队，上至皇上下至百官都要靠他们保护呢，你竟敢往他们头上扔炮，反了你了！老翰林刚把三块砖摆好，家人王狗跑来禀报，说是礼部冯尚书前来贺喜。王朝宾瞪一眼儿子："算你运气！先给你记住账。"拉起儿子就往外走。

儿子不走。儿子说："我又不认识他什么冯尚书，凭啥让我去陪？我不去！"

"你去不去？"王翰林急了，弯腰脱下鞋子。这是王翰林教训儿子的又一个方法。不听话就打鞋底儿。

王猴一看爹认真了，拔腿就要逃跑。说实话，王猴要真跑，王朝宾还真抓不住。冯尚书就在客房，儿子不去该多丢脸。翰林毕竟是翰林，王朝宾说："猴儿，你去陪我见冯尚书，这砖不让你跪了！"王翰林虽然用了命令的口气，但儿子去不去他心里也没底儿，说过又加了一句，"你就不能给爹点儿面子吗，猴儿！"

王猴噘起小嘴儿，咕哝了一句：“那好吧！”跟着爹走了几步，禁不住又提条件，“我都给你面子了，你也得给我点儿自由！”

王猴要的自由，就是训蛐子。殿试前一天，一只名叫大帅的蛐子被家里的公鸡叼吃了，大帅是王猴的爱将，一气儿斗败过疤癞头的三只蛐子，王猴心疼得哭了一场。夜里睡不着，王猴突发奇想：训练蛐子斗公鸡。把公鸡斗得看见蛐子就跑，看它以后还敢不敢再叼吃蛐子！他找了把锯子锯了几根竹筒儿，把蛐子藏到竹筒里，斗得赢就斗，斗不赢时就钻竹筒儿。王猴想得美，可蛐子不买账。大白天里忽然面前现出个幽深的黑洞，蛐子不钻。王猴想了想，又在竹筒儿这头钻了个眼儿，往眼儿里插个青菜叶，这样一试，蛐子进去了。得让蛐子养成钻竹筒儿的习惯，他从此决定，喂蛐子就用竹筒儿。

王猴正在后院里训蛐子，他趴在地上学公鸡，头上戴了个公鸡头壳壳，蛐子笼子，竹筒子扔了一地。“你们都要勇敢些，不要怕那个大红公鸡，皇上都夸你们了知道吗？皇上说你们是‘英雄’，有‘诸葛智慧张良勇’，可以‘秦关汉月任驰骋’。当然这是我写的诗，可是皇上读了，皇上一读就是皇上的意思了对不对？既然是皇上的英雄，那你们就不要再害怕这只狗屁公鸡，打得赢就打，打不赢就钻进这个竹筒里，明白吗你们？”

蛐子一片声地叫着，算是对他的回答。

“下边，听我的，开始——”王猴刚喊一声，家人王狗跑着来了：“少爷少爷，老爷让你快换上皇上赐的锦袍。吏部胡尚书要来贺喜，轿都到门前了。”“皇上赐的”他说得特重。

“你没看我正训蛐子吗？不去不去。”王猴摆摆手，又挺着脑袋学公鸡。

“嗳嗳，走吧小爷！”王猴还想扭，王狗拉住他就往外走。王狗是猴子的贴身侍从，少林寺出家的三年中，都是王狗陪着他。

“蛐子，我的蛐子！”王猴叫着。两人连忙捉了蛐子，装进笼里。

“胡尚书，真讨厌……”王猴边走边嘟哝着。

王翰林等不及，自己过来了，一看儿子满身是土，头上戴着公鸡头，手里托了个蛐子笼，气立即就来了，不过家有贵客，王翰林不便发作，他黑虎着脸，对儿子轻喊一声：“拿来！”

“什么？”王猴抬起头。

“把蛐子笼拿来！”爹不动声色地又喊。

“您也喜欢蛐子了，爹？其实蛐子很好玩儿，又懂音乐又勇敢，又……”王猴仍沉浸在自己的情绪中，根本没听明白爹的话意。他把蛐子笼递到爹手里。

王朝宾接过笼子，猛往地上一摔。

高粱皮儿做的蛐子笼极有弹性，它先是往上猛地一跳，然后才在地上翻滚起来，蛐子显然被吓着了，吱的一声再无下音。

“爹！”王猴禁不住高喊一声，“你把我的蛐子摔死了！”

王朝宾不理，伸了脚就去踩。

“爹，爹！”王猴跑上去抱住爹，“你敢踩？你敢踩万岁爷的蛐子？万岁爷说它‘诸葛智慧张良勇’，‘秦关汉月任驰骋’，它可是万岁爷金口玉言封下的英雄蛐子啊！”

爹真的不敢动了，嘴里却嚷嚷着：“你、你你你……上朝面君，你竟然还拿着你的蛐子？要不是皇上仁慈，恕你无罪，你、你你你早就……你吓死爹了你！”说过，又往上抬起了脚。

王猴往后一退，故意说：“你踩吧。”他看爹没有动，又大了声音喊：“你踩呗！”

“哼……”爹哼哼几声，终是踩不下去。

笼子的口被摔开，蛐子从笼子里爬了出来，突然“嚯嚯”地叫起来。

一只母鸡听见了，飞快地跑过来，伸着脖子就叼。

“蛐子！”王朝宾一转脸看见，禁不住大喊着，猛地一脚向母鸡踢去。

母鸡不走，绕着圈还想叼。

王朝宾看着儿子大喊：“傻站什么，还不快撵！非得让你爹落个罪过才行？”

王猴偷偷地笑了，忙弯下腰，只一下，就把蛐子捂在了手里：“嘻嘻，爹，给！”

王朝宾弯腰捡起蛐子笼，小心翼翼地整理着坏了的笼子。

儿子忙递上蛐子。

王朝宾不要，连声说：“你装吧，我不会，小心点儿啊！”说着，把笼子递给儿子，小声咕哝着，“蛐子死了事儿小，爹是怕因为个虫子生出点儿什么是非，让人家背后嚼咱爷们的舌头！”

“什么？人家嚼咱的舌头？怎么可能呢爹？”王猴瞪大眼睛。

王朝宾知道儿子的心思，他不理他，大声说：“快去穿衣服，穿皇上赐的锦袍啊！”

5

五十多岁的吏部尚书胡庸一身官服走下轿来，对着前来迎接的王朝宾拱手一揖：“令郎神俊，小小年纪被皇上亲点探花郎，这是我朝开基以来的盛事，真是可喜可贺！”

王朝宾哪敢怠慢，连忙弯腰还了一揖：“胡尚书国之重宝，日理万机，今日亲临教诲，幸甚幸甚！”说着转脸吩咐，“猴子，快来拜接尚书大人！”

王猴一身大红锦服，闪身上前，向胡尚书深致一礼：“后生王茂昌，拜接胡大人！”

“哈哈哈哈，”胡庸往后一指，大声说，“王探花，我今日给你带过来个小哥哥。来来，快拜见你这个神童探花弟弟！”

后边一顶素轿，轿帘开处，一位十二三岁的娇弱少年走了下来。虽然已是春深时节，头上还戴着一顶绣花棉帽。

“犬子胡乾，属狗的，今年刚好十三。”胡尚书满面春风，“胡乾啊，可要好好向你这个探花弟弟讨教啊！哈哈哈哈。”

王茂昌上前拉住胡乾的手，小声问了一句：“胡乾，你有啥好玩具没有？”

胡乾一愣，下意识地看了看父亲。

“请！”王朝宾向胡尚书示意。

“请！”胡尚书应着，一行人进了王府。

王翰林怕儿子生事，到了客房门口，又把儿子支走了：“猴子，带你小哥哥去书房玩儿吧！”

“哎！”王猴高兴了。他会去书房？拉着胡乾的手去了后花园。

紫黑的花架上挂着高高低低一排蛐子笼，高的是三层楼，蛐子可沿着楼层爬上爬下，低的像圆灯笼，下边还带着缨穗儿，要不是里边传出来动听的鸣唱，你还真以为是灯笼呢。王猴脱下锦袍挂上花架。

“嗳嗳！”胡乾提醒他，“这袍敢随便挂？”

“哎，不要紧，我爹又没在这儿。嗳？你怕你爹不怕？”王猴从花架上摘下三层楼。

“怕死了！我爹可厉害了，我们全家谁也不敢违拗他。”胡乾文弱腼腆，有点儿像女孩儿。

“嗯！”王猴不满地哼了一声，搓动指甲引逗笼子里的蛐子。

笼里的蛐子听到召唤，飞快地颤动翅膀，嚯嚯嚯嚯叫起来。

蛐子好热闹，一只叫唤百只应和，齐颤动所有的翅膀，一片的嚯嚯声像突然飘洒起针尖般的细雨。

“嗳嗳，真好听！这、这就是蛐子吗？”胡乾惊喜地问。

“你没见过蛐子？”王猴很感奇怪。

“没有。”胡乾摇头。

“那你更没有喂过了？”

胡乾又点头：“我爹说玩物丧志。”

“你会爬树不会？”树上的鸟鸣声掉下来，似乎一粒一粒可数过来。

胡乾又摇头。

“更没有喂过斑鸠了？”

胡乾又点头。

“掏过麻雀没有？”他看胡乾一脸茫然，又补充一句，“就是在墙洞里。”

胡乾还摇头。

“肯定也没到河沟子里摸过鱼？”

胡乾还点头。

“那——”王猴忽然感觉没啥说了，问，“你都干过什么？”

“读书。我爹说，书中自有黄金屋，他就是靠着读书从穷乡僻壤走出来的！我爹让我来，就是要我向你讨教读书的经验，力争早日也当探花，不不，状元！”

“嗐！光读书能行？树不会爬，鱼不会摸，连麻雀都没掏过，怎么能考上进士？还状元呢？你要问我怎样当的探花郎，经验只有一条，那就是：也爬树，也摸鱼，也掏麻雀喂蛐子，怎么开心怎么来！佛咋教导我们的？率性而为。”王猴说着，故意把笼子门打开了。

大个的蛐子跳出来。它叫黑头，就是在金殿上被皇上夸奖的那只。

“快快，王探花，出来了！出来了，王探花！”胡乾大叫。

“捉住它，快捉住它！”王猴喊着，自己却不捉。

胡乾犹豫了一下，连忙伸手去捂。

蛐子机警地一跳，蹦上胡乾的手背，趴上边狠咬了一口。

“哎哟哎哟，疼死我了！”胡乾叫着，“它会不会有毒呀王猴？”一急，也忘了喊“探花”了。

王猴开心地笑了，故意做出恐惧的神色大声地吓唬胡乾："当然有毒了！你没听人家说，一只蚰子三条蛇吗？蚰子比毒蛇厉害多了！"

"哎哟，这可怎么办呀猴子！"胡乾哭着，就往外跑。

"别动，别动别动！"王猴更加得意，"胡乾你不知道，你越跑毒汁流得越快！你能赛得过毒汁的速度？"

"那怎么办？那怎么办啊，王探花？"胡乾清醒些了，"我我我，我害怕！"

"别说你害怕，连我都害怕！一会儿你就该抖了，害热害冷地发抖！"王猴说着，做一个哆哆嗦嗦的样子。

"哎呀，王、王猴王探花，我、我现在就冷了……"胡乾说着，牙齿嗒嗒地磕起来。

"真冷了？"

"真冷了！"

王猴笑了一下，说："胡乾别怕，我刚配的有药，现在我给你拿去！"王猴说着，蹲下身来捉蚰子。

"你你你、你快点儿去拿吧！"胡乾催他。

"不把蚰子逮住，它万一再咬你一口怎么办？"王猴把蚰子捉住放进笼，这才飞快地跑去拿药。

胡乾害冷地磕着牙齿，浑身也跟着抖起来。

王猴跑过来，手里拿了两个蒜瓣儿，他掰开一个，就往胡乾手背擦，嘴里说着："没事儿，没事儿，保管你一会儿就好。疼不疼？啊，疼不疼啊？"

“哎哟哎哟，疼起来了！疼起来了，怎么像火烧着一样啊！你这是啥药啊？”胡乾龇牙咧嘴地叫着。其实擦不擦大蒜都不碍事，这是王猴的诡计，他捉弄他呢！王猴小时候生病咳嗽，老也不好，一个御医让在他脚底板上抹蒜，咳嗽是减轻了，可王猴的脚板上烧起了一个大泡，到现在想起来还疼呢！

“这是大蒜玉浸膏，疼就对了！这一疼，毒就被消灭了。”

胡乾咻哈着嘴：“保证能好吗？要不对我爹说说！”

“不用不用，保证能好！我被蚰子咬过多少回，一抹就好，屡试不爽。嗳？不冷了吧？不抖了吧？你见过蚰子斗公鸡吗？”王猴大声问。

胡乾咻哈着嘴：“不咋冷了。啥？蚰子斗公鸡？没见过。”胡乾摇头。

“公鸡一看见蚰子，跑上去就叼，你猜蚰子怎么着？它叭地一跳，正跳在鸡冠上，‘咔嚓’就是一口，就像刚才咬你那样……”

“那，你给公鸡抹玉浸膏吗？”胡乾抖着手。

王猴摇摇头：“不疼了吧？”

胡乾想了想，点头。

“这药神得很！”王猴说着，禁不住想笑。

6

胡尚书知道了王猴的恶作剧非常生气。对自己的儿子竟然让小他三岁的王猴捉弄一场非常生气。吏部尚书是管官的，谁不巴结，谁不讨好，偏偏你个屁大点儿的十岁孩子这样张狂！不就是当过几年和尚吗？不就是会写两篇狗屁文章吗？不就是点了个第三名探花吗？状元、榜眼他也得敬我！哼！胡尚书在自己的院子里走了半夜，“不给你小子点颜色看看，你就不知道马王爷长了三只眼！”

百官上朝，胡尚书给皇上提了个建议，说定平县有一个缺，半年多没人顶上，他建议让探花郎王茂昌宰治定平。

当然，朝中也不是就他胡庸一人管事，年高的文臣马侍郎提出了另一种意见，说探花郎与太子同岁，年少聪颖，活泼好动，又有一身的武功，加之年龄太小，不宜外任，最宜陪太子读书。

胡尚书一听有人异议，马上出列再奏：“万岁，探花王茂昌少年老成，奋发有为，让其外出补缺，这也是为国家储备人才的一条良策。古人云，钢宜锻炼，树宜栽培。探花年龄虽小，可也十岁了，甘罗十二就做了宰相。让其陪读当然也好，可正是探花那一身武功让人不放心。咳咳，我不是说探花郎不可靠，毕竟都是孩子，十来岁的孩子，万一闹起啥意气来，太子可是沾不了光。嘿嘿，万岁您看……”要不是怕人笑话，胡庸差一点儿就要说出儿子被他捉弄的故事来了。

“万岁，”王朝宾坐不住了，出列高奏，“俗话说，知子莫若父。犬子精力旺盛，太为顽皮，三天不打，上房揭瓦。既不宜做七品县宰，更不宜陪太子读书。还是让他在家多待两年，等再大些，有定力了，再出来为万岁效力不迟！”

“包爱卿，你看呢？”皇上看着包大人。

“万岁，臣以为，大凡聪明之人，必博闻强记，过目成诵，但却易心性浮躁，顽皮好动。太子确实应该有个陪读，我不担心两个人闹意气，我只担心……”包大人还未说完，皇上笑着接了上去：“你是怕他俩勾结在一起，不好好念书是不是？”皇上笑过，扭脸看着众臣，“那好吧，先让王茂昌锻炼一番。胡爱卿，你刚才说是哪县？”

“定平知县挂印回乡，已缺半年有余。”

“噢，定平那可是爱卿的桑梓之地啊！”皇上笑了。

“古人内举不避亲，外举不避仇嘛……”

“万岁，万岁！不宜，不宜呀！”王朝宾跪下来。

“哈哈哈哈，王爱卿，王茂昌是你的儿子，也是朕的臣子嘛！你怕定平没他的蛐子玩啊！”皇上压低声音，故作神秘地看着王朝宾，“定平可是个好地方。”说完一抬头，兴致勃勃地说，“让玩蛐子的探花王茂昌宰治定平！”

7

王猴不去！

“我不去做那个七品芝麻官！”王猴一听去做知县就哭了。

“什么？不去？皇上的圣旨你敢不去？反了你了！”王朝宾火了。

“我说我不考，你们偏让考！考个探花就够烦了，天天让见客，说‘久仰久仰包涵包涵’，哼，现在又让去做官，才没自由呢，天天把人烦死！我要知道考探花就是考官的，非把考题写错不可！”

王猴嘟囔着。刚买个竹节蛇，他不停地把玩着蛇头，放出去，收回来，收回来再放出去。蛇一伸一缩地，看上去很吓人。

“别说考了个探花，考状元他也得做官。考进士就是考官的，这是为国家选拔人才你知道不知道？”爹看夫人一眼，“以后别给他再买这些乱七八糟的东西！”

娘也不想让他去，三十六岁她才有儿子，哪舍得让儿子离身。娘给他讲情：“要说，孩子真小，满打满算也才十岁，那么大个县，天天让他个孩子操心，你们也都放心？你给皇上说说，看能不能再等几年，哪怕到了十五……”

“娘说的话我爱听！”王猴往上一跳，大叫着跑到爹身边，撒娇地要求着，“爹，再叫我玩五年呗，按娘说的？”他看爹眉头越皱越紧，又往下减两年，“三年也中！再玩三年，我一定给您做个好县官，好好县官！好好好县官！嗳，州官、朝官，多大的官都行！”

王朝宾瞪夫人一眼，又翻一眼儿子，用鼻子哼了一声：“什么？州官、朝官？你以为县官是好当的？‘要想去管县，得花十来万。’好多人送礼还送不来呢！再说，皇上的圣旨那是随随便便改得了的？你倒好，朽木不可雕也，粪土之墙不可圬也，稀泥不上墙，一抹一沥拉。你，别让我失望！”

“反正我不去！”王猴头一歪，把竹节蛇对爹一抖。

“什么？你不去？”爹恼了，一弯腰脱下鞋来，“你再说个不去？”

“我就不去！”王猴又顶爹。

“好你个王八羔子！我叫你‘就不去’！”王朝宾骂着，弯腰脱鞋，就要开打。

“娘！”王猴喊一声，围着娘圆圈转起来。

王朝宾追了两圈没追上，一急，举起鞋砸向儿子。

王猴伸手接过，猛把鞋扔到门外。

王朝宾忙又脱下另一只。

王猴扭脸跑到院里。

王朝宾掂着鞋追了出来。

娘哭了。

娘一哭，王猴也掉了泪。

王翰林一看娘儿俩两张泪脸，心就软了，他捡了鞋穿上，哼一声扭脸回屋。

表姐来了，表姐叫秀玉，她先把姑搀到屋里，扶姑坐下，又来院子里扯表弟。

王猴很委屈。你求我呢我求你呢？是你求我做官哩你还打人，当爹的就是这道理？王猴抹一下泪。

秀玉把王猴扯到屋里，打了一盆水，笑着羞他：“没有风，没有云，大雨下倾盆。淹了张家的地，冲了李家的坟。男子汉大丈夫，说哭就哭，羞不羞？”

“不羞！”王猴抬起头，赌着气跟秀玉吵。秀玉是王母的亲侄女，因父母双亡，三岁时来到王家，巧合的是，她进到姑家的那天晚上，王猴哭闹着来到人间。虽说是表姐弟，其实比亲姐弟还亲。王猴五岁时到少林寺出家，陪着在少阳溪居住的五个人，娘，王狗，俩丫鬟，另一个就是秀玉。她是王猴的姐姐，也是王猴的玩伴儿，在这个世界上，她最疼的，就是这个弟弟！

秀玉拉过弟弟，边给他洗脸边激他："姑夫也真是，这么大个人儿，连自己都管不了，还能管得了那么大个定平县！"

"谁说我管不了，我是不想管！"王猴吹着气，脸上的水花满屋飞溅。

"哼哼！"秀玉用鼻子笑笑，摇着头说，"我不信。"

"你凭什么说我管不了？我是怕去了没地方玩儿。"王猴抬起头，扭脸跟姐吵。

"那么大个县，你会没地方玩儿？"秀玉替王猴擦脸。

"就是有地方，也没人陪我玩儿。衙门那么深，小孩儿谁敢进啊？"王猴又说。

"这我不担心，小孩儿不敢进，你可以出去玩儿啊！我只担心你管不了那么大个地方，想想，一个县啊！"秀玉说着，故意做一个很大的比画。

"治大国如烹小鲜。一个州我也不怕！"王猴和她犟。

秀玉拢手在嘴上，做一个吹牛的动作，又摇了摇头。

"我要管得了那个地方呢？你去陪我玩儿？"王猴看着表姐。

"那我得考考你，你要是能考过关，跟你去也无妨。少林寺都去过还怕个定平县？要是考不过关，哼哼，休想让我陪着你丢人！"秀玉故作嗔怪地看着他。

"说话算数？"

"当然算数！"

"那你现在考吧！"

秀玉笑笑，拧了毛巾，就往外走。

王猴跑上去拉住表姐的袖子，大声嚷嚷着：“说话算数，说话算数！你是姐呢，说话得算数！考吧考吧，说考就得考，现在就得考！”他拦住秀玉不让走，无赖一样地撒着娇。

“你等着！”秀玉转身进屋，再出来时考题就有了，她摊开手里的鸡蛋壳说：

“刚才府上丢了一个熟蛋，瞧，皮儿还在这儿呢！就我们几个人，你看看鸡蛋究竟去了哪里？是谁拿走了鸡蛋？”

“好吧，看我给你找出来！”

王猴看看表姐，表姐抿着嘴儿笑。

王猴看看几个丫鬟，丫鬟们嘻嘻哈哈地乐。

王猴一转脸，正看见王狗从门外经过，他大喊一声：“老王，端过来一盆净水，再拿一杯茶水！”

王狗应一声，很快端来了一盆水。

王猴接过来杯子，对王狗说：“把盆放地上。”

王狗把水放下，小声说了句：“外边又来了客人。”就急忙走了。

王猴让几个丫鬟站成一排，“给！”他把杯子递给第一个，“你喝一口，漱漱，吐盆里。”

丫鬟喝了，漱一漱，吐进水盆。

“该你了！”王猴指着第二个。

几个丫鬟说笑着，依次喝、漱、吐，水盆清清净净，没有什么异样。

王猴在她们脸上看了一遍，几个姑娘嘻嘻哈哈又笑。

“姐，你还没喝呢！”王猴大喊，“再拿一只杯子！”

有丫鬟忙递上一杯净水。

秀玉笑着喝一口，轻轻吐进水盆，蛋黄儿的残渣纷扰着。

“就是你！”王猴手指着表姐，一脸的得意，“鸡蛋去了哪里？去了我姐的嘴里！”他伸手指着姐姐大喊一声，“说话算数，你得陪我去了吧！”

“别慌！”秀玉说，“我还有难题呢！”

“什么难题也难不住我，快说吧！”

“少爷！少爷！”王狗跑了进来。

8

门外一群叫花子，吵吵着要见探花爷。王翰林知道他们是讨赏的，就叫王狗散了几吊钱，谁知道这群人不依，围在王府门前喧闹，非见探花爷不走。王朝宾说再散几个钱，怎么着也不能让猴子去，这小子心性不稳，不定给你弄出个啥来呢！非常时期，得小心点儿。

“探花爷，快出来吧，小的们给您贺喜来了！”叫花子们叫着。

一个浑身褴褛的莲花落子打起竹板，脚跐着王家的门槛扯嗓子唱：

打竹板，走上前，

咱来到王翰林家的大门前。

王家的大门闪金光，

他家的公子王茂昌。

王茂昌，本领强，

十岁的娃子被皇上亲点了探花郎……

“好啊！”叫花子们起哄。

王翰林一开门，叫花子们一片声地喊：“出来了出来了！”

“恭喜翰林爷！”花子头高喊一嗓子。

“恭喜翰林爷！”叫花子们嗡嗡地应着，齐刷刷跪了一片。

“诸位，诸位！谢谢，谢谢大家了！老王，再赏钱！”王朝宾大声说。

“翰林爷，我们想见见探花爷！”花子头不接钱。

“对，我们想当面向探花爷道喜！”众花子喊着站起来。

“少爷今天有事，顾不上出来！”王狗大声喊。

“那我们在外边等！”众花子又叫。

“少爷今天真的有事……”王狗又喊。

“少爷有事我们没事，我们天天都没事，大家愿意等不愿意？”花子头大声吆喝。

“愿意——”众花子扯腔扯调地应着。

话音未落，王猴从门里蹿了出来：“我就是王茂昌，谢谢诸位了！”

“探花爷！您事办完了！”花子头满脸开花。

“办完了，办完了！”

“恭喜探花爷！”花子头喊。

“恭喜探花爷！”众花子齐喊着，又一齐跪下去。

“赏钱赏钱，再赏钱！”王猴大叫。

王狗端了满满一钱板铜钱，扬手再撒。

众花子抢成一团。

“祝探花爷做大官，发大财——”

“祝探花爷娶好老婆生好儿子儿子十岁考上状元——”花子们喊着。

“谢谢谢谢！”王猴喊着，亲自抓起一把钱，使劲儿向外扔去。“哈……”看着叫花子们抢钱的样子，王猴笑得喘不过气来。

“撤——”花子头高喊一声，众花子四散而去。

“回吧！”王朝宾轻唤一声，众人扭脸正要回家，忽听见背后一声高喊：“探花爷慢走，他偷了我的碗，您得给我做主啊！”

王猴一看，是一个二十来岁的年轻叫花子。

“探花爷，是他偷了我的碗！”年龄大的叫花子跟着大喊。

“你偷我的碗！”

“你偷我的碗！”两人扭在一起，各抓着碗的一半喊叫。

“有好戏了！”正走的叫花子们兴奋地叫着，一返身齐拥到王府门口。

王朝宾正要上前，却被儿子挡在了前面：“来来，我断！”

王猴兴奋地看着两人：这是两个典型的叫花子，衣不遮体不说，身上的酸气冲鼻子熏人。两人抓住一个碗，谁也不让谁半分。大碗也没啥奇处，只是一丛蓝花从碗边爬到碗沿，看上去颇有些生机。蓝色沉稳，饱满，王猴知道，这是汝瓷。

“老王，回去拿俩碗，给他们一人一个，免得在门口闹哄！”

王朝宾吩咐。

王狗转身进了院子。

王猴围着两人又看一圈，忽然大喊一声："把碗给我！"

年轻的叫花子松了手，老叫花子却在犹豫。年轻的看年老的不松手，忙又上去夺住碗边。

"拿来！"王猴又喊一声。

两个叫花子一同举着碗递给王猴。

王猴先问年轻人："既然你说是你的碗，那我问你，有什么证据能证明它是你的碗？"年轻人胸有成竹："有什么证据？第一，这个碗上有三个豁口，一个大的两个小的。请探花爷看看是不是？"

"探花爷，"年老的喊，"他是瞎说的，刚才抢我的碗时他就看见了，那是我的碗，我用了多年了……"

"没问你，不要说。"王猴止住年老的，转脸又问年轻的，"还有什么证据？"

"我的碗是白瓷蓝花！"

"你一个叫花子怎么会有这么好的碗？"王猴又问。

"哎呀探花爷，你别看不起穷人穿皮马褂呀！实话告诉你，俺家以前可是个富户，只因为俺爷赌钱输光了家产，才一步一步变穷了。这碗，嗨嗨，这碗是俺祖上传下来的呀！要不然，我会为一个碗跟他争吗？它是俺家的传家之物！"

"他胡说！"年老的高声叫着，"探花爷，这碗是俺的传家之物。俺爷赌钱输光了家产，俺才一步一步穷下来了。俺家原来有两个这样的碗，让小偷偷走一个，这一个是我一喊'抓小偷！'小偷绊倒了，摔烂了一个豁。这俩小豁，是狗咬我时……”

“好了好了！既然都是祖上的传家之物，既然都是祖上赌钱输光了家产，那我看，最好是一人一半，谁也不吃亏，谁也不占便宜。碗不会说话，认不了主人。就这了，一人一半！”

“不行啊探花爷，不能摔！”年老的花子喊。

“可别摔，探花爷！”年轻的花子也喊。

“你个混蛋！”年老的骂一句，转脸对着王猴又喊，“碗是我的，不能摔烂呀！”

“不是他的，是我的，探花爷！”年轻的声音更高。

王狗走上来，把两个白瓷大碗递上来：“少爷别费口舌了，给他们俩每人一个不就行了！”

“我不要，我就要我家祖上传下来的这个！”年老的花子喊。

“不要不要，祖上的东西高低不能丢！千金不能换！”年轻的也喊。

“不要算了，看我的！”王猴笑着，把碗举起来。

早有人在下边垫了一块石头。

手落碗烂，刚好断成两半。

“一人一半！”王猴说着，拿起两个半拉碗，一左一右递向两人。

年老的先是一惊，随后脸上现出悲愤来。

年轻的得了一片碗，“谢探花爷！”他喊一声，满脸的幸灾乐祸。

“糊涂盆儿一个！”年老者小声咕哝一句，翻一眼王猴。

二人转身要走，“慢！”王猴大喊一声。

二人复又站住。

“此案已明。来人！”王猴高喊一声。

“在！”王狗走上来。

王猴手指着年轻的花子喊：“给我拿下，送衙门里处置！”

“老爷，小人冤枉！”年轻的花子喊。

“嘿嘿，”王猴冷笑一声，“你有何冤枉？开始我要碗时，你先松了手，真正的主人却不想给我，你看对方不松手才又装模作样上前来夺；中间时，我要摔碗平分，你脸上幸灾乐祸，嘴里却说不同意！当我把碗摔烂给每人半个时，他，分明非常难过；你，却兴高采烈，还说声‘谢谢’。你的碗让人摔烂只给你半个你只有愤怒哀伤，我问你谢从何来？”王猴连珠炮似的一通发问，把个叫花子说得口服心服，五体投地。

“探花爷，小人知罪！小人知罪！小人知罪可是小人高兴！探花爷，我说实话吧！您十岁皇上就点您做了探花，小人我心里不服。俗话说，朝里有人好做官。谁知道你是不是托你这个翰林老爹的福呢！我今天就是想试您的本事的。这次，探花爷，我服了！小人服了！”年轻花子大声说。

“英明！英明！”叫花子们喊。

“金钢钻儿小，它光钻细瓷哩！”

“小磨不大，光砸麸子！”众花子叫着赞扬王猴。

“嗐！刚才我还在心里暗暗地骂呢，我想这皇上俩眼珠儿能是泥蛋儿吗？怎么点了这么个糊涂盆儿孩子做探花！现在，我自己打嘴了！”老花子说着，左右开弓，叭叭地打了两下。“探花爷，摔烂这碗我也不让他小子赔了，我自己锔一锔还用！”

“老头儿，您别生气，我给您锔！”年轻花子高声叫着，从兜里掏出几枚铜钱。

“老王，把那俩碗赏给他们！”王朝宾说。

王狗走上前，把两个大碗每人给了一个。

“谢老爷！”老花子和小花子一齐喊。

“探花爷英明！”花子头扯嗓子喊了一声，众花子使劲儿鼓起掌来。

“你们谁还缺碗，可跟着老王去拿！”王猴大声喊着，扭脸跑回院子。

“多谢探花爷！”众花子又喊。

第三章　神判

—*—

天箩箩，地箩箩
人家死了咱活着
——民谣

1

王茂昌还是上任了。

上殿是皇上考，回家是表姐考，大门外又被叫花子们考了一场。考一场就得上任，连考了三场，再不上任，怎么着也说不过去了。

其实，王猴并不恋家。当他知道肯定要宰治定平的时候，他的心早就不在家里转了。定平县究竟什么样子，像嵩岳一样有山，还是像东京一样有城？定平大吗？我要是想在定平走一遍需要多长时间？有羊双肠、烧丸子那样好吃的美食吗？有相国寺、汴河堤那样好玩的美景吗？有勾栏瓦舍、吞刀喷火那样好看的表演吗？正当王猴想入非非的时候，爹来了。爹说，当知县也不能忘记读书。都准备带哪些书啊，他想看看。

王猴知道爹的心思，手指着敞开盖的书柜说，《大学》《中庸》《论语》《孟子》。爹点着头说，对，这些是必带的。王猴又指了一边，说，《易经》《尚书》《诗经》《礼记》《春秋》。爹脸上有了笑意，对，“五经”更少不了。还带了什么？王猴索性把柜子里的书搬出来让爹看：

《道德经》《南华经》《抱朴子》《列仙传》《神仙传》《仙苑编珠》……爹知道，这是道家的著作。

《金刚经》《华严经》《六祖坛经》《大乘论》《高僧传》《童蒙止观》……这是佛家的经典。

《晏子春秋》《孙子兵法》《尉缭子》《黄帝内经 · 素问》《山海经》《搜神记》《世说新语》《拳谱》《剑器》《鬼狐精怪大观》……爹看着看着，眉头就皱起来了，他知道，《孙子兵法》《尉缭子》是兵书，作为文臣，了解一些亦可。《黄帝内经 · 素问》是一部医书，应该学习。《晏子春秋》是一部杂记，关涉外交和治国，也可一读。剩下的这都是闲书。特别是《山海经》《搜神记》《鬼狐精怪大观》，都是些猎奇文字。他信手把这三部拿了出来，不让带。

王猴辩解说，《山海经》可以博物，《搜神记》可以广识，《鬼狐精怪大观》可以壮胆。他看爹还不松口，又举了个《宋定伯捉鬼》的例子，说南阳人宋定伯早晨赶集，遇上一鬼，宋定伯说我也是鬼，只是新死，还不知道咱们做鬼的最害怕什么，鬼说最怕唾沫。宋定伯和这鬼轮流相背，快到集市上了，宋定伯突然对鬼吐了几口唾沫，这鬼吓坏了，就地变成了一只羊。老宋牵着这羊在集上转啊转啊，最后卖了个大价钱……

“好好好好！”爹不再坚持。说实话儿子能顺顺当当答应上任，王翰林已经知足，他只是太担心，生怕儿子贪玩猎奇有什么闪失。

经过精心准备，定平知县王茂昌的赴任班底终于组成，他们是：

十三岁的表姐秀玉。她代行母职，负责弟弟的衣食起居，监督其读书作文。

二十四岁的家人王狗。负责主人安全，并做王猴的武功陪练。

另有王狗的老婆梁氏，负责做饭。十六岁的丫鬟虹彩，照顾秀玉，其实是帮着秀玉管理猴子。

王母因身体欠安，正在调理，准备晚一段再去定平。

2

王茂昌被钦点探花惹着一个人，那就是当朝的宏馨太子。宏馨也属牛，今年刚十岁。当王茂昌在殿上连作三首蛐子诗的时候，宏馨太子正在屋子里临帖。他临的是王羲之的《兰亭集序》，这功课他不知道做了多少次，但教他的高先生还是让他每天临摹一遍。他知道今年殿试的有一百二十一名进士，他知道今天要产生新科的状元、榜眼和探花，他很想去看看父皇是怎样决定名次的。他给母亲说了，可母亲让他静听安排。草草临过，看高先生还没有过来，他就把笔往砚池里一扔，扒住桌沿做起“悬体钻桌”的游戏来。桌案很大，紫红色的檀木十分牢靠。桌上桌下地钻了两趟，太子就感到有些无聊，抓起毛笔，在纸上画先生。“面如石板，眼似生丁。胡如山羊，头似苍穹。”有一次他画先生的像叫先生看见了，心想非挨训不可，谁知道先生板着脸告诉他要遵循着这四句话才能画得像。果然，他今天就比以往画得好。他正欣赏自己的画作，先生进来了。

“咳咳！”先生咳嗽一声。

太子连忙收画。

先生没像以前那样坐下来审看作业，而是踱着方步高叹了一声：“上天垂爱呀！”

太子猜着，肯定有了新闻，忍不住问了一句：“先生，有结果了？”

高先生搔了一下稀疏的白发，仍用感慨的口气回答：“状元，榜眼都不足夸，探花郎倒是个奇才，十岁个孩子，文武俱佳呀！”

高先生眼高无朋，啥时候夸过人呀！他这一夸，倒把太子给夸恼了：“探花十岁？和我一样大？”

“嗯，子鼠丑牛，属牛的。”

“叫啥名字？”

“王茂昌。”

“王、茂、昌！先生，我能跟他比一比吗？”

高先生竖起左手掌：“不能。”

“你说我不如他？先生，我要考个状元，超过他王茂昌！”

先生沉下脸来：“太子神俊，怎么能不如个臣子！”

“那为什么不让我考？”

“考状元、榜眼、探花，那都是臣子们的事。您贵为太子，是未来的天下之主，怎么能参加臣子们的考试呢，你要考他们！”

太子不说话了，在屋里走了两步，忽然又喊：“先生，我要见王茂昌！”

“嗯？不是‘见’，是‘召’。召见王茂昌！普天之下，莫非王土；率土之滨，莫非王臣啊！”先生教诲太子。

“那好先生，我要召见王茂昌，行吗？”太子的语气有了变化，用了商量的口吻。这正是先生想要的结果。他必须一次又一次打消太子的自负，然后再给他一些鼓励。先生说：“行啊！怎么不行？贵为太子，天下之人皆为子民，您想召见谁就可以召见谁！”

“我要召见王茂昌。现在就召！”太子高兴起来。

“现在不行！”先生一脸严肃。

“为什么？”太子显然有点儿怕先生。

“你的功课还没有做完，皇上知道了是不会依的！再说，功课是自己的事情，一次功课都做不完，将来还怎么管理天下！”先生说过，沉静地坐下来，摆出要上课的样子，“拿出书来。”

“唉！”太子毫不掩饰地叹了一声。

旁边的小太监连忙把书摆好。

等太子的请求终于被先生批准的时候，仍然未能见上这个王茂昌，因为此时王猴正和他的队伍行走在赶赴定平的征途上。

3

初夏时节正是出游的好光景。天不冷不热，风不软不硬，万木葱茏，百草茂盛，虽然桃李已无芳菲，但野花盛开，如绣彩锦。王猴们出城坐船，顺着汴河一路东南。汴河是人工河，引的是黄河水，它是大宋王朝连接南北的重要通道，商船、官船、客船、水上人家的低篷浅船，帆樯不绝，热闹非凡。上行的粮船吃水深，拉纤的毛驴被主人吼着，一蹄子一蹄子地往前扒。这是京畿一带特有的风景，岸浅水平，毛驴比人合算。王猴们是下行，船轻路快，一天走了一百多里。第二天弃船上岸，改走陆路。女人太多不便骑马，王狗让驿站套了一辆俩轮子的带帷轩车，秀玉、虹彩和梁氏坐上，王狗亲自赶着。王猴不坐车，非要骑马。驿站是官方的招待所，有的是马匹。驿长亲自给王猴挑了匹温顺老马，又交待了注意事项。

车马走了大半个时辰，见路边高阜处有一座八角凉亭，亭额上挥拳伸脚几个篆字：天朗气清。亭两边有对联，风雨驳蚀，丢掉的字比留下的还多。亭边一通矮矮的石碑，上书两个斗大的字：定平。

“看，定平！定平到了！”秀玉指着碑上的字喊。

“这是到了定平县界，离县城恐怕还远。”王猴跳下马，围着亭子转了一圈，“这就是接官亭。钦差呀，巡府呀，每有大官来咱定平，以后我就得来这儿接。”

“你不是官吗？”虹彩禁不住问了一句。

“我只是个芝麻官，要接的是绿豆官，黄豆官，豇豆官……”

“反正都是能吃的官！”王狗的妻子梁氏禁不住接上。

几个人哈哈地笑起来。

“少爷，我们要不是提前了一天，说不定现在正有人接呢！”王狗说。

“我才不想让他们接呢，不自在。哪像咱现在，想去哪儿去哪儿。”

“那咱们快走吧，说不定中午还能赶到县城呢！”王狗催。

“就是，到城里了我们好洗洗。”虹彩也催。

“别急，我要进村里看看。这叫什么知道吗？”王猴看看众人，“私访！今天我要私访，看看我能私访出定平的什么好东西。”

“好好，我们就跟着你去私访私访。”秀玉逗他。

“你们就跟着瞧吧！”王猴说过，一跃上了马背，离开官路，走上了窄窄的乡间小路，王狗赶了车连忙跟上。

枝枝蔓蔓的禾茎牵扯着马腿，有蚂蚱被惊起，树叶般飘起又叶梗般落下。墨绿的豆地里忽然响起蛐子的叫声。王猴勒住马，从襟下掏出蛐子笼子，迎风举着喊：

“叫，快叫黑头，跟它们比赛！”黑头“嚁嚁”地叫起来。

这是王猴仅有的一只了，一决定要来定平，他就把蛐子们全放了。他怕蛐子受委屈，嘱咐丫鬟们给他喂着。他怕蛐子受欺负，不准鸡们进花园。本来这一只爹也不想让带，“蛐子探花”已经不雅，再落个“蛐子县令”更不好听，孩子终要长大，这很不利于以后的仕进。王猴不干。“这是皇上表扬过的蛐子，要不是这只黑头，我还当不成探花呢！那么多蛐子都离开了我，就剩它一个了你还反对，你叫我有个朋友中不中？”本来王猴就不开心，此话一出，泪水就淌了下来。

娘也讲情，姐也解释，爹最后网开一面，黑头就跟着他到了定平。

小路爬上土岗，眼前猛地一亮，白云般一条小河，乌云般一片绿树，一个村庄迎面扑来。

河水不深，几根长木架起一座小桥，柴草和泥土铺就了窄窄的桥面。对岸一辆独轮车载着头肥猪哼哼地上了桥，推车的汉子扭腰吊胯，舞蹈似的。“推小车，不用学，只要屁股吊得活。”忽然想起来这句俗语，王猴禁不住赞叹精确。恰在这时，河这面也上桥一辆小车，车上坐个顶黑头巾的老婆儿。桥窄车宽，两辆车子顶头停在桥上。

推猪的汉子先说了话：“我说老大，我推的这头猪，二百多斤，我都走了一多半了，怎么再拐回去？”推猪的汉子摊开手，“你让让我不就过去了嘛！”

“好了老大，你也忒没有道理，你推了赖孙一头猪，再大它也是头猪。我推的是我娘，生我养我的娘，怎么着你也得给我让路！”推娘的汉子说着，转脸看一眼身后，“叫大家说说，是人主贵还是猪主贵？谁不是爹生的娘养的？”

王猴以为是问自己，没想到身后真有人接了：“当然是人主贵了，猪算个什么东西！”后边跟上来三个男人。

推猪的汉子说：“老大，你这是说的哪里的话嘛！要是我走得短，理应掉头回去给你让路，你看看，我都快走过去了，这二百多斤一头猪，还蹦啊蹦的光想跑，我怎么能回去？再说，这么窄的桥，我怎么掉头？我说老大，你也忒不像话了……”

一个小伙子跟着嚷：“哎呀我跟你说老大，你还是让让吧，你那边短，让大娘下来不就是了。大娘下来，你往后一退，后退一步天高地阔。大家不都过去了！”

推娘的汉子不买账：“你说得倒美，要是你推着你娘，前边有一头猪挡住路了，你是让你娘给猪让路啊，还是让猪给你娘让路啊？”

“就是嘛，不管到什么时候，也不管在哪州哪县，猪都得给人让路。以人为本不是！”旁边的汉子帮腔。

“就是就是，我就不相信它赖孙一头猪能比个人还重要！”另一个男人也起哄。

看着有人吵嘴，王猴高兴起来，一脸的幸灾乐祸。

两边的人越聚越多，推车的，挑担的，大家都有些急。

河对岸上来一个老头儿，胡子发花，两鬓斑白，一说话声如敲钟：

“哎呀我跟你说老大，人是不能给猪让路，可现在不是没法了吗？他推个猪，桥又这么窄，掉个头也真是不容易，你那边终是活人，好下好挪，大不了就是老人家多走两步……”老头儿的话没说完，后边的小伙子火了：

“我说你也几十几一个汉子，你怎么能让你娘跟个猪比呢？不怕人家笑话！猪要是趴你腚上咬了一口，你也趴猪腚上咬一口呀……”

两边的人哄地笑了。

推娘的汉子恼了：“你也是嘴上挂胡的人了，咋不会说句人话呢！要是你娘叫猪挡住了，你是让你娘给猪让路还是让猪给你娘让路？我不相信你百十岁的娘在你眼里还不如一头猪重要吧！”

小伙子也恼了：“好好好好，推猪的老大你坐下，他不给猪让路，猪也不给他让路！”

“坐下就坐下，看谁赛得过谁！”推娘的汉子还真的把车子放下，一屁股坐在车把上，哼哼着，打火抽起烟来。

小伙子歪歪嘴：“他坐你也坐，我就不信一头猪还赛不过一个老婆儿！”

“至少猪比老婆儿结实。”又一人接上。

推猪的汉子真的把车子放下，屁股坐一个车把，脚蹬住另一个车把，也打火抽起烟来。

王猴正想说话，蛐子开唱了，半天没喂，王猴知道蛐子饿了。“姐，我去给蛐子找点儿食儿。”转身跑下了河堤。

太阳已近中天，秀玉有些急，禁不住小声嘟囔：“什么道理，这怎么能牵扯到‘猪给人让路还是人给猪让路’上呢？”

王狗早就急了，只是少爷在，轮不到他说话。现在小姐表态，他终于有了说话的时机：“我看是没事儿找事儿，欠打！我去让他们挪了！”王狗走上前，大声说，“老大，我看还是咱让让吧，咱这边离岸近。再说，犯不着争来争去地把路都挡了，耽误大家走路。来来，我搀着大娘，你把车子退退。”说着，上前就去搀老婆儿。

“你干什么？”这汉子伸手就推王狗。

王狗侧身躲过，又劝：“大娘，您老人家下来走几步行不行？您别不过猪！”

“你怎么骂人？你他妈才是猪！”对面推猪的汉子不愿意了。

两边看热闹的人都笑了。

“嗳，老大，我不是说你是猪，我是说这大娘跟猪……”

“你骂谁？”推娘的汉子火了，“我看你是找打哩！”

王狗没想到自己弄了个里外不是人，但他还想劝，刚说了个“大娘”，大娘却说话了。大娘说得义正词严：

“我说你这个大哥，你是这边的人还是那边的人？你是这边的人怎么能替那边的人说话？我不下去，我坐在这儿跟他比，我饿了吃饭热了打伞瞌睡了睡觉，那猪它拴着哩，它不能吃饭不能打伞不能睡觉，我就不相信我比不了它。”说着，从车子上抽出来一把伞，对着王狗晃了晃，土黄的伞面立即就推开了阳光。“欺负人哩！我今天要是给猪让了路，那以后还有人的过头吗？我不走，谁劝也不走！哼！”

“说得好，老人家，坚决不走！”这边的人喊。

“对，比赛到底！”王猴跑了过来，禁不住喊一嗓子。

秀玉不高兴了，她拉住王猴小声地斥责：“弟弟，他们这样的不可理喻，你不去教他们懂理，反倒喊着支持。这可是你的子民知道吗？”

“嗯？对。这是定平！”王猴忽感有了责任。

“当然是定平了！你得想个办法让他们走开，不至于耽误了这么多人走路！”

王猴下意识瞅他们一眼，说：“看我略施小计，保险叫他们让开！”

“什么小计？初来乍到的，可千万不要打人啊！”秀玉提醒。

“嘻嘻嘻嘻，”王猴笑着跑下河去。

近午的阳光不依不饶，虽是初夏天气，还是把人晒得难受。

车上的猪不耐烦了，扯嗓子抗议阳光的炙烤。

推猪的汉子拍了它一把，嘴里不干不净地骂着：“叫唤什么叫唤什么？难道还非得给你打把伞吗？”

推娘的汉子不愿意了，他松开车把，站起来指着对方大叫：“你骂谁？你个王八蛋骂谁……”

忽然有人一声高喊：“桥下失火了——”

一股浓烟从桥下冒出，顺着桥下的茅草爬上桥面。

“快快，着起来了！”王狗大喊着，招呼人往后退。

两边的人都往后跑。

车上的老婆儿一跳下了车，什么也不顾，就往岸上扭。

“娘，您慢点儿！”推娘的汉子招呼着娘，拉起空车也往回跑。

推猪的汉子犹豫了一下，顺着桥面急往前赶，不知是心里着急还是太高兴了，一下小桥车子翻了，捆着腿的肥猪竟然自己跑下了河坡。

“哈哈哈哈，哈哈哈哈，”王猴得意至极，“快走快走，回头再给他们讲道理！”

4

这是一个安静的村庄，茅檐低舍，绿树掩映。俗话说，大村的人厉害，小村的狗厉害。见了几只狗竟然没一只叫的，可见村子不小。一问，叫姜庄。八百来口人呢！只是村街太细，绳子似的在村里扭来扭去，把人的心都扭曲了。私访也私访过了，好奇也好奇完了，探花没了热情，王狗问了去县城的路，一马一车沿着土路出了村庄。

王猴掏出炒豆，对着嘴巴弹了一颗。秀玉看见了，大声说：“弟弟，你是不是饿了？”

“有点儿饿。”王猴应着。

“给你拿张焦饼吧？”秀玉说着，就要去拿。

“嗯，”王猴摇摇头，又弹出一颗炒豆。

“哎哟！哎哟救命啊！”一个凄惨的声音从远处传来。虽然不高，但是清晰。

他们不觉地放慢了速度。

“我听见有人喊‘救命’！”秀玉有点儿紧张。

众人停下来，侧耳细听。

“好像在那边？”王狗指着一边。

“哎哟！”传来一声鞭响。

“在这边，快快！”王猴喊着，打马就跑。

5

这是一棵枣树，径如水桶，皮如龙鳞，年轻的汉子被反拧了胳膊光脊梁往上一拴，让人一下子就发现了拴人者的才气，若不是对枣树有足够的认识，便是受了魔鬼的启发，对于拴人者来说，没有比枣树更为解气的了。

十八九岁一个青年，光身子穿一件半截紫花裤，不知本来就是半截，还是被鞭子打丢了下边的裤腿，因为腿上的血和裤子的颜色非常接近。上身两道，下身两道，四条绳子把他拴了个插翅难飞。四十来岁的黄胡子男人甩一把紫红的皮鞭，像要着一条会舞蹈的怪蛇，它每一次扑下，都带来一声悲惨的哀号。在他旁边，还站着三个持鞭的男人，其中一人的鞭子只剩下半根鞭竿。

“停停停停！”王猴跳下马背，和王狗一起跑过来。秀玉她们本来也想上前，看被打的小伙子穿得太少，简直遮不住羞处，也就退到远处看他们处理。

黄胡子像故意作对，又耍了一鞭才停下来，斜了眼看着王猴：“你们是干啥吃的？竟敢阻挡我们的大事！”这家伙一定喝酒了，满嘴的浊气让人厌恶。

“谁让你们随便打人的？说！”王猴不回答他的话，手指着被绑的青年，声色俱厉。

“随便打人？他犯了王法，谁都可以打！”黄胡子说着，又耍鞭子。

王猴伸胳膊一挡：“他犯了哪家的王法？”

“犯了哪家的王法，我让他自己说！”黄胡子甩起鞭子，蜿蜒的蛇没落下来，被一双劲手轻轻扯过，猛一甩，挂上了枣树。

“你你你……”黄胡子指着王猴。

“目无王法，私设公堂，你们若是把人打死了，个个都要抵命的，知道吗？”

“嚯嚯嚯……”襟下的蛐子忽然叫了，王猴连忙拿出蛐子笼，拢在手中。

着丝穿绸，满嘴王法，又托了个蛐子笼子，黄胡子忽然有了感觉，不觉口气就软了下来：“嗳嗳我说，你们究竟是干啥吃的？该不会和这小子是一伙儿的吧？”

“我家少爷进京公干，途经贵地。”王狗走上前，斯文起来。

“你家少爷进、京、公、干？你家少爷是——”黄胡子侧脸看着王猴。

“皇上亲点探花爷！知道吗？探花！”王狗挺直胸，一脸凛然之气。

“皇上亲点探花爷？哈……别他妈吹炸了，一个玩蛐子的小孩儿也是探花爷？”黄胡子又看看王猴。

“他要是探花爷，老子我就是状元爷了！哈哈哈哈！”一个满脸横肉的汉子晃着手里的鞭子。

“哈哈哈哈。”几个汉子都笑了。

“放肆！打嘴！”王狗大恼，猛喝一声。

“你他妈才放肆呢，来到老子的地盘上还敢这样叫唤！老子我早就看不下去了！”满脸横肉的家伙拖着鞭子走上来，“这闲事该你管吗？”兜头就是一鞭子。

王狗是少爷的陪练，少林寺里点灯熬油挨过打，十几年功夫是白练的？伸手捉了来人的手，轻轻一撇，满脸横肉的家伙“哎哟”一声，跪在了地上。

“打嘴！”王狗喊他。

“横肉”不打。

王狗毫不客气，一巴掌飞上横肉。“哎哟！”五个指头印儿清晰地跳起。

另两个汉子一看，挥拳伸脚就打王狗。

打他们就像打麻袋，王狗三拳两脚，俩汉子比赛似的全倒在了地上。

“停，停！”王猴把蚰子笼子往兜里一装，尖着嗓子一伸胳膊。

王狗停下手，静静地站在一旁。

几个汉子从地上爬起来，充满敌意地看着他们。

黄胡子“嘿嘿”地干笑两声，对着王猴说：“既然他说你是探花爷，我也不管你这探花爷是真的假的……”王狗忍不住接上，“又想挨打了不是？探花爷哪有假的！”

“嗯嗯，叫他讲！”王猴示意。

“探花爷，那我就给你探花爷讲讲，你看看这小子他挨打屈不屈？”

“说说，快说吧！”

“这小子，他本是东家的一个长工，只因长了一个好看点儿的脸蛋，就癞蛤蟆想吃天鹅肉，勾引上了东家的千金。还想拐了人家的闺女私奔呢！你说，这是不是有违人伦，有伤风化？”

“啊——”王猴扯了一个长腔，稳重地说：“有违人伦不确……”

“不确？”

王猴不理他继续说：“……有伤风化倒是真的。”

“啊对对，有伤风化。叫你说，这东西该不该打？”黄胡子又问。

“叫我说，打是轻的！”王猴说。

“说得好！”黄胡子说。

另三个汉子也跟着点头。

“只是不该你们打！”王猴又说。

“不该我们打？为啥不该我们打？”黄胡子叫道。

“你们这叫私设公堂！你是东家？”王猴大声问。

黄胡子摇头。

“谁是东家？”王猴大声喊。

“我！我是东家！东家就是我！”一个矮矮胖胖的男人一脸怒气从外圈儿走进来。挺着一张不讲理的脸，一看就不是个好惹的主。

“你是东家？”

“对。我早就听见你这个孩子的高论了。有啥高见再给我论论！”

“来来，”王猴给东家轻轻招手。

东家颇不情愿地“哼哼”两声，还是橐橐地走了过来。到了跟前，他不满地看一眼王猴，用挑衅的口气大声说：

“你说你是探花爷，那我就死马当成活马看，就把你当一回探花吧！小探花，我问你，他以下犯上，拐人妻女，妄图一跑了事，你说这个东西他不该打？”

“该打。”

“该打，那你为啥不让打？”

“不该你打，该由官府来打！”

“哼哼，官府打？就是官府的老爷知道了，我要说我想打哩，他也得派人给我送过来！”东家傲气十足地说。

“真的？”王猴装出好奇样。

“不瞒小探花你说，当朝的吏部尚书胡大人你可知道？”黄胡子忙着介绍。

“嗯，听说过。”王猴点头。

“那是我家主人的表姑爷的亲表侄的儿子，我家主人该喊他叫表、表表、表兄呢！”黄胡子往前走了一步。

“噢！你说是胡庸胡大人，胡尚书？”王猴笑弯了眼睛，显得很温和。

“就是胡庸胡大人，他是当朝的吏部尚书，管着全天下的官呢。你说我家主人想要审个把犯人，县太爷他会不给个面子？嗳？你认识胡大人？”黄胡子看着王猴。

“岂止认识，还有来往呢！”王猴点着头。

“噢，既然你认识胡尚书，想必那就是自家人了。”东家的口气软和了许多，一挥手，其他汉子都退到后边。东家脸上硬挤出一丝笑来，咄咄逼人，“小探花，今天这事，你说该怎么办？我能审吗？”

王猴笑了笑，大声说：“哼，我看你也是气糊涂了，你想想，要是谁万一失手把他打死了，还不都是你东家的罪过？轻则，判你个边疆充军；重则，不判你个杀人偿命才怪呢！”

“杀人偿命？他有伤风化，拐骗民女，他算不算大罪？”东家大喊。

“当然算罪了。可他年纪轻轻，是不该死罪的呀！你若把他打死，你的杀人罪就大了！杀人抵命，千古一理，到那时，就是胡大人也不敢保你无事啊！胡大人只是个尚书，上边还有万岁爷呢知道吗？人家告御状到了东京，看哪个大人敢救你！”凛然正气、凛然之词，土财主被王猴镇住了。

“那、那那……”东家支吾着，“叫你说怎么办？放他走？”

“放他走？你会愿意吗？”

“我当然不愿意了！谁敢放他走，我姜老虎就跟谁玩命！哎呀，我给你全说了吧，我那闺女她都怀孕了啊，他、他个王八蛋坏了我闺女！黄花大闺女呀！”东家咬牙切齿。

“这不就是了嘛！”王猴看着他，“嗯——姜、姜老虎，你叫姜老虎？”

“对，姜老虎。”

“姜老虎，我同情你！你给他来一个捏纸蛋儿定生死。”

“捏纸蛋儿定生死？”

“对。写两个纸蛋儿，一个写上‘生’，一个写上‘死’，捏住‘生’了他就生，捏住‘死’了他就死。叫神来判怎么样？”

姜老虎想了想，又坚决地摇起头来，说：“不行，太便宜这小子了！”

“怎么不行？”王猴说。

“当然不行了。他要万一捏住了‘生’，站起来拍拍屁股就走了。不行不行，坚决不行！”

“要是捏住‘死’，你不就遂了心愿吗？”

“那只有一半的把握呀……”

“嘻……”王猴笑着往外边走了走，他看姜老虎没有跟来，跟他招手。

姜老虎迟疑着不肯上前。

王猴再招。

姜老虎跟过来。

王猴又往外走了几步，对着跟过来的姜老虎骂了一句：

“我同情你。但你是一头猪……”

姜老虎一愣，恼了：“你怎么骂人？”

王猴不理，继续往下说：“纸蛋儿是你写的，你不会在两个纸蛋儿上都写成一个字！”

“写成一个字？写成哪一个字？”姜老虎气糊涂了。

“你喜欢哪一个字啊？”

姜老虎想了想，忽然开悟，“啊，啊啊！”感激万分，“哎呀探花，探花爷呀，看来你真是探花爷。不是探花爷哪会有这么好的主意！小人给您磕头了！”说着，趴地上磕了一个头。

“不过，你那外孙一出生可就没爹了！你是不是再想想？”

“没爹我给他再找个，怎么着也比这个穷鬼强！”

“那你快去吧！”王猴一挥手。

姜老虎转身来到了枣树下，他神气十足地对大伙儿宣布：

“探花爷叫捏纸蛋儿定生死，让天地百神当判官，捏‘生’生，捏‘死’死，探花爷的话小的不敢不听。”说过，又大步走到被拴的小伙子跟前，厉声说，“你这东西，探花爷慈悲，不让打死你，让你捏纸蛋儿决生死，老子问你，你可同意？”

小伙子不信任地看看姜老虎，一声不响。

“说！你到底是同意还是不同意？”姜老虎吼他。

小伙子闭上了眼睛。

姜老虎顺手操起一条鞭子，上前要打。

王猴跟上来了，说：“你们都离开，让本探花给他讲讲道理，如果他听了，你们就捏纸蛋儿决生死，如果他不听，你们就乱棍把他打死，责任由我负了！”

“听探花爷的！”姜老虎说着，带领众人往外走去。

6

小伙子同意了。

小伙子同意捏纸蛋儿定生死了。

姜老虎兴奋起来，对着黄胡子大声喊：“招财，你去把村里的老少爷们都叫来。再把会写文书的许秀才也叫过来，空口无凭，立字为证！”姜老虎像换了个人，精神头十足。

“中。”黄胡子转身就走。

“土块！”姜老虎又喊。

横肉走上前。

姜老虎压低声音：“背过来个软床，一会儿装殓这小子。再拿两根绳子，好送他上路……”

土块点点头，扭脸走了。

姜老虎走到王猴身边，兴奋得脸直放光，滔滔地说着：

“探花爷，这事成了，我一定重重地谢您老人家！说实话，一开始我就想打死他，您想想，他一个穷鬼，一分地没有，竟敢让我那闺女怀孕，还想骗走我闺女！要不是我发现得早，把我那个该死的傻妮子关起来，这时候他们早跑得没影儿了。哼，我也怕打死他了有事，要不然早就结果他了。探花爷，还是您老想这个办法好，他自己捏的，怪不得别人！”

“嘿嘿，小事一件，何足挂齿。姜老虎啊，我还有个想法，不知道你同意不同意？”

“探花爷请讲，姜老虎没有不同意的！”

“我想见见你那闺女。”

“见我闺女？”姜老虎皱起眉头。

王猴点头：“俗话说，杀人杀死，救人救活。小伙子死后，你那个闺女要是万一想不开，寻死觅活，栽井上吊的，你不是心里也难过？十指连心，虽然女孩儿家一时错了，那毕竟是你的亲骨肉，你会好受？”

“那是那是。我最疼我那闺女了！要不是娇惯她，她敢这样吗？只是，那个傻妮子三天没吃饭了，披头散发，她、她她，不好看啊！”

“哎，救人要紧，让我去试试吧！万一劝解过来，是你闺女的福，也是你姜老虎的福啊！”

“谢谢探花爷，那就拜托您小爷了！”姜老虎说着，对着王猴深鞠一躬。

姜老虎的闺女叫花，听王猴一劝，欣然同意不再寻死觅活，保证听天由命，任神发落。只是她想送送情人，亲眼看着他走完生命的最后一程。

姜老虎犹豫了好一阵，最后还是同意了。他让女儿装扮成男人模样，因为他害怕小伙子一见情人临时变卦。

7

一听说捏纸蛋儿赌人命呢，村里的人都被惊动，加上姜老虎要渲染气氛，着意让打手们挨门喊人，全村的男女老少，一时齐聚枣树边。看着青年人被打得皮开肉绽，禁不住都露出怜悯之色。

许秀才来了。

许秀才来了，但许秀才不愿意写，这种有损功德的事，他一个读书人不愿意干。姜老虎答应给一两银子的润笔费，说，这是探花爷的主意，叫神判呢！神说他死他就死，神说他活他就活，跟你一个读书人有什么干系？许秀才想了想，老天爷有心成全小伙子也说不定！写吧，就答应了。一个生死文书很快写成。

姜老虎看村里的人都来了，他又眯着眼仔细数了数，八百多口人，至少也来了六百多。“还缺人吗？”姜老虎喊了一声。

“不缺了！”土块晃了晃手里的绳子，这是他给小伙子上吊时准备的。

“既然都到齐了，那我们现在就开始。”东家清了清嗓子，“首先，我给老少爷们介绍个贵人，他，”东家手指着王猴，“就是胡大人身边的，探花爷！万岁爷亲点的探花爷！既然探花爷给咱出了个主意叫神判，敝人当了一辈子的顺民，最信孔孟之道、周公之礼，咱听探花爷的，就神判。当着全村老少爷们的面，我也说说我的想法，如果那小子捏住了‘死’，要刀要绳，上吊栽井，任由他选。如果那小子捏住了‘生’，任他把敝人的女儿领走，敝人概不追究！人的命，由天定，人叫人死死不了，天叫人死活不成。我知道，苍天有眼，不会错判！许秀才，那就麻烦你了！”说过，转过头来看着王猴说：“探花爷，您看这合适吗？”

“只要你看着合适。”王猴说过，就去逗驴玩了。

“许秀才，念给大伙听听！”姜老虎说过，一转身走出人群。

许秀才展开字据，高声宣读：

刘黑子在财主姜老虎家做工三年，不思进取，勾搭民女，本欲乱棍打死，念黑子年幼无知，东家特许捏纸蛋儿以求天意。纸蛋儿有二，一纸写‘生’，一纸写‘死’，捏‘生’则生，捏‘死’则死。捏‘死’，则由刘黑子自裁，投井上吊，自己选择；捏‘生’，则当场可跟小姐祭拜天地，任由来去。空口无凭，特立此据！

当事人：姜老虎

刘黑子

证　人：姜三风

马有中

写契人：许思功

庚辰年四月十七

许秀才读完了，高声问众乡亲：“大家听明白了吗？”

众人一片嗡嗡声：“听明白了！”

“刘黑子，你听明白了吗？”许秀才又问。

“听明白了！”小伙子答。

“好，既然你听明白了，那就请画押吧！”许秀才说过，便示意人给他解绳。

两个打手上前解了绳子。

刘黑子晃了晃身子，靠着树，挣扎着站稳。

“这里。”许秀才指给他。

小伙子伸出右手食指，在印盒里捣了捣，又在那张素白的宣纸上自己的名字处使劲儿按上一个指头印。

许秀才转身走到不远处的书案前，操起毛笔正要写“生”“死”这两个山一样重的字，姜老虎扯一下他的胳膊，指着面前两个团好的纸蛋儿小声说：“写过了。”

“谁写的？”许秀才皱起眉头。

“许先生，你就不用管谁写的了，回头我再给你五两银子不行吗？”

“那……”许秀才更紧张。

姜老虎推着他：“往下进行吧！你就往下进行吧，五两银子！”

这两个纸蛋儿是姜老虎写的，一个是“死”，另一个还是“死”。这样，不管刘黑子抓哪一个，结果都会是一个样子。

许秀才端了盘子走过来，他的手有些哆嗦。

圈子越聚越紧，人们伸长脖子，齐看着他手中的盘子。

许秀才咬紧嘴唇，直走到刘黑子的身边，一脸肃穆地伸过盘子，低声说：“刘黑子，生死攸关，你可要看好啊！”

刘黑子活动一下手脚，下意识地看了看四周。

许秀才端盘子的手颤抖得更厉害。

刘黑子挑挑这个，放下；拿起那个，想了想，又放下。

“快捏吧！天意不可违！”姜老虎在旁边大声地催他。

小伙子一咬牙，猛地抓起一个，双手捧紧，仰脸望着高远的蓝天，闭了眼睛默默地祈祷。

“你快点儿吧！”姜老虎忍不住又催。

刘黑子睁开眼睛，高声大喊：

“老天爷呀，俺刘黑子吃了二十年的糠菜团子，从没有做过一件亏心害人事呀！俺跟花好，花也跟俺好，老天爷，您要真是公道，就成全了俺们吧！我保证，一辈子对花好！”说过，一张嘴，扬手把纸蛋儿扔了进去。他使劲儿嚼了两下，一伸脖子咽下去，这才转过头来，对着众人说了话：

“人叫人死死不了，天叫人死活不成。大家都看见了，我刚才吃下去了一个，我也不知道它是‘死’是‘生’，现在就看看盘子里剩下的这一个吧！如果剩下这个是‘生’，那我死；如果剩下的这个是‘死’，那我就‘生’了！”小伙子说过，又大喝一声：

“大家看吧！”

许秀才颤颤地把盘里那个纸蛋儿展开：

一个大大的“死”字展现在众人面前。

“啊！”人们都大松一口气。

“好，我活了！”刘黑子大喊一声。

众人忽然鼓起掌来。

“黑子哥！”姜老虎的宝贝女儿花一扔草帽冲上来，大叫一声，满脸是泪地抱住了自己的情人。

“你、你你你……”姜老虎看见女儿搂住刘黑子，一口气没上来，扑通一声倒在地上，不省了人事。

花拉着自己的情人扑通一声跪在了地上，对着苍天，咚咚咚地磕起响头来。

姜老虎躺在地上，两条腿颤抖着。

王猴大声地指挥着：“许秀才，快组织救人！刘黑子，你和花就拜了天地成一家吧！天意不可违，违者必遭罚！”

人们手忙脚乱，一片跑动。

“一拜天地！”王猴喊一嗓子，忙又指挥众人，“……快掐人中……”

刘黑子和花按照司仪，虔诚地跪拜天地。

“二拜高堂……扎指甲芯！”王猴又喊。

刘黑子和花再次跪下，对着躺在地上的爹磕头。

“夫妻对拜，同入洞房……往脸上喷凉水！”王猴又喊一声。

两人下意识地对拜一下，刘黑子又拉着情人的手向王猴跪下来：“谢探花爷！谢万岁爷！谢老天爷！”

“别乱磕头了，还不快入洞房去！”王猴哈哈笑着。

小伙子一愣。

“还愣着干什么？”王猴给小伙子示意。

刘黑子又给王猴磕了一个头，站起来拉了姑娘就走。

“嗳嗳，他们——”黄胡子喊了一声。

“让他们两口儿走吧！这是天意！天意不可违……”王猴大声说。

“那你们——”黄胡子想说什么。

“我们还赶路！”王猴笑着，走到渐渐苏醒过来的姜老虎面前，轻声说了一句：

“姜老虎，保重啊！”

第四章　断鸡

—*—

夜里做了个梦　　俩老鼠抬个瓮
“呼嗵”瓮倒了　俩老鼠吓跑了
——民谣

1

潘文才师爷是个精细人。按通知是明天新知县才到，可他不这样安排，天一明就把衙皂们叫来了，要他们提前一天去接。他陪过五任县太爷，第三任就提前了一天，因为没人去接，他们各被罚一吊大钱。衙皂们可以忘，他是师爷，不能不谨慎。

衙皂们虽然来得早，并没有立即去接，而是坐在县衙的陪房里打起了麻将。等到潘师爷发现的时候已经半晌了。潘师爷近视眼，头高脚低的，走路老有点儿瞎。他上厕所解溲呢，忽听见胡闹的歇后语，“哎呀老班长，你真是兔儿爷长了个络腮胡——亏中有补！”潘师爷也不解溲了，连忙走过去，才知道老班长拉肚子，回来自抠赢了钱。怪不得“亏中有补”！胡闹一看潘师爷过来，又嘻皮笑脸地开玩笑：“潘师爷，您老亲自来了？”

一看衙皂们这般松懈，潘师爷就急了，大声地嚷嚷起来：“老班长，还没去接呀？这任老爷可不像上一任是用钱捐的官，这任老爷是殿试进士第三名，万岁爷亲点的探花郎，万一误了事，可不是闹着玩儿的！”

众衙皂抬起轿来，一阵子旋风来到接官亭的时候，王探花的队伍正在姜庄问路呢！要是不打麻将不赌钱，他们正好可以接住新老爷，给一个大大的好印象。

衙皂们都是衙门里的当差，站堂打人，是他们；抓差办案，是他们；出门抬轿，也是他们。看上去没啥出息，实际上不能得罪。谁家也没有挂着“无事牌”，要是万一遇上点儿啥事，得罪了他们你就麻烦了。更何况他们还能无事生非，没有事给你造出个事来呢！因为有这点儿本事，很容易就染上了各种毛病，有的贪，有的馋，有的狠，有的毒，但有一点儿，都不怎么懒，因为懒了抓不着钱。

来接官亭的这四个衙皂，老班长叫刘理顺。虽然喊老班长，其实并不老，四十六岁。只因在衙门里的时间长了，加一个“老”字表示尊敬。要说刘理顺也应该得到些尊敬，衙门里滚了二十一年，还善心不泯，遇事常常帮助人。多年前，一个女人带俩孩子来打官司，饿昏在衙门外边，刘理顺又买包子又端汤，硬是把三口人救了过来。这女人要报救命之恩，连她带孩子一齐嫁给了刘理顺。

三十来岁的这位叫胡闹，典型一只好叫的狗，咋呼得厉害但并不怎么咬人。喜欢戴高帽，被人夸奖，哪怕夸得牛头不对马嘴，他也都乐呵呵地接受。“胡官人，听说您老最近又去了东京？”胡闹立即就装出刚刚回来的样子，“相国寺里的和尚最近又做法事了，那个钟大呀，比一顶官轿都高！”他说着就比一下。其实，他从没有到过东京。胡闹还有个特点，就是满嘴的戏词谣谚、乡间俚语。

接官亭轿一落地，他就来了一句：“蛐子塌音——歇歇！”塌音是方言，意思是不叫唤了。

第三位是李大个子，二十四岁了，心眼实诚，傻大黑粗，一身的蛮力。经常被捉弄，但从不跟捉弄他的人记仇。四个人中数他年轻，一抬轿老让他抬后头，既负重又从不露脸。年轻其实只是个借口，就是他不年轻，后边最重的杠头也不会不叫他抬。

最厉害的一位叫吴二斜子。俗话说，嘴歪眼斜心不正。吴二斜子就应了这句话。他也就比李大个子年长了四岁，一说话老是压量他：“大个子，给哥端杯茶！大个子，把哥的鞋拿来！”如果仅仅欺负大个子也就罢了，吴二斜子常在外边使刁，谁要是给他塞钱，他就敢替谁使坏。“花谁家的钱，消谁家的灾！”吴二斜子常咕哝这句话。

轿一落地，衙皂们就闲了。李大个子用手背抹一把头上的汗，大声问刘理顺：“老班长，你在这接官亭接了几次官了？”

“几次？”老班长抬头看着瓦蓝的天空，“一个马爷，一个杨爷，一个牛爷，一个侯爷，连上今天这个王爷，那就是五任了！”

“老班长，你来接官亭这么多次了，你说这上边写的究竟是啥字呢？”吴二斜子指着“天朗气清”四字问。

“还能有啥？‘接官亭’呗！”老班长敷衍着。

“不对，‘接官亭’是三个字，你看，这可是写的四个啊！”吴二斜子认真了。

“二斜子，你别老鼠进书柜——咬文嚼字了。你这水儿，蚂蚁尿泡——湿不深！比起咱老班长，马大娘见冯大娘——不是差一点，是差了两点！”胡闹截了话头。

“你要不叫唤胡闹，会把你当成哑巴驴卖了！”吴二斜子瞪了一眼。

胡闹得意了，吴二斜子逗嘴不行。胡闹要问个有水平的问题，“嗳，老班长，这状元、榜眼、探花，万岁爷点的前三名。这前三名是不是都要做万岁爷的女婿呀？”

“一下子三个女婿，万岁爷得多少闺女呀！”李大个子搔着头。

“榜眼和探花不能当女婿，只有状元可以。”老班长很自信地回答。

“那为啥？”李大个子问。

“状元第一嘛！”老班长想了想，又说，“榜眼和探花倒是可以做宰相的女婿！”

“啧啧，”吴二斜子接上了，“别说宰相，就是侍郎的女婿也不赖呀！”

“二斜子的要求不高啊！”老班长开个玩笑。

二斜子反唇相讥：“只要不是捡的女人就行！”

老班长正了颜色：“我说斜子，别管捡的拾的，还得看过日子怎么样！”

“嗳，”胡闹又问了，“老班长，有没有万岁爷要人家当女婿状元爷不干的呢？”

“哎呀，胡闹胡闹呀你真是胡闹！你就没想想，有谁不想做万岁爷的女婿？娇滴滴的小公主，啧啧啧啧！那可不是捡来的……”吴二斜子又上来了。

“嗳，那可不一定！你没听人家唱那歌吗？”胡闹说着，还真的就扯起嗓子唱起来：

万岁爷招我进京去，
他要我做他的养老婿。
不是我嫌他的闺女丑，
山高路远我不愿意。

2

王猴一行来到县城的时候刚刚过午。三、六、九，县城有会，今天四月初九，刚好是会期，一街两行，热闹非常。杂货铺，把果品搬出铺子，摆上门前的街道，说是给钱就卖。布匹行，干脆扯开丝绸，炫耀着五颜六色，张开尺子，一丝一丝地丈量着阳光。肉铺子，铁钩子高挂着白肉扇，刀光一闪就挣钱。粮食行，摆开笸箩，亮起升斗，香麦细米麻菽黍稷，一袋一袋敞口卖。卖席的把席捆成大捆，竹席、篾席、草席；卖篓的把篓垛成高垛，竹篓、条篓、席篓；卖绳子的，扯一条长绳，粗绳细绳全拴上这条长绳，像挂满了弯弯曲曲的日子。卖梳子的，摊一条长长竹箔，檀木梳樟木梳桃木梳梨木梳黑黑白白牛角梳，像展览着条分缕析的生活。吹糖人的吹着捏着，软糖稀一会儿变成钢钢铮铮硬武士。捏泥人的揉着搓着，烂泥巴倾刻塑成窈窈窕窕一淑女。买东西的，货比三家，还说价钱不公。逛大街的，挤挤扛扛，唯恐热闹不够。

一进县城，马就骑不成了。王猴跳下马背，把缰绳往王狗车上一拴，就说饿了，买了个烧饼夹牛肉，边走边吃，钻会场里玩耍去了。王狗吆着车，人多路窄，喊几声走不了一步。秀玉下了车，向小贩打听着了县衙的路，又追上弟弟扯上手，一行人挤挤挨挨来到了县衙门口。

这是一座古老衙门，迎面一座牌坊，飞檐挑脊，古香古色，上写着四个大字：春风骀荡。衙门正中又是四字：定平古治。朱红的门柱上镌有漆黑的长联，王猴歪了头看着，不觉就念出了声：

看阶前草绿花红无非生意

听院外莺啭鹊喧恐有冤声

王猴带众人正要进去，忽见一个孩子抱着只母鸡从身边跑过，后边紧追着一个壮汉，边追边大声威胁：“站住！小孩儿你站住！你站住不站住？”

“干啥的？”王猴扭脸看着，“那小孩儿他肯定不认识。”

“你咋知道他不认识？”王狗说。

“他要认识他会喊名字的，不能喊‘小孩儿’。我去看看！”王猴说着，就要走。

秀玉一把拉住：“弟弟，先把行李放府里吧！”

“万岁爷让我宰治定平，这儿刮风下雨都跟我大有关系。我看看就回！”王猴得意地比画着，扭脸就往街上跑。

“嗳嗳，少爷，少爷咱……”王狗喊着，王猴已经没影儿了。

“老王，你等着，我跟着他！”秀玉说着，跟屁股就往下追。秀玉终是没追上，眼瞅着消失在人群之中。秀玉想，车都在衙门前等呢，谅他也不会玩大会儿，别被找的回来了，找人的却没了踪影，又转两圈，连忙跑回来了。

王猴没回。

王狗的老婆梁氏也下车了，三个人踌躇在衙门前，不知道该进还是该等。

近视眼的潘师爷拍着个瞎脚出来了。自从被前任的老爷罚了钱他就越发地谨慎，倒不是在乎那一吊钱，而是感觉脸上没光。啥时候想起来都有点儿内疚，你干的啥活？咋就没想着老爷会提前一天来呢？衙皂们走后两个时辰，他就出来接了一次，以后喝三杯香茶他就出来接一回，已倒过三次茶叶了。潘师爷想着不来也就不来了，要来可就是该来了。潘师爷眼不好使，看人的时候就有些死，用“盯”这个字表达较为准确。他看门前站了一辆带篷子的轩车，鲜鲜亮亮的三个男女正在张望，又仔细一盯，就看见一个标致后生，那个头，那身段，那神采，那漂亮，肯定是新来的少年探花郎无疑。潘师爷不觉地就紧张了，他大步走到秀玉跟前，惊喜而客气地问了一声：

“啊，请问——您是新来的王老爷吗？”

秀玉一愣。

“啊，是是是……”王狗连忙应承。

“哎呀老爷，全县黎民听说大老爷是万岁爷亲点探花爷，英姿勃发似周郎，才华盖世赛诸葛，一个个直如大旱之盼甘霖，倒悬之盼解厄呀！”潘师爷边说边拱起手来行礼。

不怪潘师爷眼神不好，十三岁的秀玉本来就是按着男孩儿的模样装扮的，山高路险的，求个方便。潘师爷一施礼，秀玉就有些尴尬，加之害羞，慌乱中连忙还礼，假戏就真做起来。

潘师爷见新老爷有些慌乱，感觉着是自己猛然一声，惊着了老爷。再说，他怎么也不会想到“县太爷”有误，更加谦卑地弯腰示意：

“老爷，您快请进……老班长带着衙皂们去接官亭接了，没碰上？”潘师爷一边说，一边示意王狗往里赶牲口，“请问，您该如何称呼？”

“小的叫王狗。喊我王狗就行！”王狗本来想给师爷解释这不是老爷，一直插不上嘴，也就胡乱应着，往里赶车。

要说潘师爷对时间的判断真是准确，当他把三个人让进府里，还没坐稳的时候，众衙皂抬着空轿，一阵旋风就冲了进来。“热死了，烧熟了……潘师爷，谁像你老人家那样积极，一说当官就脚底板上长草——慌（荒）脚了！”胡闹咋呼着。

潘师爷头高脚低地端着水正要进屋，一扭头看见众衙皂，他怕胡闹嘴无遮挡说出疯话，一边给胡闹打着手势，一边大声说：

“你们接哪儿去了？大老爷已经到了！快快，快照顾老爷洗脸！”

众衙皂连忙放下轿子。

胡闹伸一下舌头，小声咕哝一句：“老灶爷的屁——神气（奇）了！”

“快快，别恁些闲话。”老班长说着，从潘师爷手里接过洗脸盆就往里走。

“哎哎哎哎，”胡闹轻叫着，又从老班长手里抢过盆子。

秀玉坐不住，她还想到外边去找弟弟，刚站起身，胡闹端着个盆子进来了：“大老爷，您老人家请洗脸！”胡闹把洗脸水放在盆架上。

“啊啊，大老爷，我们在接官亭等到日头正南，俺就想着……”老班长走上前，对秀玉深致一礼，解释着，“俺想着您……俺可能接错地方了。您老人家真是英明，真的就……嘿嘿嘿嘿就来到了。”

“嘿嘿嘿嘿。”李大个子和吴二斜子也躬身颔首跟着笑。

秀玉被他们热情得没有办法，轻轻一跺脚，一下子把话挑明了：“嗐，我不是你们的大老爷！”

“啊！”众人一齐抬起头看着秀玉。

老班长率先“醒”过来，扑通一声跪在地上。这个探花爷果然厉害，没接住就不当县太爷了，这可比罚一吊钱厉害多了！

众衙皂也都“明白”过来了，一个个慌不迭地跪了下去。

秀玉一时傻了。

“哎呀大老爷，您老人家是天上的星宿下凡，您不是大老爷谁是大老爷？您就是我们的青天大老爷！大老爷，您老人家千万别给小的们计较，小的们没福，没能先睹您老人家的仙颜，可我们确实是想接到您啊！”老班长看着秀玉，诚惶诚恐地说。

“是啊是啊大老爷，小的们真想接到您！”众衙皂一片声地说。

“嗳嗳，诸位，诸位请起！”王狗从后边挤上来，拉大家。

众人不起，一齐喊着：“请大老爷恕罪！”

王狗急了，大声说：“她真的不是大老爷，她是大老爷的姐姐秀玉小姐！”

“啊！”衙皂们一下惊呆了。

“哎呀您您、您、小姐您长得可是跟大老爷一模一样啊！”还是老班长先醒过来，他被惊得语无伦次，连忙爬起来，想奉承都找不到地方了。

秀玉和王狗都笑了。

“哎，要不我刚才就想，这大老爷咋看咋像下凡的七仙女一样啊！”胡闹说着，忙爬起来，把洗脸盆又端了过来。

秀玉害羞了，侧转过身子，不洗。

“来，给我！”吴二斜子从胡闹手里抢过来，走到秀玉跟前，讨好地笑着说：“秀玉小姐，您老人家就赏小的们个光吧！”

秀玉的脸更红了。

“放脸盆架上吧！”王狗说。

“我不累。”吴二斜子仍端着。

“咳咳。”老班长感觉不妥，连咳两声。

“嘿嘿嘿嘿，”吴二斜子也明白了，干笑着，把盆子放上架。

“嗳，那大老爷呢？”老班长忽然想起来。

王狗说：“我们一行走到衙门口，忽然听见有人吵架，大老爷说，这儿刮风下雨都和他大有关系，他要亲自去解决。所以就……”

“哎哟！大老爷没进衙门就去办公了，这、这可是打着灯笼找不着的好老爷呀！”潘师爷睁大一双无神的近视眼，用敬佩的口气说。

“啧啧，这下，咱们定平人可是该有福了呀！”老班长讨好地说。

“是呀是呀，我们该有福了！”众衙皂一齐点头。

“老班长，快抬轿去接老爷吧！”潘师爷大声喊。

“弟兄们！”老班长喊。

“在。”

“起轿！”

“是！”

3

抱着母鸡的孩子有十一二岁，大头，瘦弱，白土布小布衫一个袖长，一个袖短。下边两条黑裤腿儿也是一长一短，如果是个富家孩子，你一定以为他是玩酷。他是个穷孩子，清瘦的脸上除了一双大眼睛似乎就没了东西。小孩儿抱着鸡一个劲儿地跑，哪儿人多往哪儿钻。壮汉似乎并不急着追上，只是在后边紧紧地跟着，边追边威胁他放下，还不时地喊几声：“截住！截住他！别让小偷跑了！”

前边是个卖胡辣汤的小摊儿，一个长桌两个缸。正是吃饭时候，蹲的，站的，喝汤的人很多。慌不择路，小孩儿钻进人场，从一个蹲着的人头上跳过。“截住！”壮汉喊着使了个眼色。卖胡辣汤的李大歪嘴正给人舀汤，扔下勺子，一伸手就把小孩儿抓住了。小孩儿一挣，把个喝汤的碗碰掉了。“你赔我碗！”那人也来抓小孩儿。

“哈哈哈哈，”壮汉得意地狞笑着，“把鸡给我！”

小孩儿哭了，说：“这是俺的鸡！这是俺的鸡呀！”一边哭一边使劲儿往外扯。

“妈的，老子不动手看来你是真的不撒手呀！”壮汉叫着，扑上来就夺。

小孩儿弯腰抱着鸡，死不松手。

“住手，住手！你们这是干啥的？”王猴走上前，对着两人大喊一声。

那壮汉停下手，恶狠狠地一连看王猴几眼，用威胁的口吻说：“干啥？要鸡！”说过，又要去夺。

“是你的鸡吗你要夺？”王猴上前，用手止住他，大声又问。

“不是他的，是俺的！”小孩儿看有人问话，大声喊。

“去去，王八羔子，擦擦鼻涕玩去！”那壮汉说着，使劲儿往王猴身上推了一把。

王猴连退几步，恼了：“你是哪里的野汉子，光天化日之下，敢在大街上撒野！”

那壮汉一听，气得“呀呀”直叫：“小东西，老爷实话告诉你，老爷就是这里的主人！老爷跺跺脚，定平县城里就得掉土！你不相信？来来，看老爷我把你扔树上挂着，你信不信？”说着，丢下抱鸡孩儿，就来抓王猴。

“噢，你有那本事？”王猴说着，机警地往后一跳，躲过了壮汉的进攻。

那壮汉看他躲远了，摆出大人不计小人过的样子，丢下王猴，又去追那抱鸡孩儿。

旁边卖菜的老人轻拉王猴一把，小声地说：“你这小孩儿，不是本地人吧？”

“嗯。”王猴点头。

“玩去吧，他的事你管不了！”

“为啥我管不了？”王猴问。

“你知道胡庸胡大人吗？就是当朝的吏部尚书啊，他就是胡家粮行里管事的胡二。”

一个和王猴年纪相仿的孩子走上来，一拍王猴的肩，小声说：“他还有一手好武功，县城里没有人不怕他的。你可千万别惹他！”

“就是，金拴哥就正练武功，他说他长大了要打败胡二呢！”这是一个女孩子。

“小妹，你别多嘴。”男孩儿扭过头来制止女孩儿。

显然，这是一对兄妹。男孩儿长得精明，但营养不良，头发像一团焦草。女孩儿漂亮，大眼，小嘴，鼻梁儿很直。两天后，他们再次相遇，王猴才知道男孩儿叫金拴，和他同岁，女孩儿没名，都叫她小妹，刚八岁。这会儿的王猴顾不上询问，因为胡二还在夺鸡。

“既然他在胡大人家管事，他就更应该遵守律条，不能仗势欺人，败坏胡大人的名声啊！”看着大伙，王猴声音朗朗。

“嗳嗳，你倒是个懂礼的孩子，不过，你还太小呀孩子！”老人叹一口气。

“小？秤砣虽小压千斤，毛驴个大它还得听人喝呢！”王猴说过，又要上前。

“小孩儿，小孩儿！”老人喊着，没有拉住。

“嗳嗳！”金拴和小妹也都吃惊地叫喊，他们怕他吃亏。

弯腰缩肩，抱鸡的孩子死抱住那只鸡不丢。

胡二两手卡了小孩的肩膀，将孩子夹离地面，使劲儿用脚踹孩子的腿。

“哎哟，是俺的鸡……”抱鸡的孩子哭叫着。

“住手！”王猴猛拉住壮汉的胳膊，大叫了一声，“有理说理，不要打人！”

胡二吓了一跳，扭脸一看还是王猴，嘴里骂着，“小东西，给爷犟上了！”松开抓孩子的手，对着王猴就是一肘。

王猴一退，拉开架式迎战胡二。

“哪里来的王八羔子，我让你知道知道胡二爷的厉害！”说着，猛向王猴飞来一脚。

“哎呀！”小妹惊叫一声，闭了眼睛。

王猴轻轻一跳，灵巧躲过。

“呀——”胡二再吼一声，又一次扑过来。

王猴看他来到了身边，猛地一缩身子，在脚下使了个绊子。

胡二踉踉跄跄向前栽去，叭一声，饿狗抢屎般摔倒在地上。

人们由害怕孩子吃亏而紧张的心一下子变得松快起来，一个个禁不住哈哈大笑。

“英雄！”金拴一伸拇指。

“好啊好啊！胡二吃屎了！”小妹拍手跺脚连声高叫。

抱鸡的孩子咧开嘴儿，也哈哈地笑起来。

胡二恼羞成怒，一翻身爬起来，再扑王猴。

三岁开始，王猴就跟着师傅练功了，五岁时候又去了嵩山少林寺修炼三年，软功，硬功，贴墙挂画的轻功，样样都是真传，胡二这本事在王猴面前，真成了不入流的野狐禅了。胡二块大，王猴矮小，一个笨如狗熊，一个灵如猿猱。虽然连连发力，胡二却连王猴的汗毛也没有碰着。

向孩子施暴，本来是胡二很感惬意的事，现在自己倒摔了一跤，吞了一嘴的土，胡二哪弄过这等狼狈！更让他狼狈的是，这孩子像风，虽然他一脚一脚紧着踢，竟然连一下子也碰不着，真是丢脸至极！

空脚也累。一连几十下，胡二就受不住了，站下来呼呼喘气。

王猴还想捉弄捉弄他，掏出炒豆，对着胡二瞄了一下，然后一下子撩进嘴里，嘎嘣，嚼响。

“呀——”胡二更恼，伸腿又踢王猴。

王猴退到了厕所边。地方狭小，王猴没处躲了。胡二看是机会，使出浑身解数，喊一声：“吃屎去吧！”跳起来踢了个飞脚。这是胡二的狠招，力大劲猛。就见王猴连翻俩跟头落在了厕所墙上。如果被他踢着，上不了天也得进厕所。

“呀——”人们惊叫。

此时的胡二也大头冲下，“叭”的一声，仰面摔倒在厕所门口。

“嘿嘿嘿嘿，”王猴笑着，在墙头上晃悠两腿。

“好！”

“好呀！”人们忘了胡二的威风，禁不住大声喊叫着。

王猴并没有被踢着，他趁胡二的飞脚疾过鼻尖的时候，轻舒双手，顺势猛掀胡二的腿，胡二根基尽失，凌空摔倒。

胡二翻一个身，好一阵子才爬起来，他看人们还在笑，就恶狠狠地看着笑他的人，用指头捣着切齿大骂：“狗眼看人低，狗眼看人低！我、我饶不了你们！”

“哈哈哈哈，”王猴大声笑着，说，“你才是狗呢，胡家的赖狗，疯狗，咬人狗！”

“撵鸡子狗！”卖鸡孩儿笑着骂他。

“笨狗熊狗！”金拴大叫着。

人们哄地又笑。

“哎呀小杂种，你欺人太甚！”胡二骂着，出拳又向王猴攻。他毕竟吃了两回亏，每次出拳都小心谨慎，生怕再让王猴占了便宜。又胆怯，又进攻，他的样子就显得十分滑稽。

“飞，飞！再飞一脚！”王猴边逗他边掏出一粒炒豆，对着胡二做出投掷的样子。

胡二摆头一躲，王猴却把炒豆掷进自己嘴里。

人们看了，禁不住又哄笑。

胡二大恼，对着王猴又踢数脚。

王猴一边躲，一边又掏出炒豆，嘴里念着顽皮的歌谣：

不低，不高，
砸住，眼泡！

胡二的左眼皮一下子就肿了。

眯着一只眼的胡二不敢再攻了。王猴不罢休，掏出炒豆再瞄。

胡二躲闪着。

王猴真真假假：

不高，不低，
砸住，眉脊！

胡二的两眉正中，又飞上一粒炒豆。

胡二的脸就有些歪，龇牙咧嘴的，像个卖力表演的小丑。

王猴得意至极，掏出炒豆吃着，瞄着，“不低，不高……”

胡二还有个右眼泡想“吃”炒豆呢！

4

穿街越巷的衙皂们找到王猴的时候，胡二正摇头晃脑地躲炒豆。

一看当街里的人墙围成了一个舞台，秀玉就知道有事。听见“不低不高”的歌韵，秀玉就知道了舞台上的主角。“快快！”她喊着，自己就跑了上去。

王狗也看见了，他大叫了一声“少爷”，扭过脸就喊师爷：“那个就是你们的大老爷！”

胡二这会儿明白了，不能光躲，还要进击。他于是一边用胳膊遮住额头，一边绕圈子伺机反扑。虽也偶然用腿，却是再也不敢“飞”了。

耍熊般的王猴做着各种灵巧的动作引逗着胡二，他想找机会再摔他一跤。

“胡二爷，不得无理！”老班长终于明白胡二打的就是新来的大老爷，一边喊一边上前拦挡胡二。

胡二停下手，横横地喘气。左手掌挡着右眉峰不敢放下。

秀玉飞快地跑到王猴跟前，睁大双眼检视弟弟，她看王猴身上没伤，这才放下心。

老班长往后一招手，三个衙皂和师爷潘文才都走上前来。

“小人刘理顺带众衙皂给大老爷请安！”说着，展衣服磕下头去。

“给老爷请安！”三个衙皂也一齐跪下。

潘文才眨巴眨巴近视眼，对着王猴大声喊着：“在下潘文才给大老爷请安！”喊着，也跪了下去。

“他是师爷，叫潘文才。”秀玉小声对王猴说。

“起来起来！”王猴走上前，做一个请起的姿势。

“啊！闹了半天，他就是新来的县太爷呀！”卖菜的老人慨叹着。

“县太爷！”

“县太爷！”

“光听说近日要来个小爷，没想到这么小！”人们纷纷议论着。

“金拴哥金拴哥，他就是县太爷！”小妹光怕金拴不明白，大声叫着。

金拴高兴极了，晃着膀子，一副得意忘形的样子，好像他就是县太爷似的。

“哼哼！”胡二从鼻子里喷出一股粗气，一副不甩乎的样子。

王猴斜他一眼。

潘文才站起来，大步往轿边走去，人们连忙让出一条路来。

潘文才从轿里把大红的七品官服拿出来，谦恭地唤着“大老爷”，要给王猴穿。

秀玉连忙上前帮忙。人矮衣长，王猴穿上，秀玉一个劲儿地给他往里掖。

王猴笑着，双手往上举了几举，才从袖筒子里伸出手来。看看四周，得意扬扬。

众人也都看着他，神情新鲜又惊奇。

胡二又“哼”一声，转身要走。

“哎哎，别让他走！”众人大喊。

胡二站下来，对着周围大声示威：“老子不走！老子不走你们能咬了老子的蛋？”

“你叫，潘——潘什么？”王猴忘了潘文才的名。

“潘文才，在下潘文才。”潘文才连忙解释。

“老潘，现在我可以问案理事了吗？”王猴看一眼色厉内荏的胡二，微笑着问。

“老爷，您老人家是全县百姓的青天父母官，当然可以问案理事！”老班长大声说。

“您可以理事，大老爷！”众衙皂一齐喊。

“好，本县，即日问案！”王猴声音朗朗，正了颜色。

“诸位安静，诸位安静！新来的老爷是当今万岁爷在金銮殿上亲点的探花郎，现在，请探花爷升堂理事！”潘师爷大声喊过，又眨巴眨巴眼，就站在了王猴身边，“快拿把椅子！”

“这里这里！”绸缎铺子的老板应着，从人头上举过来一把朱红色太师椅。老班长一转身接过来，恭恭敬敬放在王猴身后：“老爷，您坐！”

“站着不也可以理吗？”王猴笑微微地看着老班长。

“可以可以。你老人家想站着您就站着。”老班长忙点头。

“既然想站着就站着，那我就站着理！”他把椅子放在前边，双手扶着椅子靠，左脚蹬了椅撑子，一转脸，对着胡二，正要问话，猛想起得有笔录，就说：

“搬把桌椅，叫老潘记录！”

“来来桌椅！”有人应着就抬来了。

“笔墨纸砚！”有人喊着就送来了。

道具齐了，王猴转脸看着胡二，语调威严：

“胡二！”

“在。”

“跪下！跪下！”周围的群众大叫。

“跪下吧胡二爷，老爷问你话呢！”老班长语调和缓地说。

胡二看看周围，慢慢跪在地下，一副不情愿的样子。

“胡二——作何职业？”王猴用了官话，扯腔拖调。

“本人是胡大人家粮行里的总管。”

按照大宋的规矩，打官司的双方自称时不能说“我”，一定要说“小的”或者“小人”，以示对皇权的尊重。胡二开篇一答就是“本人”，故意绕过惯常的用语，暗示了他对县令的蔑视态度。王猴一听，皱了一下额头。

潘师爷连忙趴到王猴右耳边："老爷，他是胡大人的远房侄子。您别生气，他打官司从不自称小人。"他是师爷，有责任提醒主人注意。

王猴不理，继续往下问："胡大人？胡大人是何人？"

"胡大人，就是当朝的吏部尚书胡庸胡大人。"胡二把"吏部尚书"说得很重。吏部尚书是管官的。

"既然你是胡大人家粮行里的总管，为何不自珍重，好好管事，偏要去夺穷孩子怀里的那只母鸡？"

"本人不是要夺他那只鸡，那鸡本来就是本人的！"胡二跪在地上，梗着脖子大声喊。

"不是他的鸡，是俺的！"小孩儿站着，大声喊，"他还打我！"

"跪下吧，快跪下吧！看一会儿打你！"旁边的人小声提醒他。

"小孩儿跪下。"老班长大声喊。

小孩儿往四周瞅瞅，连忙跪下了。

"胡二，你说这鸡是你的，可有啥像样的证据？"王猴目光盯着他。

"本人有证据。"

"把证据拿来！"

胡二扬起头，在人群里找了几个来回，看见了站在里圈的李大歪嘴，用手一指："李大歪嘴是本人的邻居，他可以做证。"

"李大歪嘴？谁是李大歪嘴？"王猴问道。

"李大歪嘴上来！"老班长大声喊。

李大歪嘴犹豫一下，大步走上前来，扑通一声跪在地上，说：“小的名叫李大，因从小生病，嘴歪了，乡邻就顺嘴喊我‘李大歪嘴’。”李大歪嘴说过，跪在地上不动了。

站在王猴身边的秀玉，一看李大歪嘴那样子，禁不住窃窃地笑了。

紧挨着王猴站立的金拴对着小妹做一个嘴歪的样子。小妹嘻嘻地笑着，说：“快看呗快看呗哥！”

“嗯，你倒是个爽快人！李大歪嘴，那我问你，你可愿意为胡二做证？”

“嗯——嗯嗯，嗯——愿意。”李大歪嘴看一眼胡二。

“李大歪嘴，做证可是要负责任的呀！现在反悔还来得及。本县再问一句，你真的愿意为胡二做证吗？”王猴威严地提醒他。

“小的知道要负责任。小的愿意为胡二爷做证。”李大歪嘴应。

“好，既然你愿意做证，那本县就问你，你怎么知道这只鸡不是那小孩儿的而是胡二的呢？”王猴看着他问。

“回老爷话，小的和胡二爷家是邻居，对门视户地住着，谁家的鸡呀鸭呀全都认识。要说他家，小鸡是不少，老母鸡可就只剩这一只。咋这样说呢？你不知道老爷，今年鸡瘟老厉害，都瘟死了！”

“嗯。”王猴盯着看他。

“你看，他家这只母鸡尾巴上有两根明毛。原来是三根哩，因为他家老二要踢毽子，拔掉了一根。要说踢毽子常用公鸡毛，他却用的是母鸡毛。咋这样说呢？公鸡都瘟死了。不得已才拔了母鸡毛。请大老爷细看！”李大歪嘴说着，指了指小孩儿怀里的鸡。

“小孩儿，叫老爷看看。”老班长说。

那孩子哭了，说：“老爷，他瞎说哩！他刚才抓住我让胡二打的时候，看见过母鸡！”

“举起来让老爷看看！”老班长提高声音又喊。

“举吧小孩儿，举吧！”卖菜的老人说，“不举，一会儿该打你了！”

小孩儿流着泪，把鸡往上举了举。

果然，鸡尾巴上有两根明毛。

“李大歪嘴，本县问你，这鸡是怎样跑到小孩儿手里的呢？”

“这，小的不知道。小的不知道小的不敢乱说。”

“本人要说！”胡二大声喊。

“老爷，您也叫我说说呗！”小孩儿也喊着。

“不要喧哗！不要喧哗听见没有？叫谁说谁说！”老班长大声制止着。

“胡二，你说吧！”王猴指指胡二。

胡二使劲儿眨巴着肿胀的眼：“本人在屋里正卖粮食，忽地一下跑进来个孩子，本人以为是来买粮食的哩，可一看，这孩子手里什么东西也没拿。本人正纳闷儿，他趴地上就捉起鸡来。鸡子正吃食哩，好抓，他扑上去抓住，抱起来就走。本人一说他，他还不愿意，连说是他的鸡是他的鸡！”

“不对，不对！”小孩儿跪在地上大声喊叫。

“别说！叫你说你再说，不叫你说你别说，不然，就打你的屁股了！”老班长吓唬他。

小孩儿不敢吭了，趴在地上掉眼泪。

“嗯。”王猴点一下头。

胡二看王猴点头了，以为自己说服了他，就大声地要求道：“大老爷，您是青天一方，明镜高悬，请大老爷做主，把那鸡还给本人，也算给胡大人个面子！不至于让他的侄子老跪在大街的湿地上！”

王猴不答。

“老爷，他是胡庸胡大人的远房侄子。”潘师爷又一次提醒。

王猴仍然不理。

潘师爷自感没趣，下意识舔着笔尖。

“就是，大老爷，您还是断给胡二爷吧！”李大歪嘴也开始给他讲情。

“老爷，这鸡真是俺的！”小孩儿喊罢，哇的一声哭起来了。

“胡二，你说这鸡真是你的？”王猴又问。

“若有半句瞎话，让老天爷打雷抓我！”胡二赌起咒来。

王猴看看周围，周围是一片否定的眼神。

“胡二家离粮行远着呢，他家的鸡根本跑不过来！”金拴趴王猴左耳边小声说。

王猴又看看胡二，胡二正给李大歪嘴使眼色。

王猴冷笑一声，大声又问：“胡二，本县问你，这鸡你今天喂过没有？”

胡二大声说：“我们开粮行的，鸡平时都不喂。您想想，光粮行里抛撒的粮食，鸡它能吃完？”

“这么说，你的鸡吃的都是粮食籽儿了？”

“不错，都是粮食籽儿。想不吃粮食籽儿都难！”

“都啥粮食籽儿？”

“都是——反正粮行里卖啥它吃啥。”

“你粮行里今天卖的啥？”

“高粱啊，小麦啊，粗粮细粮都有。”

“嗯，好！”王猴自语着。

“好？那老爷您就把这鸡还给我吧！”胡二又要求。

“就是大老爷，您把这鸡断给胡二爷吧。这地老湿！”李大歪嘴也替他要求。

“打李大歪嘴四个嘴巴！该怎样判案本县自有公断，难道还非得让你多言！”王猴蔑视地看一眼。

“是。”早有胡闹走上前来，“噼噼啪啪”打了李大歪嘴四个嘴巴。

看客们一片声地笑了。

“嘻嘻嘻嘻！”王猴也笑了，转过脸又问小孩儿：“小孩儿，你是哪里人氏？”

小孩儿抹一把眼泪，说：“俺是城南十里黄村人。俺叫富贵儿。”

“你一个乡下孩儿，今天为何跑到城里来了？”

“俺来办事哩！”

“要办何事？”

这一问，富贵儿可就哭起来了，说：

“俺爹死得早，俺家就俺娘俺俩。俺娘生病了，三天水米没打牙。想请个先生看看，家里没钱，我就把俺家这只老母鸡抱到城里来卖。老母鸡正嬎蛋哩，俺娘说千万别卖给烧鸡锅上，给多少钱都别卖，一卖给他们鸡子就活不成了。呜……我正在街上抱着卖哩，旁边卖篦子的老婆儿一吆喝‘刮头篦子——’，把鸡吓惊了，一下子飞到粮行里，他就要赖说是他的。我不给他，他就打我，你看我的脸，呜……你看我的腿，呜……还有肚子，呜……俺娘还等着我卖了鸡买药哩！呜……俺娘叫我早去早回，她要知道我在外边挨打了，病不知道又要咋样子加重哩！呜……”

旁边的人听着，就有人掉起眼泪。

王猴也红了眼睛，大声问：“富贵儿别哭，我问你，来时你的鸡喂过没有？”

“喂了。”富贵儿擦了擦泪。

“喂的什么？”

“喂的芋头。俺家没粮食，我就煮了点芋头吃，没舍得吃完，喂鸡了。鸡是我从小养大的，马上就卖给人家了，我心里难受。”

“芋头我知道，是不是长着很大的叶子啊？”王猴比画了一下。八岁前在嵩山时，他家的邻居就种过芋头。

富贵儿连忙点头。

“这么说，除了芋头你是什么也没再喂了？”王猴问。

富贵儿想了想，使劲儿点点头。

王猴转向大伙，朗声说：“他们二人，一个说喂的粮食，粗粮细粮都有。一个说喂的芋头，煮熟的芋头。来人！”

“在。”老班长领着几个衙皂一片声地应。

“找把剪刀，把这只鸡的嗉子剪开，我要看看它肚子里究竟是粮食还是芋头！”

“好——我去找剪刀！”金拴喊一声，就往外挤。

“这还是个法哩！”有人赞叹。

“是个主意！”卖菜老人露出了笑容。

金拴挤过来了：“给，给！剪刀！”

老班长接过剪刀，来到富贵儿身边，说：“小孩儿，把母鸡给我吧！”

“不，我不给！”富贵儿死抱住鸡。

“嗳，为啥不给？”老班长大声问。

富贵儿又哭了，说：“你把它的嗉子剪开，它就活不成了！它还正嬔着蛋哩！”

“嬔着蛋哩也得剪！”老班长凶他。

“不！”富贵儿比他拗，“俺娘不让俺卖给烧鸡锅上，就是怕给它杀了。它一天嬔一个蛋，做活得很！”

“老爷，不剪也罢，一剪这母鸡就真的活不成了。您、您把它断给我算了！”胡二跪着叫喊。

李大歪嘴抬起头，正想说话，猛想起刚才那四嘴巴，咽了口唾沫又忍住了。

“孩子，让他剪吧，不然，断不明白，要打你哩！”卖菜的老人小声劝他。

“光打吗？老爷一生气给你关起来了，鸡你要不了，连你娘你也管不成了！”旁边一个光头汉子也跟着劝。

“让他剪让他剪，鸡重要呀还是官司重要？”小妹弯着腰劝他。

“给我吧！”老班长说着，从他手里一下子把鸡夺了过来。

富贵儿抹一把泪，大声喊：“黄母鸡，你忍着点儿！呜……”

老班长和胡闹二人上前，抱死黄母鸡，咔嚓一声，就把鸡嗉子给剪开了。

鸡子挣扎着，惨叫着。

“黄母鸡……”富贵儿趴在地上大哭起来。

结果立见。

老班长大声禀报：

“禀告老爷，鸡嗉子里只有两个麦籽儿，其他都是芋头！”

“是吗？”胡二和李大歪嘴张着惊恐的眼睛。

“哈哈哈哈，”王猴笑了，说，“案情已明，谁还有话？”说过，看看四周。

四周里，鸦雀无声。

“大胆胡二，身为胡大人家粮行里的总管，不思上进，欺压孤小，光天化日之下，竟敢强夺穷孩子手里这一只鸡！胡二，当着这么多乡邻爷们的面，你给大伙儿说说，究竟是何居心？”

“老爷，老爷！这鸡，真是我粮行的鸡呀！”胡二不服，高声喊冤。

“是你粮行里的鸡，为什么只有两个麦籽儿，其他都是芋头？”

“老爷，您想想，鸡是活的，它长着腿哩，乱跑，我哪儿知道它是在哪儿吃的芋头呢？”胡二狡辩着。

“哼哼，富贵儿说，他家里没有粮食，不得已吃芋头充饥。城里人日子好过，难道还专门买芋头尝鲜吗？”王知县环顾四方，“有谁家在吃芋头？”

“没人吃，没人吃……”众人一齐摇头。

“那、那，你一个小孩子家你知道个啥你……”胡二一急，说漏了嘴。

“什么？小孩子家？”王猴生气了，他忽然一声大叫：

“来人！”

“在。”

“本县开始审案时，他自称‘本人’不称‘小人’，蔑视大宋王法，一！现在出言轻狂，蔑视朝廷命官，二！两罪并罚，先打二十大板！看他还无赖不无赖！”王猴声色俱厉。

“是。”衙皂们应着，就是没人上前。谁都怕这个胡二爷！

王猴看着老班长，说：“怎么着？难道还要本县亲自动手吗？”

“上，弟兄们！”老班长大喊一声，操板子走到胡二跟前。

“胡二爷，对不起了！官差不自由，您老忍着点儿啊！”胡闹小声说。

潘师爷一听要打胡二，咯噔就吓了一跳。他知道这下子老爷要惹麻烦了。嘴张了几张，一时没敢说话。

“哎哟，哎哟！你敢打我？哎哟你敢打我！朝廷命官？还不就是俺叔胡大人给你命的吗？”胡二在地上气焰很盛。

“说什么？停！”王猴大喊。

众衙皂如释重负，一齐停下手来，你看我我看你，暗出长气。

王猴丢了椅子，走到胡二跟前，大声说：

“普天之下，莫非王土。率土之滨，莫非王臣。反了你了！你竟敢说朝廷命官是你叔胡大人命的！胡二，我问你，这话是谁告诉你的？胡庸胡大人吗？”

胡二连忙摇头。

“那么，是你自己悟出来的吗？”

胡二梗着脖子，不知道作何回答。

“我再问你胡二，堂堂大宋王朝姓赵还是姓胡？哼哼，你自己的脑袋搬家事小，难道你还想连累胡庸胡大人吗？说轻些，你这是蔑视皇权；说重些胡二，你就是犯上作乱，灭九族的重罪啊！”

胡二知道自己说了闯祸的话，立即乖起来，趴地上连磕了几个头，大声说：“小人不敢，小人有罪！小人说错了嘴，万望大老爷原谅！”

“偷鸡摸狗，大老爷可以给你个原谅。可这种谋反恶念，打都是轻的，再加四十板子。扒开屁股打！”王猴高声又喊。

“是！”胡二一软，衙皂们的胆骤然长大，发一声喊，扒了胡二的裤子，噼噼啪啪就打起来。

众人前扒开裤子，含着羞辱的意思。胡二趴在地上，头也不敢抬了。

“狠打！”周围的人喊着。

“打得好！打得好！”金拴和小妹跳着脚叫。

跪在地上的富贵儿，笑得前仰后合，嘴里叫着：“看他还要赖不要赖！”

老班长走上前来，朗声报告：“禀告大老爷，六十板子已打完！”

王猴退到椅子边，大声问：“胡二，说，你究竟是服也不服？”

“哎哟，服，服，我服，谢大老爷了，小人我服得很！”胡二的屁股肿得老高，只能低低地趴着。

“打你六十板子到底是亏也不亏？”王猴又问。

“哎哟不亏，不亏，不亏得很！”

“那我问你，强夺一个穷孩子的鸡，你究竟是何居心？”

“老爷，我说。我中午要喝酒哩，想找点儿下酒菜。没想到，没想到这孩子这么倔，死活不给。我、我就夺起来了！”胡二这时候只想着快点儿结束，问什么就说什么，配合得很。

李大歪嘴一听这话，知道下边就是做假证的他了，偷偷地瞅瞅四周，就想往外溜。

“早就知道是这样，看看，招了吧！”卖菜老人气愤地说。

“真坏！”

“真该狠打！”人们大声说着。

“胡二，刚才打你那六十板子，是你蔑视朝廷命官、口出犯上言论的罪。欺压孤小，强夺财物的罪行我还没有理呢！现在，本县问你，是愿打呢还是愿罚？”王猴看着胡二。

“回老爷话，打怎样，罚又怎样？”

“打，再打四十板子；罚嘛，你给这孩子拿出十两银子，鸡是你的，你还可以下酒。钱让这孩子给他娘拿药。”

“回老爷话，小人，愿罚。”

“老爷，那鸡还给我吧，它、它还活着哩！”富贵儿趴地上要求着。

“既然愿罚，本县就成全你。一会儿让人送十两银子到县衙，我亲自清点。”

一直趴在地上的说谎证人李大歪嘴，趁人们不注意他时，悄悄地向人圈外爬去。可是，他往哪里爬，人们就自动往后退，一个圆圆的人圈硬是让他爬成了一个扁圈子，最终还是没有爬出去。李大歪嘴显然急了，他用祈求的目光看着卖菜的老人，希望老人能同情他。

王猴高昂着头，慢慢地走到李大歪嘴跟前，猛一下子踩住他的手，厉声说：

“李大歪嘴，你这证人做得好，连小孩踢毽子逮了几根鸡毛你都知道！法网恢恢，疏而不漏。乾坤荡荡，阳光普照。你以为你这样就能溜得掉吗？”

“哎哟哎哟，大老爷，我、我错了！我有罪！”

“你有罪？好，那就当着这么多乡邻爷们的面，你说说罪在哪里？”

“我、我做了假证……”李大歪嘴给王猴磕着头。

“好人死到证家手里，真是一点儿不假！”卖菜老人叹道。

“溜沟子舔眼子，这种人最可恨了！”光脑袋汉子愤怒地说。

“什么什么？你说什么？”王猴转过头来，看着光脑袋。

“嘿嘿嘿嘿，”光脑袋不好意思了，说，“回老爷，俺说的是土话，有点儿脏，不中听！”

“说说说说，本县初来乍到，正想学几句土话呢！大声再说一遍！”王猴催他。

那汉子嘿嘿笑着，不说。

“叫你说你说呗！”老班长大声喝他。

那汉子脸一红：“俺是说，他这种行为就叫‘溜沟子舔眼子’。沟子，就是屁股沟子。眼子，就是屁股眼子……打嘴了！”汉子说着往自己脸上轻扇一下。

“溜沟子舔眼子！嗯，通俗易懂，这句土话好形象！”说过，一转头，看着李大歪嘴，说，“李大歪嘴！”

“小的在。”

“你，作何营生？”

“回老爷话，小的是小本生意，卖胡辣汤的。”

“生意如何？”

“托您老人家的福，还能过得去。”

“那好，本县罚你一碗胡辣汤你还能驮得动吧？”

“哎呀，驮得动驮得动！大老爷爱民如子，小人我感激不尽。就是三碗五碗十碗八碗，也不多老爷！不多！”李大歪嘴一脸惶恐。

“这种人只罚一碗胡辣汤，太便宜他了！”卖菜老人轻声说。

“至少得打四十大板！”光头汉子说。

“打板子！老爷还打板子吧，痛快！”金拴大声叫着。

“大老爷，这种人应该打板子！”人们一片声地喊。

王猴伸手制止众人，高喊了一声：

“来人！”

“在。”众衙皂齐应。

“到李大歪嘴那儿舀一碗胡辣汤来！”

“是。”老班长应着。

“舀满些！”王猴诡谲地喊。

老班长也想着该打板子，只罚一碗胡辣汤真是太便宜了，于是他使劲儿舀了一碗，沥沥拉拉，一直端到王猴跟前。

“尝尝，汤能够喝吗？”

老班长喝了一口：“回老爷话，汤不烫了！需要再热热吗？”

“不用热了。给我！”王猴接过汤碗，一蹦一跳地窜到胡二正撅着的屁股跟前，对着胡二肿胀的屁股猛一泼。

“哎哟！”胡二痛叫一声，身子猛往前一蹿，连爬了几下趴倒在地上。

“李大歪嘴！”王猴大声喊。

“小的在。”

“你不是好溜沟子舔眼子吗？”

“是。”李大歪嘴下意识地应了一声。

众人大笑。

“……啊不是、不是……”李大歪嘴支吾着。

众人又笑。

“来人！”

“在。”

“叫李大歪嘴给他舔净！”

李大个子和吴二斜子一愣，但很快就醒过神儿来，上前就拉李大歪嘴。

“老爷，大老爷！这、这哪是人干的活儿呀？”李大歪嘴大叫着，使劲儿往下坠身子。

李大个子和吴二斜子兴奋得不行，直架得李大歪嘴脚不沾地。

“你干的本来就不是人事嘛！舔！”王猴得意地喊。

“舔！”周围的人们一片声地大叫着。

两个衙皂把李大歪嘴往胡二屁股上一按。

李大歪嘴哇一声呕出来，吐了胡二一屁股。

“哎哟！”胡二以为又往上泼一碗呢，叫唤着往前又爬。

“哗！”人们使劲儿鼓起掌来。

金拴和小妹乐得又叫又蹦。

潘师爷蹙着的眉忽地开了，禁不住嘿嘿地发笑。

自从王猴扒开胡二的屁股，秀玉就扭过脸去不敢看，但她也不敢走，她猜不透这个刁钻的弟弟想干什么。现在她终于明白，忍不住咯咯咯地笑出了声。

“回府！”王猴一扬手，扭脸就往外跑。

老班长连忙上前：“老爷，老爷，轿在这边呢！”

王猴转眼不见了踪影。

第五章　辨约

—*—

啥糖？麻糖
掐给我点儿尝尝
——民谣

1

王茂昌终于来到了大堂之上。

这是一个美丽的早晨，宽敞的定平县衙沐浴在水一样的朝霞里。明丽之处是高的树冠挺的屋脊，一律线条生动，洒金一般。黯然之所是深的院落低的檐廊，皆如刚刚睡醒还没有睁开双目。就是在这个明暗交会的时刻，王猴来到了大堂。

王茂昌一上堂，四个衙皂也都立即跟着进来了。他们分站两列，随时等着听差。大堂是县太爷审案的地方，平时是不往这儿来的。也就是说，县太爷一坐堂，必定有事。今天是上任第一天，坐上大堂，这是个仪式。

长长的乌木条案横在前面，笔墨纸砚，样样俱全。后面是一把宽大的太师椅子。椅大人小，王猴坐上，空落出很多地方。条案旁边，斜放着一张方桌，这是师爷潘文才的地方。

王猴一坐上去，就感觉这椅子怪怪的，又硬又大，离条案又远，他想把椅子挪近些，搬了几下，竟未挪动。潘师爷看见了，连忙上前，说：“上一任的侯县令办事死脑筋，啥都给固定住，就把这椅子固定在地上了。你看，条案也固定了！还有我这桌儿，你看！”潘师爷说着，做出推的样子。

“哎呀！老爷，您看，我们四个的站处也被固定了，一人一个圈儿！”胡闹大声说。

王猴说：“啊，我知道了，一定是定平县衙里闹过鬼，桌椅板凳经常逃跑是吧？”

“回大老爷，定平县衙是闹过鬼，可是桌椅板凳不会跑，我在这儿干了五年，从没有见它们跑过一次！”李大个子接上了。

王猴笑了，他抓住两边的扶手，猛地拿起个大顶。头冲下，脚在上，正“走”了几步，侧过来，又倒着“走”了几步。两只手“走”，一交一替；一只手“走”，一蹦一跳；三个指头“走”，一指一寸。最后是全身悬空，倒立起一个食指。这叫“一指禅”，是少林的一大功法。既然椅子固定，他索性玩个痛快。钻椅子掌儿，攀椅子背，学鸭子过桥，学蝎子爬墙，最后一个大顶立在椅靠上，两腿叉开，静静地半天不动。从衙皂们站立的地方望去，正堂上高挂的巨匾“明镜高悬”正夹在他叉开的双腿里。

“真是孩子，当了县太爷也玩心不退。”李大个子小声说。

“萝卜虽小，长在辈上了。要是别的孩子大堂上敢这样，看我不上去揍他！”胡闹说着，打了一个呵欠。

老班长看王猴还拿着大顶，小声问：“胡闹，夜里又搬砖了？”“搬砖”就是打麻将。

胡闹又打一呵欠，满眼里都是泪水。

“听说胡闹赢了？”李大个子笑着说。

“赢个屁！肛门里发醭——霉死（屎）了。孔夫子搬家——净输（书）！”话音一落，胡闹就打起瞌睡来。

瞌睡传染，其他衙皂也都张嘴打呵欠地流起眼泪。

新来的老爷在大堂上练功，伺候过五任县太爷的潘师爷一时不知如何是好。他想制止他，可是不敢。他想提醒他，可没理由。潘师爷着急地往外看看，生怕这时候有人告状，看见这不雅的一幕，官场多事，谁知道会惹出来些什么麻烦。“咳咳”，潘师爷咳嗽一声。

王猴不理，索性闭上了眼睛，盘了双腿，头朝下参禅打坐。这是王猴的功夫，他闭了眼睛，可以倒“禅”一天。

胡闹摇晃着，口水秃噜下来一串，猛打了一声呼噜。

其他衙皂也都有了睡意，喝醉酒似的，一副头重脚轻的样子。

正拿着大顶的王猴睁眼看见，悄悄地收了功夫，稳坐在太师椅上，抓起惊堂木，使劲儿往桌上一摔：

“啪！”

“哎哟我的娘呀！”胡闹一声轻唤，几个衙皂全醒过神来。

“大老爷，您——有事吩咐？”老班长刘理顺上前一步，使劲儿眨巴着眼睛。

“没事。你们还睡吧！”王猴笑笑。

“嗯嗯，小的们不瞌睡。小的们只是想迷糊迷糊。”刘理顺说着，下意识地又擦一下嘴巴。他正要往后退，王猴发话了：

“你叫什么名字？”

“刘理顺。刘，就是姓刘的刘，理顺——就是‘顺情顺理’的‘顺理’倒过来……”

“那是‘理不顺’了！”王猴笑起来。

众衙皂也笑了。

刘理顺笑过，手指着众衙皂给王猴介绍：“胡闹。”

胡闹前走一步冲老爷点头：“啊，老爷，胡闹给您请安。”

“李大个子。”

李大个子走到王猴面前，双手抱拳：“嘿嘿嘿嘿，李大个子给老爷请安。”

“吴二斜子。”老班长又介绍。

“吴二斜子给老爷请安！”

“哈哈哈哈，”王猴乐了，摆摆手，众衙皂退回原位。

“刘理顺。”

“小的在。”老班长应。

“你跟了几任县令了？”

“连老爷一共五任。”

“那你是元老了！”王猴笑笑。

“那是。”他忽然感觉不妥，连忙又说，“小的不敢。小的不过多当了几年差。”

“我初来乍到，不知道咱这县里都有哪些规矩？”王猴跟衙皂们聊天了。

“老爷，您要问别的，小的或许有所不知，您要是一问这规矩，我就能给您说上一二了。”老班长刚想卖弄，猛然想着旁边坐着个师爷，嘿嘿地笑了两声，“老爷，这规矩，还是请潘师爷给您说吧。潘师爷啥都明白！”

“嗳嗳，潘师爷有潘师爷的，我就想听你说。”王猴诡谲地笑笑，看着老班长。

“那——，小的就恭敬不如从命？”刘理顺一脸谦卑地笑笑，“老爷，这上任第一宗事，那就是拜客！”

“拜客？”

“对。”

“都拜哪儿的客呀？”

“拜哪儿的客？这首推西门胡庸胡大人府上。胡大人是当朝的吏部尚书，一家子有父子三个进士，那是历任县令必拜的！”刘理顺说得很是自信。

“必拜？”王猴问。

“必拜！”

“不拜不行？”

“不拜不行！”

“那咱这一回就免了，不拜！”

“免了？”刘理顺看着王猴，面现惊讶。

“免了。”

“真不拜了？”

“真不拜了。”

潘师爷忍不住接话：“老爷，以在下看，还是不免好。”潘文才满脸诚恳。

“为啥呢？”王猴看着老潘。

“为啥？老爷一进县，就把他胡家粮行里的胡二胡总管打了一顿，今天到胡府上一拜，也就是给了他面子，往后处事不是就好办了吗？”潘师爷提醒王知县。

“老潘，你说咱昨天打他的粮行总管打错没有？”王猴盯着潘文才。

“没错没错。”众衙皂一齐说。

王猴开心了：“既然没错，咱为什么要给他面子？你这一说，就更不能拜了。不拜不拜！第二桩呢？刘理顺你接着说！”

“第二桩呢，还是拜客！”

“啊，还拜客呀？”王猴略感惊讶。

“对。”刘理顺点头。

“拜哪一家的客？快说！”

“拜南门的刘大人。刘大人当过户部侍郎，虽然退休在家，也是虎老雄风在，那也是必拜不可的！”

“必拜？”

“必、必拜。”老班长的语气有点儿动摇。

“嗳，这回也免了。”王猴轻松地说。

“啊，也免了？”

“也免了。那第三桩呢？”王猴问。

“第三桩，嘿嘿。”刘理顺笑了。

“还拜客？”王猴替他说了。

“对对，还拜客。”刘理顺忙点头，“那就是，北门马家马大人。”老班长说着，语气就有点儿欠力了。

王猴笑眯眯地看着他，眼神中似乎透出鼓励。

老班长抬头看了，大了声音又说：“您知道老爷，马大人现在陕西当知府，虽说管不到咱这儿，可人家官大势力大，也是历任老爷必拜不可的。”

“免免，都免。”

“都免了？”

“都免了。那第四桩呢？”

“老爷，第四桩我就不说了，反正也是个免。”

“嗳？说说看。”王猴很好奇。

“第四桩是、是个死人，活人咱都不怕，还怕个死人吗？”老班长说着，不由得看了看众衙皂。

“就是就是。死人不可怕。”众衙皂连忙附和。

“我看不说也罢，免了吧！”老班长自作主张起来。

“刘理顺，你咋这么啰唆？我让你免了吗？说说，快说！”王猴一急，屁股当轴，在椅子上转了一圈。

“嘿嘿，老爷想听，小人那就说……第四家，他是东门的孔大人孔老夫子的府第——文庙。”老班长说过，禁不住咕哝一声，“一个泥胎，拜它何用？”

“就是就是。”众衙皂齐说，“咱不怕泥胎。”

“放肆！”王猴一拍案子，“活人咱不理，死人咱得拜。就这个孔老夫子该去磕头。走走，赶快备轿，现在就去！”王猴说着，跳下太师椅，跑出堂外。

“这老爷真怪，解手不进厕所——怕死（屎）的！”胡闹小声嘀咕着。

“走吧走吧，老爷叫备轿咱就快备！”老班长说。

2

王猴跑进屋里的时候，表姐秀玉正忙着绣花，嫩红衣衫的下缘处，绣一蔓扯不到头的常青藤鲜叶。王猴知道，这是吉祥的“富贵不断头”的一种变形。十六岁的使女虹彩正在白腊条勒成的线笸箩里帮她挑选绒线。

“姐，姐！我要去拜孔庙，你去看不去？”王猴一步跳进来，把秀玉主仆俩都吓了一跳。

秀玉白他一眼：“当了县太爷还不学稳重，把我的魂都吓飞了！”

“吓飞了我赔你！给，魂！”王猴扯住秀玉，闹她，“去不去，姐姐？”

“你没看我正做衣裳。”秀玉知道，他想让她去。她这个弟弟有特点，什么时候求她，什么时候喊“姐姐”，平常时候就只喊“姐”。

王猴压低声音，故作神秘地又说：“姐姐，抬轿去呢！”

“抬轿我更不去！”秀玉说。

“为什么？”

“为什么？你是大老爷，我又不能坐。”

“你坐行不行，你坐我跑！”王猴又去拉秀玉。

“那才不行呢！究竟谁是大老爷呀？”

“那你说怎么办？”王猴不高兴了。

“怎么办，你坐上，我跟着看呗，看看俺弟弟怎样做老爷。说好啊弟，老爷做得好了，姐姐我还在这儿陪你。要是做成了贪官、昏官、糊涂官，我可不在这儿跟着你丢人现眼啊！”秀玉笑着。

“县官有什么好做，又不是挨打，得使劲儿挺着。叫我说，天底下没有比做官更容易的事了！贪官、昏官、糊涂官，那是他想当的，他要不想当，谁也赖不到他头上！”王猴说着，在屋里比画了几式做官的样子。

秀玉笑了，说：“好吧，陪你去！”

3

轿子已经备好。胡闹和吴二斜子举出俩虎头牌，一个写“回避”，一个写“肃静”。王猴知道，当官的想偷懒，俩牌儿一打，就没人挡轿告状了。衙皂们要威风，也想打这俩牌儿。他可不想这么做，一个人不见，有什么意思啊！

“来来！”王猴说着，从胡闹手里抢过“回避”，呼呼地舞了一阵，大王雄风，很有气势。

“老爷，您弄的这是啥拳？我看怪有劲儿的。”胡闹咋呼着。

“这是大王拳。老虎下山，百兽回避。”王猴边舞边卖弄。

“老爷舞得好！”众衙皂大叫。

王猴高兴，把“回避”往地上一扔，猛一跳，抢了吴二斜子手中的“肃静”呼呼再舞，他这次舞的是猴拳，蹦蹦跳跳，花样迭出。

“老爷，您这个我认识，是猴拳吧？”老班长说。

“有眼力！”王猴说着跳起来，做一个爬树猴回首望月的动作。没承想，虎头牌年月久了，竟让他一下“望”成了两截，王猴一个腚墩儿摔在地上。

众衙皂禁不住笑起来。

王猴翻身跳起，喊一声：

“起轿！”

“老爷，这……”老班长捡起半截“肃静”。

王猴再喊：“不要不要都不要！”

轿子抬过来了。

“老爷，请——”老班长掀起轿帘，做一个请的动作。

老爷没请。老爷后退了几步，对着轿门，连翻了三个跟头。他想在最后一个跟头翻进轿里。他倒是达到了目的，只是身上的官服不配合，人进去了，又肥又大的官袍却执意从身上跑下，红艳艳，晾在了轿外。

众人一阵哈哈大笑。

秀玉笑着，忙把官袍捡起来送进轿内。

要说王猴的官袍是专去做的，官裁缝按的是最小的号码，可王猴年龄太小，又加上晚长，十岁了还没有长高，穿上去像个衣裳架子。

定平的街上颇为热闹，除了坐地行商的门面，街上摆摊的小贩一律喜行叫卖：

捞面条，炒鸡蛋，
黄瓜丝，捣瓣蒜，
面条汤，喝半碗，
你看看舒坦不舒坦。

这是卖饭的。

有花椒，有茴香，
还有肉桂和良姜。
有大料，有丁香，
砂仁紫蔻是川姜……

这是卖香料的。

小叫吹，呼呼叫，
小孩儿一见就想要。
皮老虎，泥泥狗，
见了你就不想走……

这是卖玩具的。

就连挖着条篮子卖锅盔的，也不会哑声不响。他们边走边短促地喊叫：

香蕉酥脆，

好吃不贵。

锅盔，锅盔！

轿里的县太爷这会儿顾不上看风景，他正在里边钻袍子，袍大人小，他钻进去，看看，反了，忙又钻出来，看看再钻进去。

秀玉打扮得像个小生，看上去英俊而潇洒。虹彩一步不落地跟在她身后，傻大姐似的东张西望。一声不响的王狗静悄悄跟在轿后，一边走，一边观看着县里的街景。

定平县的官多。吏部尚书、户部侍郎、知府、知县……官多轿也多。人们也就看惯了抬轿坐轿的场景，看惯了，也就不稀罕看轿坐轿了吧？恰恰相反！因为稀罕事，蹊跷事，全跟这轿子大有关系。王猴的轿子一出场，街上的人们就激动起来了。“小爷！小爷！”大老爷是官场俗称，可叫在当面。“小爷”，这是人们背后的喊法，亲切而恰当。

“快快，小爷来了！”卖菜的老头儿轻轻地一指，“小爷虽然年轻，那可是英明无比。听说还没到任上，就断了几起官司呢！”

“这么说，老天爷睁眼，俺的冤有处伸了！”老头儿旁边站了个年轻人，一脸汗水，满头灰发，他嘿嘿着，不知道是哭是笑。

官轿飘然而来。轿里的王猴已经把袍服弄正，头伸在轿外，一脸欣喜地看着街市。

“嗳，胆大点儿！”卖菜老人把菜车子往后挪挪，给年轻人腾出地方。

“闪开，闪开！”

“回避，回避！”衙皂们习惯地大叫着。

人们纷纷退往两边。

年轻人整了整衣裳，猛地往轿前一蹿，“叭！”一个响头磕在了路当央大轿前。

衙皂们猛地停下，轿也就跟着猛地一顿。

“怎么回事？”王猴喊着，身子就到了轿外。

“大老爷，小人冤枉呀！”满头灰发的年轻人大声叫着。

街上的人们轰地围了上来。

“落轿！”王猴在轿里大声喊。

老班长给几个衙皂一使眼色，轿停了，却没有落下来。

老班长刘理顺转过身来，趴在轿门上对王猴小声说：“老爷，以小的看，还是不落轿为好！”

“为什么？”王猴很奇怪。

“这是个疯子，为了那几亩八不沾边的地，他都告过四任老爷了，可谁也没有给他断清楚。”

“为什么断不清楚？”王猴歪着头，更感奇怪了。

“大老爷，小人冤枉！”那人又喊。

“落轿落轿！快落快落！”王猴喊着，猛一下跳出去。等老班长喊“落轿”的时候，他已经站在了轿前：

王猴大声问：“你是何人？为何拦轿喊冤？”

“小人孙芒种，是县南三十里孙寨人。小人有冤枉啊！”孙芒种喊着，又往前爬了几爬。

“有冤枉？有什么冤枉？”王猴饶有兴致地围着他看了一圈。

王狗不觉地站在了人前。秀玉和虹彩姑娘也忙跟着往前挤。

“八年前的春天，小人的爷死了，没钱埋葬。我爹心眼狭，一急，得了偏瘫，很快也死了。是小人变卖了所有家产，做了两副薄板棺材，把两位老人发殡出去。到收麦时，我拿了镰刀去我家那三亩半老坟地里割麦，可是，杨大人府上的管家杨二秃子却叫人把我打了一顿，说，经我爹的手，早已把我家那三亩半老坟地卖给他家了。小人气不过，到县里打官司。我打了八年官司，老爷打了我八年板子啊……”

“孙芒种，我问你，你究竟状告何人？”王猴等不及了，大声问。

“小人状告杨府。”

“嗯！杨府是个地方，你怎么能乱告啊！”

“那我告杨府的主人杨侍郎。”

“放肆！我问你，是杨侍郎占了你的地呀还是杨二秃子占了你的地？”

“是杨二秃子占了我的地，可他是杨侍郎的管家呀！他管的是杨侍郎家的地呀！”

“杨侍郎的管家不等于杨侍郎是不是？”王猴启发他。

“那我状告杨跑杨二秃子。”

“杨跑，杨二秃子，一个人还是俩人？”

“杨跑就是杨二秃子，一个人。”

“啊，孙芒种，告状要说名字，不能喊人家的外号。你状告杨跑可有证据？”

“老爷，我爹死前，从没有想过卖地，也从没有说过卖地。再说，我爹只比我爷晚死了三天，我爷死了，我爹瘫了，哪有时间再卖地呢？要是我爷没死，卖地的事，也轮不到我爹当家呀！我告了八年大老爷您是青天再现一定要给小人做主啊！”孙芒种生怕不让说完，连标点都不要了。

“孙芒种，我再问你，告状可有状纸？”

“大老爷，小人没有状纸。小人不识字，求人写又交不起钱。就是交得起钱，也没有人敢替小人写状纸告杨府啊！”孙芒种一点儿不疯。

“孙芒种，没有状纸，难道光凭你红口白牙混说吗？找人写状纸去吧！”说过，转身钻进轿里，轻唤一声“起轿”。

秀玉愣了，弟弟怎么能这样问案呢？孙芒种说过没人敢给他写状纸，你非要他的状纸他上哪儿弄？回去一定得问他。

“起轿！”老班长一声喊，轿子上了肩。

“老爷，老爷！”孙芒种上前去抱轿腿。

“去去，老爷还有事！”吴二斜子毫不客气地踢孙芒种一脚。

王狗跟着轿子走了，秀玉却拉住虹彩留住了脚步。

“老爷，我冤枉呀！”看着远去的轿子，孙芒种喊着。

“别喊了，快请人写状纸去吧！大老爷又没说不理。”白胡子老头儿说。

“唉，告啥呀，官官相护，到哪儿都一样！你没看刚才小爷那样儿！再说，谁给他写状纸谁遭殃，无缘无故谁蹚这个混水干啥啊！”另一个男人小声叹着。

“是是是，谁变蝎子谁蜇人！”人们感叹着。

“哼！”十三岁的秀玉忍不住哼了一声，拉起虹彩追斩去了。

4

天气闷热，树头的叶子墙上的草，铁铸似的纹丝不动。浓云渐低，重重地压住县衙的屋脊和飞檐，像盖了偌大一床厚厚的被子。按照习惯，晚饭后王猴要练拳，后院里，虹彩已经摆上了茶水。王猴脱了上衣，光脊梁连翻几个跟头，站起来打了个喷嚏。秀玉穿着牙白色功夫衣，演练了几个招式，就感觉有些气闷，走过来劝王猴：“弟弟，天气不好，我看今天少练两趟吧！”像回应秀玉似，远天上就有隐隐的雷声传来。王猴揉揉鼻子，点了点头。姐弟俩正要再练，王狗大步走了进来：“少爷，杨府有人过来！”

“在哪儿？”王猴只管练着。

“门外等着呢！”

“叫他进来！”

“别别！”秀玉急喊，她不想让外人看见他们练功。

“那我过去！”王猴说着，光脊梁就往外走。

“少爷，衣裳！”虹彩追着送出来。

王猴接了衣裳，往肩上一搭，依然光着脊梁。

“小人是杨侍郎府上的杨小。俺家老爷差小人给老爷送信，说老爷一路鞍马劳顿，后天中午，俺家老爷想在府上给老爷接风洗尘。不知老爷可肯赏脸？”说着，恭身呈上请帖。

“赏脸赏脸！”王猴接过请帖，看了一眼，“请转告侍郎杨大人，就说在下王茂昌多谢他老人家了！”王猴说着，还做了一个谢的姿势。

“是是，是。”杨小唯唯而退。

杨小刚走，雨就下来了。刚开始是大铜钱。一颗一颗往下砸，每砸一颗就在地上留一个浅浅的猫耳朵窝儿，满地上的猫耳朵窝儿，搅起了满世界的泥土腥味儿，一涌一涌的热气翻上来，呛得人直打喷嚏。很快，一颗一颗的铜钱变成了一嘟噜一嘟噜的钱串，唰——，下来一串；唰——，又是一串。一串一串的铜钱当然比一颗一颗的厉害多了，土腥味儿很快消失，热气被钱串击穿了很多窟窿，时而一股凉气，时而一股热气，站在屋门里的人们便感觉自己的身上紧一下松一下，松一下又紧一下。猛的一声炸雷，钱串的绳子被訇然炸断，失控的雨水哗一声全泄下来，天空裂缝，满世界都在降水。这以后，雨水就渐渐正常了。“哗——”满耳是一个声音。“弟弟，弟弟给穿上衣裳！”秀玉从里间出来，把一件长衣披王猴身上。

王猴不穿：“姐，让我淋淋雨，就算是洗澡了！”

“别去，太凉！”秀玉一把没拉住，王猴已经钻进了雨中。

秀玉连忙张伞，可当她走出屋门的时候，王猴已经淋了个精湿。秀玉要打伞。王猴要淋雨。秀玉是姐姐，代表着姑姑和姑夫，她要行使家长的权力。王猴不服，绕圈子在院子里跑。虹彩听小姐的，也拿着雨伞满院子追。王猴不跑了，对着两个女孩儿猛泼雨水，虹彩摔倒了，秀玉连忙拉，被王猴推一把，也倒在雨水中。“哈哈哈哈”，两只落汤鸡，让王猴笑得腰都弯了。一道闪电在院子的白果树上弯了几弯，照得满院子一片晶亮。“要打雷了弟弟！”秀玉猛喊一声。

王猴一个箭步蹿进屋里，秀玉和虹彩也跟着跑进房间。咔嚓一声炸雷，“姐姐！”秀玉猛一把把弟弟揽入怀中。王猴怕雷。在少林寺做小和尚的时候，有一次王猴练完了功傍晚回家，正遇上暴雨。一声一声的炸雷就地爆响，他亲眼看见邻居家的耕牛被劈死在路上。王猴回去就发烧，老是喊着“牛！牛！”他以后不仅怕雷，连牛也害怕了好久。“弟弟，弟弟！”秀玉叫着，王猴从姐姐怀里钻出来，冲着外边的雷声做了个鬼脸儿。

雨累了，开始消极怠工。一会儿猛下几滴，一会儿张嘴喘息。雷显然不满意雨的自作主张，它用粗暴的喊声催促它，吆喝它。雨怕雷，总是在震耳的吼叫声后紧跟着洒几串铜钱般的雨点。最后，尽管雷声阵阵，闪电嚯嚯，雨却渐渐地闭上了眼睛。雨想睡觉了。

王猴和秀玉住的是三间正房，秀玉和虹彩住西间，王猴自己住东间，中间隔一间房子。王狗住在东厢房，便于随时听差。

雨虽然暂时停下，雷却不依不饶地响着。王猴睡不着，一会儿喊：“姐姐，姐姐！”

“哎。”秀玉轻声应。

“你没有睡着？”王猴没话找话。王猴害怕雷，也害怕黑夜。白天里张牙舞爪，一到夜里，出来解溲都得让王狗跟着。

“没有睡着。你睡吧，你睡着了我再睡。”秀玉披衣裳走过来，她知道，只要雷声不停，今天夜里谁也别想睡好。虹彩也打着哈欠跟过来。

“我想看书呢！你把《世说新语》给我找出来吧姐姐？”王猴

说着，打了个长长的哈欠。

忽然一声轻轻的咳嗽。“姐姐？”王猴支起身子。

“是我，少爷。有事没有？”王狗在屋外边应了。王狗是个忠诚的仆人，夜里总要起来巡视几回。

“没有。”王猴应着，猛地滑进被窝。

秀玉没去找书，她坐在了弟弟床沿，说：“睡吧弟，我看着你！”

“嘻嘻，你去睡吧姐姐，我只是想喊喊你。”王猴不好意思了。

“真的？”秀玉看着他。

“真的！我一点儿也不害怕。”王猴一骨碌爬起来，露出光光的脊梁。

“我没有睡着，有事你只管喊。”秀玉说。

“我不瞌睡，我在这儿陪少爷！”虹彩不走。

“不不，你们都走吧！”王猴又一次下决心。

秀玉走到门外，停下脚步，站着听了一会儿。

“你怎么不走啊！”王猴在里间喊。

秀玉笑笑，轻轻走回自己的房间。

雨又下起来了。雨点敲打着屋瓦，像一群孩子嘤嘤地念书。雷也回来了，不时地咳嗽几声，像患了感冒的老师在巡视教室。王猴睡不着，拉被子蒙住头，只给眼睛留一个小孔。秀玉轻轻地走过来，王猴赶紧做出睡熟的样子。秀玉小声唤他：“弟弟，弟弟！”王猴不应。姐姐走了。

王猴忽然发现了书桌上的大柜子。他蹑手蹑脚地爬起来，把里边的书轻轻搬出。趁着一道耀眼的闪电，迅速钻了进去。

5

王狗的老婆梁氏做好了早饭，却怎么也找不到主人！

最先发现丢人的自然是秀玉。她想着弟弟夜里没睡好，就自作主张把他的晨课免了。到了吃饭的时候，她到东间里一看，床下只有一双鞋，床上的人却不见了。弯腰看看床底下，空荡荡啥也没有。秀玉好惊讶。“弟弟，弟弟！”秀玉喊着，心想一定是弟弟跟她捣乱，故意藏在了哪里。屋檐边，梁头上，衣柜后，墙角里，她又找了一阵儿，连个人影儿也没见着。秀玉就有些急，走出来一说，众人也都急了。王狗进屋又找一遍，仍然没有。他还去了厕所，花园，旮旮旯旯儿都找遍了，“少爷！少爷！”王狗大喊着，就要去街上找。

夜里确实耽误了瞌睡，要不是姐姐喊，王猴还得再睡一会儿呢！王猴醒了，却不敢应声。躲在书柜里睡觉，总有点儿小碍面子。再说，他发现睡在书柜里，确有安全感。再响的雷声他也不怕了。这么好的办法，能轻易让她们知道！他忽然想，为什么躺在书柜里就有安全感呢？难道就因为有个盖儿吗？他摇摇头，再想。书柜里盛的是圣贤之书，佛学道藏，儒家经典，蕴含着天地正气。一定是这天地正气给了他胆量！

王狗走了，他连忙爬出书柜，躺在床上装睡着。“鞋还在呢，他人能走远？”虹彩嘟囔着走进屋子，下意识地又去了少爷的房间：“嗳，嗳嗳？这不是少爷吗？”

“什么什么？”众人应着，齐往屋里跑。

王猴面朝里，蜷曲在床上睡得正香。

“你刚才去哪儿了？”秀玉又惊又喜，弄“醒”了弟弟。

“刚才？”王猴眨巴眨巴眼，故意做出个迷糊样子，“刚才我在这儿睡觉！”

“就在这屋？”秀玉看看四周。

“嘻嘻，不在这屋我能去哪儿？”王猴说着，又喊，“我的鞋呢？”

“这里这里！”虹彩把鞋子拿来。

“这就奇了！这可就真奇了！”秀玉自语着，一脸的狐疑。

“那就快吃饭吧！”梁氏又催了。

众人刚端起饭碗，衙门外就传来了咚咚的擂鼓声，紧跟着一声长嚎穿透院子：

“大老爷，小人孙芒种冤枉啊——”

“我去看看！”王猴站起来就往外跑。

秀玉一伸手抓住他：“把这个粽子吃完，八年的案子，哪差这一会儿！”

“嗯？”王猴接过粽子，咬一口，猛一挣蹿出去，一边跑一边兴奋地喊着：

“升堂升堂快升堂！我要审案了！我要审案了——”

秀玉拿着大红袍服追到堂上，和虹彩一边一个给他穿衣裳。粽子吃完了，王猴在嘴里玩枣核儿，一会儿这边鼓，一会儿那边鼓。

潘师爷跑过来了，一脚高一脚低的，慌得跟跟头头。四个衙皂喘着，站成两列。

“嗳，我的蛐子喂了没有？”王猴小声咕哝一句，忽然扭头大声喊，“姐，蛐子该喂了！”

孙芒种跪在大堂之上，衣衫褴褛，头发披散。

十岁的小爷要审案，惊动了定平县城千百的百姓，大堂下挤挤挨挨跑来了几百号男女。

“老爷，小人孙芒种状告杨跑霸占我家三亩半老坟地，请大老爷为小人做主，要回土地，还我公平！”

王猴说：“孙芒种，你敢状告杨府管家，难道你就不怕挨打吗？”

“大老爷，小人家的三亩半祖坟地被杨二秃子霸占了八年。小人上不能祭祖行孝，下不能娶妻生子。小人不忠不孝，死无葬身之地，我难道还怕挨几场打不成？只要还有一口气，我就一定要打这场官司！”孙芒种声音很高。

“老官司了，讼词都背熟了。”潘师爷对小爷小声提醒。

王猴问：“孙芒种，你可请人写了状纸？”

“大老爷呀——”孙芒种一嗓子，泪水就出来了，“昨天，小人一连找了三个秀才，可他们一听案情，全都摇头，谁也不愿、也不敢替小人写这个状纸！”

“你是说没有状纸？”王猴玩着嘴里的枣核儿，枣核儿在他嘴里一伸头一伸头的。

“大老爷，小人是没有状纸，可小人会说！”孙芒种大喊。

“没有状纸——嗯，我给你找个写家吧！”王猴一扭头，看着潘文才，“潘师爷写得一手好字，老潘，你就替孙芒种写一回！”

“这……我……”胆小怕事的潘师爷支支吾吾。

“写吧，写吧！就算帮我的忙行不行？”王猴小声劝他。

“好好，就写，就写！”潘师爷说着，把一张白纸铺在了书案上。

“刘理顺。”王猴又喊。

“在。”

“传杨跑！”

“老爷，他要是不来，咱咋办？”老班长问。

“他敢不来？我朝廷命官传他……”王猴问他。

“朝廷命官他也不怕。有一回，杨县令传他他就不来。他不来县令也没办法。你看——”老班长面现难色。

“他不来？他敢不来！来来来来。”王猴对着老班长招了招手，“你别说传他，就说是我请他哩行不行？请！”

老班长皱着眉：“是不是多去几个兄弟呀？”

“你自己就行了。你见过谁家请客去一干子人？去吧去吧。”王猴对老班长挥着手。

老班长磨磨蹭蹭走出去。

“嗯，蚰子！”王猴喊了一声，扭脸就跑，跑两步忽然又拐回来了，趴潘师爷耳边说了句什么。“啊？”潘师爷略一愣神儿，王猴就一溜烟儿跑了。

潘师爷擦擦额角上的汗，睁大两只无神的眼睛望了望天空，然后低下头，抓起毛笔在砚池里蘸啊蘸啊，又翻了一下天空，这才意意思思写下两个字：诉状。

打了多少年交道，老班长刘理顺自然知道该怎样说话。只是他不想去杨府。胡府，杨府，马府，没一个好去的。一入侯门深似海，连狗都比你厉害。过了两道门，总算见上了杨府的总管杨跑，刘理顺深致一礼，说：“杨爷，新来的老爷请您老一坐。”

“请我、一坐？请我何事？”杨跑狐疑地看着老班长。

“陈年旧案，王老爷原说不审了，可原告告得紧，老爷说，请您把证据拿去，一问就结了，做做样子而已。”老班长把“请您”二字说得很强调。

孙芒种拦轿喊冤的事杨跑昨天就知道，要不，他怎么能当天晚上就派杨小去衙门里呈柬请客呢？他也知道，只要有人告，县太爷都得理。他想着可能和这事有关，但没想到会来得这么快。“那好，我去会会王老爷！”一转脸吩咐杨小：

“把证人、证据全都带上，别叫王老爷为难！”

6

老班长刘理顺带着杨跑等一干人走进大堂，见潘师爷正低着头写字，就高喊了一声复命：“禀告大老爷，杨跑杨总管一干人等均已来到！”胡闹等衙皂不由得笑起来。老班长定神一看，禁不住也笑了，轻声问：“老爷呢？”

老爷正在后院喂蛐子。《唐本草》告诉他，多食白果可延年益寿。银杏叶子可入药，亦可葆阳。白果就是银杏。白果树就是银杏树。他想让他的蛐子吃点儿葆阳的银杏叶，趁传杨跑的时间爬上了衙门里这棵参天高伟的银杏树。坐在最高的树杈上，摘下最嫩的叶子，王猴得意地晃悠着腿。

秀玉从屋里走出来，一抬头看见，禁不住一声惊叫：“弟弟！”

“嘻嘻嘻嘻，”王猴笑了，大声喊，“快上来吧姐，在这儿能看见整个县城！”

秀玉当然不上，她怕弟弟不小心失手，就哄他快点儿下树：“弟，黄豆炒好了，又焦又脆，快下来吃吧！”秀玉求王猴和王猴求她时刚好相反。王猴求她时必喊“姐姐”，秀玉求他时则喊“弟”。

“中。”王猴应着，选一根树枝挂上笼子，“一会儿我再上来拿。”

“你不怕鸟把它吃了！”

“老爷！老爷呢？”胡闹跑过来，一抬头看见，笑了，“哎哟老爷，晕不晕？”

王猴挂好蛐子笼，三下两下从树上跳下来，往上一指给姐说：“给我看着！”一转身就往外跑。

“袍服！”秀玉指着王猴扔在树根上的官袍。

“我来我来！”胡闹应着，抢了袍服就追。王猴跳上椅子，胡闹抱着袍服追进来。

“老爷。”潘师爷递过状纸。

王猴接过来放在一边。

“老爷！”胡闹把袍服奉上。

王猴接过来放在另一边。

老班长高声禀报：“禀告大老爷，杨跑杨总管一干人等均已请到！”

杨跑等七人唰一下全跪了下来：杨跑在前，其他六个人跪在身后。

王猴看他们跪好了，从这边拿起袍服套在身上，从那边拿起状纸大声问案："杨跑。"

"小人在。"

王猴手举状纸说："孙寨孙芒种把你告下，说你在八年前强占了他家的三亩半老坟地，可有此事？"

"回老爷话，他那三亩半老坟地，实为他爹孙发财卖给杨侍郎杨大人家的。八年来，孙芒种连告过四任县太爷，其实案情早已判明了。现在，无赖孙芒种又趁大老爷刚刚上任、不明就理的情况下喊冤，还请大老爷明察！"

"既然孙芒种高喊冤枉，本县自然不能不理。杨跑，我问你，可有证据，呈上本县？"王猴说得很轻松。

"回大老爷，现有孙芒种他爹孙发财卖地的地契为证。"杨跑一挺身掏了出来。

老班长连忙上前，接了地契呈上来。

王猴接过一看，这是一份卖地的文书，上边按了一片的指印。

"还有，卖地签约时的证人、中人、保人一共六人，我也都一齐请来了。"杨跑说着，又指了指后边跪着的六个人。

"大老爷，他们都是假的，做的是伪证！中人、保人我都不认识！"孙芒种大叫着。

"打嘴！本县没有问你，为何非要多言？"王猴威严地说。

胡闹上前，叭、叭，给孙芒种两个嘴巴。

旁边就有人窃窃地笑。

王猴看看潘师爷。

潘师爷忙给王猴小声说话："老爷，以前都过过多少次堂了，案子一到这儿，就不好办了。"

王猴不吭，看着师爷笑笑，大声发话："原告和证人、中人、保人，一齐下去！"

"杨管家哩？"老班长问。

"杨管家自己留下。"王猴笑着又说。

杨跑看老爷单留下自己，不觉面露得意之色。

一干人等爬起来就往外走。孙芒种一脸的不满，嘟嘟囔囔地走到门口，停下脚步往里看。

王猴看人们都下去了，对刘理顺喊一声："老班长，给杨管家搬个座。"

"老爷，我就这样吧，习惯了！"杨管家不起，做样子跪着表示尊重。

老班长还是搬了个座，还扶了杨跑一把。杨跑爬起来，受宠若惊般坐了。

王猴和颜悦色地问杨跑："杨管家。"

"小人在。"

"这三亩半地是你一手操办的？"

"这是杨大人对小人的信任。"

"唉，杨管家，要说府上买这三亩半地也实在划不来，巴掌大一片地方，打了八年官司，烦人不烦人！"

"可不就是烦人啊！"杨跑深有感触地叹道，"来一任县太爷麻烦一回。虽说每回都是咱赢，可也像吃了个绿头苍蝇一样恶心呢！”

“恁些地买哪儿的不中，为什么当时非得买他那三亩半地不行呢？”王猴又问。

“实不相瞒大老爷，那一方地原都是杨大人家的，可就是那三亩半地正在那一片地中间。一个风水先生看了说，为什么杨大人只做到侍郎而没能做成尚书呢，就因为缺了那一片儿，那一方地是凤，那三亩半地恰是个凤眼！风水先生说，凤眼到手，下辈们赌等着做宰相了！”

“这么说，买了那片地，还是值得啊！”

“那是当然了，老爷很高兴嘛！”

“是啊，叫谁谁都该高兴。凤眼！下辈儿出宰相！请你转告杨大人，晚生向他表示祝贺！嗳，杨管家，这么大一件好事，签约那天府上不好好庆祝一番啊，比如请那些证人、中人、保人啊什么的吃顿饭？”王猴装着漫不经心的样子问。

“那是当然了。”杨跑又说。

“当时请了几桌？”王猴再问。

“请了几桌？嗯——”杨跑发现不大对劲儿，但此时已经来不及纠正了，就只好按照经验随机应变了，“一共、请了两桌。”杨跑说着，偷偷看了看县太爷。此时的王猴正越过袍服，在衣裳里边翻找着，一个陶埙出来了，他对着杨跑笑了笑，放嘴上呜呜地吹了几声。

杨跑放松下来，连声称赞：“老爷吹得真好听！回头小人送老爷两个。侍郎大人最喜欢听埙的乐音了，质朴，优美……”他想把话题引到坝上。

王猴又吹了两声，忽然又问：“当时宴席上是怎么坐的，你还能想起来吗？”

“当时、当时——好像我是坐在下首的，陪客嘛！”

“两位证人坐在哪里了？坐在一桌上了还是坐在两张桌上了？”王猴问过，又吹两声。杨跑又紧张起来，脸上就有了汗水。

“好像是坐在一桌了，证人、中人、保人，我记得——我们都坐在一桌上了。反正，年多了，我天天干的这些事又杂得不得了，怎么能都记得那么清呢！嘿嘿。”杨跑干笑了两声。

“那是那是，管家是最忙的！”王猴同情地说过，又问，“那天，侍郎杨大人出来见客了吗？”王猴又吹。

“没有没有。杨大人能轻易见客吗？又是一群下人。”

“啊？那坐在上首的是谁呢？”王猴又问。

“哎呀，我可真记不清了！”杨跑满脸是汗，他用手背在脸上抹一把，手巾都忘了掏。

“杨管家真是个好管家！一点儿事记不清楚就内疚得满脸淌汗，可见责任心之强啊！”王猴对刘理顺挥挥手，客气地说，“老班长，你陪杨管家下去歇歇！”

杨跑感觉事悬，临走时，又大声地提醒王猴说：“老爷，这案子可是结过几次了！”

“知道知道。老班长，陪杨管家多喝杯茶！”王猴笑着吩咐。

“走吧杨管家！”老班长欲搀杨跑。

“王老爷，明天中午侍郎杨大人请老爷您吃饭，您可别忘了……”杨管家站着，又提醒。

“忘不了忘不了杨管家！”王猴一扭脸，“老潘，笔录记好了吗？”

“记好了。”潘师爷说着，把记录本递给王猴看。

王猴不接，给潘师爷诡谲地笑笑，说：“好戏都在后头哩，你可要好好记，一句也不要给我落下啊！”高喊一声，“带证人！”

“带证人——”胡闹大声地喊。

李大个子和吴二斜子把两个证人带了过来。

两人叭地跪下了。

“你们两人可是三亩半地的证人？”王猴声色俱厉地问。

“小的是证人。”两人一齐朗朗地答。打了八年官司，人人都把应答诸词背会了。所以个个都是一副成竹在胸的样子。

“报上姓名！”王猴扯了个长腔儿。

年长者指一下旁边的年轻人说：“他姓赵，叫赵四。小人姓钱，叫钱七。”

“叫他自己报！”王猴大声说。

“小人赵、赵赵四，莲花巷人。”

“嗯，好！”王猴吩咐，“带赵四下去。钱七岁数大，我先问他。”

吴二斜子把赵四带了下去。

“钱七。”

“小人在。”

王猴盯着钱七，大声问：“孙寨孙芒种家把地卖给杨侍郎家那天，杨家请你们吃饭了没有？”

钱七愣了一下："回老爷话，请了。"

"请了几桌？"

"几桌？"钱七使劲儿想了一会儿，"好像是一桌。"

"一桌还值当想半天！'好像'啥啦？你参加了吗？"

"参加了。"

"来人！"王猴一声喊。

"在。"众衙皂齐应。

"你们去后院里抬一张八仙桌子过来，让钱七说说那天他究竟坐的是哪个位子。"

"是。"

八仙桌子很快搬来了。不愧是多年听差的衙皂，没等老爷吩咐，又搬了八把高背椅子。

"让钱七认认，那天他坐的位子。"王猴又吃炒豆了。他把两只眼珠儿引到中间的眼角处，一晃一晃地逗着玩儿。

"钱七，认吧！"胡闹把钱七拉起来。

钱七看着大堂上的桌椅，小心地说："哪是上首啊？"

"北边为上嘛，就这儿！"胡闹吵吵着。

"那天——"钱七想了想，"小人就坐在了这个位子。"

"不会错吧？"王猴又问。

"我是证人嘛，就坐在了左边的上首位置。当时还说数我岁数大哩！"钱七挑了个左上首。

王猴又问："侍郎杨大人出来陪客了吗？"

"陪了！那么大个事，你想他老人家能不出来陪陪！他喝了一杯酒，还说感谢大家帮忙哩！他老人家见人老是亲啊！”钱七是个唠叨嘴。

“你说杨侍郎真陪你们了？”

“真陪了！杨大人还握住我的手，说谢了谢了！”钱七面露得意之色。

“好，让钱七签字画押！”王猴不失时机。

潘师爷忙把记录递上来。

钱七就用右手食指捣捣旁边的油墨盒，在记录上按了指印。“还有吗？”他看着潘师爷，一副天真模样。

“没了，下去吧！”老潘大声说。

“带赵四。”王猴说。

“带赵四——”胡闹又喊。

赵四上堂，扑通就跪下了。

“赵四。”

“小人在。”

“杨家买孙家三亩半地那天，杨府里请你们这些证人、中人、保人吃饭了没有？”

“吃饭没有？我、我记不清了。”赵四一脸迷糊。

“请你吃饭没有你都记不清了？打了八年官司！”王猴看着他，一脸的嘲讽。

“好像——好像……他们说吃了没有？”

“嘻嘻嘻嘻，别说他们，问你哩！”王猴笑起来。

赵四看看周围，大概他发现了堂上放的八仙桌子和八张椅子，忽然顿悟似的大叫道："啊、啊啊，我想起来了我想起来了，那天请我们吃了饭。"

"想清了？"

"想清了。"

"请了几桌？"

"一桌。"

"既然你想清了，我再问你，那天你坐在了哪个位上？"

"我当时和钱七对脸坐了，好像是。还说，两个证人，一边坐一个吧！"

"好，你说你和钱七都坐在了什么位置上？胡闹，让他坐坐！"

赵四跟着去找。他围着八张椅子转了两圈，最后，他指住左边上首的椅子说："我就坐在了这里。"

"钱七呢？"

"钱七就坐在了我的对面。因为我们两个都是证人嘛！"

"那天首座上坐的是谁呢？"王猴问。

"那当然是杨跑杨管家了！"

"这么说，杨侍郎没有陪你们？"

"杨侍郎？"赵四想了想，说，"哎呀他老人家恁大的官，能出来陪我们这些下人吗？"赵四说过，又谦卑地笑了笑。

"你说没陪？"

"没陪没陪。我敢保证，老人家没陪！"

"好，画押！"

潘师爷忙让他按了指印。

“赵四下去。带中人！”王猴得意地喊。

两个中人上来就跪下了。中人就是中间人，买卖双方他都认识，从而居中调解，两方说合。

“堂下两个都是卖地的中人？”王猴问。

“回老爷话，都是中人，一边一个嘛！”其中一个烟火色儿的瘦子答。

“报上姓名！”

“小人叫王屁儿，今年四十岁。”瘦子说。

“小人叫贾贺，今年四十二岁。”胖子说。

“王屁儿，本县问你，杨府买地那天请客时，你们都去了吧？”

“请客？”王屁儿犹豫了一下。

“杨管家和证人都说那天请客时你们在场……”

“在场在场。你想想，孬好俺也是中人哩！”胖子怕瘦子说漏了，随机应变忙接上。

“是哩是哩，你这一说，我也想起来了。天天给人家管事，一多，光忘。”瘦子忙给自己找台阶。

“贾贺，那天杨府待客究竟请了几桌啊？”

“他们说请了几桌？”贾贺小心地问。

“哈哈哈哈，”王猴听了，不禁一阵大笑，他猛抛起一粒炒豆，“他们有的说请了一桌，有的说请了两桌，还有的说请了三桌。你们说说，那天他们究竟请了几桌？”

王屁儿和贾贺相互看看，又抬头看看王猴。

王猴猛地一拍惊堂木，大叫一声：“说！究竟请几桌？”

“一桌。”

“两桌。”

王屁儿和贾贺一急，没有商量就都回答了。两人同时回答，说的却完全两样。

人们哄地笑了。

“王屁儿，你说究竟是几桌？”王猴又问。

“一桌。”王屁儿答。

“贾贺，几桌？”

“两桌。”

“是一桌！”王屁儿大声纠正他。

“是两桌！”贾贺也不买账。

“一桌！”

“两桌！”

两人在堂上吵了起来。

看客们笑得更响。

“别吵了！”王猴大声喝住他俩，又说，“王屁儿，你说一桌，那我问你，你当时坐的是哪个位子？”他指了指桌椅让王屁儿挑。

王屁儿站起来跟着胡闹去挑座。

两人围桌子转一圈。

“王屁儿，挑一个坐吧！”胡闹调笑地说。

“哪边是上首啊？”王屁问。

“北为上。”胡闹说。

“就这个。”王屁儿不假思索地指着左边上首的位子说。

“好！”王猴喝一声，就又喊了贾贺的名字，“贾贺，你说请的是两桌，那你也说说，你坐的是哪一桌，又是坐的哪一桌上的哪一个位子？”

贾贺看着八仙桌子，认真地思考着。

“叫他去认认！”王猴又笑。

贾贺走过去，意意思思地指了下首的一个位子说：“小人当时坐的好像就是这个位子。”

“其他人都坐的哪儿你还能记起来吗？”王猴又问。

贾贺坚决地摇了摇头。

“你和王屁儿坐的是一桌吗？”王猴又问。

“我是中人，他也是中人，他也不比我尿得高，还会专给他开一桌不成。坐在一块儿了！”他显然还在生王屁儿的气。

“坐一块儿了，可他说他坐的是左边上首的位置，那么你应该坐在右边上首才对啊，一边一个嘛！你为什么坐在了下首的位置上？再想想，坐错没？”王猴笑着说。

贾贺看一眼王猴，又想了想，就坚决地摇了头。

“没有记错？”

“没有记错。”

“好，签字画押！”

潘师爷忙又把簿录递了上去。

二人均在上边按了指印。

“带保人！”王猴大喊。

“带保人——”胡闹大声应着。

两个保人进来，齐刷刷跪了下来。保人，也叫保证人，就是保证双方买卖公平，自觉自愿，也是证人的一种。只是杨家买地想做得严密，把证人、中人、保人都找了个齐。

“报上名来！”王猴大声说。

“小人叫杨宝，今年四十七岁。”

“小人李老四，今年四十一岁。”

“你们两个都是保人？”

“小人是保人。”两人齐答。

“杨大人家买地那天，府上请客没有？”王猴大声问。

两人面面相觑，不知作何回答。

“八年了，都忘了。”杨宝想了想回答。

“就是。办事重要，饭吃不吃都中。”李老四的回答不着边际。

“我问你们请客没有！”王猴大声说过，屁股在椅子上，一连转了几圈，看上去样子十分得意。

两人都在使劲儿地想：

杨宝眼看着屋脊上的蜘蛛结网，李老四则脸对着地上的蚂蚁搬家。

“请没有？”王猴猛一摔惊堂木大叫一声。

“哎请了请了！”杨宝大声应。

“李老四，你说请没有？”王猴又问。

“请是请了，可那天我没去。因为啥呢？好像是，我记得是我肚子疼。疼得我直冒虚汗。还说，多好的一桌饭没能吃成。”李老四狡猾。

“李老四，这么说那天你没去？”王猴问。

“回老爷话，小人真的肚子疼！”他说着，竟真的又抱住了肚子。

看客们一阵哄笑。

“杨宝，那天杨府请了几桌。”

“一桌。”

“你在哪儿坐的？”

“哪儿坐的？”杨宝仰脸再想。

“领他坐坐！”王猴说。

胡闹就领着杨宝找座。

杨宝围着桌子颠颠倒倒地转了几圈。

“胡乱找个算了。”胡闹笑着。

“这是正经事，咋能胡乱找。”杨宝嘟哝着，在下首找了一个位子，他认的座位恰又和杨跑重了。

“画押。”潘师爷递上供词簿。

杨宝犹犹豫豫地在上边画了。

“带杨跑。”

“带杨跑——”胡闹又喊。

老班长带着杨跑又到了大堂。他已经感到了什么，一副气昂昂的样子。

“杨跑杨管家，证人、中人、保人，我都问了，说得不错。你刚才的供词已经写就，只是你还没有按上指印。潘师爷，给杨管家念念！”

潘师爷听了，忙清了清嗓子，朗朗地念道：

“‘我是杨府的管家，买地那天府上请客两桌，我和两个证人、两个中人、两个保人坐在一桌。我作陪，坐的是下首上位，陪客嘛，嘿嘿！’念毕。”

“杨管家，潘师爷记得不错吧？”

“嗯。”杨跑不满地用鼻子哼了一声。

“好，让杨管家签字画押！”

杨跑犹豫着。

“刘理顺，让杨管家按个指印。”王猴一脸和气。

老班长就端了印泥拿了供纸让他按。“官司嘛，都得按。杨二爷，就按这儿。按了你赡回去了。”老班长说得更和气。

杨跑又犹豫一下，然后，飞快地往印泥里捣了捣，在供簿上按上个印。

王猴看杨跑也已按上，高喊一声：“全上来！”

“全上来——”胡闹又传。

原告、被告和证人、中人、保人一起，扑通，扑通，扑通……全都跪在了大堂之上。

“来人！”

“在。”

“让被告和证人、中人、保人，按自己认的位置坐坐！”王猴大声说。

“被告和证人、中人、保人，按自己认的位置坐，千万别坐错了啊！”胡闹喊。

贾贺坐在了右边的席上。杨跑坐在了下首的上席上。杨宝过去也要坐，他看杨跑坐了，忙去找旁边的一个位置坐，嘴里说着“我记错了，我记错了”。

左边上首位置上，钱七先坐了上去，赵四也要往上坐。两人便各跨了一个位子半边。

轮到王屁儿了，他看他挑的位置上已经坐了两个人，自己便不知所措地站在了堂上，怎么也坐不下去。

“王屁儿，你怎么不坐啊？”老班长问。

“我的位置让他俩占了。”王屁儿咕哝着。

“你认为那是你的位置，你就只管坐！”王猴厉声说。

王屁儿走过去，一下子坐在了钱七和赵四的腿上了。

堂上的观众们笑得更响了。

王猴看时机成熟，抓起惊堂木，猛地往案上一摔：“啪！”

八仙桌边的七个人全都吓了一跳。

“孙芒种诉杨跑强占土地案，现已不判自明。杨跑，本县问你，孙芒种家那三亩半地，是不是你强占了？”

杨跑扑通一声复又跪地，朗朗回答：“回老爷话，不是小人强占了，那是杨侍郎杨大人家的地！”

“大胆！杨侍郎德高望重，会像你等小人那样强占别人家的地？打他的嘴！”早有衙皂走上前来，叭、叭，就是两个嘴巴。

“说，是不是你强占的？”王猴又问。

“回老爷话，那可真是杨大人家的地啊！”

“你还胡说，我看不动大刑你是不会说实话的。来人！”王猴大喝一声。

“在。”

“大刑侍候！”

“老爷，老爷呀，这案子经了四个老爷的手，已是铁、铁案如山，您、您怎么能说翻就翻呀您！”杨跑大叫。

“哈哈，这不是我要翻，是你们自己要翻！天灵灵，地灵灵，离地三尺有神明。作恶不见恶，终究跑不脱。就是我不翻你们的案，死了，阎王老子也不会放过你们的！打！”

四个衙皂如狼似虎扑上来。

杨跑一看，嘴先软了：“哎哟哎哟老爷我说，是小人自己把地占了！”

“哈哈哈哈，还没打就说实话了！老潘。”

“在。”

“画供！”

潘师爷把簿录呈上来。

杨跑手抖着，在上边按了手印。

王猴看案子已明，拿起笔来，唰唰唰写下判词，然后举起来，对着大伙朗朗读道：

“杨跑，身为杨侍郎杨大人家的管家，不知爱惜主人的盛名，制造假证，强占民田，巧夺贫民孙芒种家的三亩半祖坟地八年之久，致使原告孙芒种家破人亡，流浪四方，数被羞辱，不见天光。按大宋律条，被告杨跑应发配充军云南边疆，但念其认罪态度尚可，特判退还原告孙芒种三亩半祖坟地，另赔偿原告一百两纹银。再打四十板子，以儆效尤。来人！”

“在。”

“板子侍候！”

众衙皂把杨跑颠翻在地，死打了四十板子。

直打得杨跑龇牙咧嘴，哭爹喊娘。

“证人钱七、赵四，中人贾贺、王屁儿，保人杨宝、李老四，为虎作伥，伤天害理，做假证八年，致使本来易断之案变得扑朔迷离，历任知县颇受其累。现判，各罚纹银二十两，算作给孙芒种赔情道歉的礼钱，每人再打四十板子，看他们以后还敢不敢再干这禽兽不如的丑事！”

众衙皂听老爷喊打，便一齐上前，一五一十数着，六个人共打了二百四十板子。

堂下，七个人全被打得腚高头低，不能仰视。几个衙皂也都汗水淋淋。

“杨跑。”

“小人在。”

“钱七，赵四。”

“小人在。”

“贾贺，王屁儿。”

“小人在。”

“杨宝，李老四。”

“小人在。”

“本县判得公不公？”

“公、公，公得很！”

“你们各位服不服？”

“服、服，服得很！”

“明天上午把银子拿来，若晚半个时辰，加罚一倍！记住了？”

“记住了，记住了！”众人齐应。

“孙芒种。”

“小人在。”

“洗洗手脸，换换衣裳，回家种地去吧！别忘了，给你爷爷奶奶、亲爹亲娘多化些纸钱。退堂！”

堂下，哗地响起一片掌声。

“小人孙芒种，谢青天大老爷！谢青天大老爷呀！哈哈哈哈，俺的三亩半地又回来了！呜呜呜呜，八年啊！”孙芒种涕泪交零，磕下去，爬起来，爬起来又磕下去，嘴里不住地念叨着，喊叫着。

被告人等一行七人挤挤歪歪地爬起来，贼眉鼠眼地相互看看，就低了头往外走。

“小人孙芒种，谢青天大老爷！小人孙芒种的爹，谢青天大老爷！小人孙芒种的爷，谢青天大老爷！小人孙芒种的子孙后代，谢青天大老爷……”空空的大堂上，孙芒种的声音不停地回荡着。

第六章　鼓证

—*—

放排场，不排场
要得弄到丢人上
——民谣

1

王狗抓了俩“刺客”。

王狗买菜回来，正要进厨房，猛看见一个人溜着墙根往后院跑去。因为弯着腰，看不出个子大小。王狗站下来盯了一眼，这一盯，一下子把王狗吓出一身汗来，因为他看见这人手里拿着一把刀子。王狗把菜一扔，弯下腰急跟过去。这一跟，他才发现，这人后边还跟着个女孩儿。女孩儿不大，手里拿一把青草，或许隐藏着什么吧，她不时把青草抱在脸前。王狗知道，此时的王猴正和秀玉在后院练拳。他们跑往后院，绝对和小主人有关系。

两人溜到墙角处，悄悄地藏起来，窥测着院里的动静。

王狗看他们不动了，也就不再紧跟，而是从院后的胡同偷偷地迂回到墙角边。

此时的王猴正和姐姐秀玉练习长拳对攻，刚才是秀玉进攻王猴化解，现在轮到了王猴，踢、踹、弹、跳，步步紧逼不舍。闪、展、腾、挪，秀玉招招化解。两人都出了汗，脸上像涂了一层胭脂。

风吹树动，挂在树枝上的蚰子忽然嚁嚁地叫起来。

“嘿！嘿！”两人只顾握拳咬牙地观察前边了，对背后一点儿也没留意。“干什么的？”王狗一声断喝，伸手抓住了那人拿刀的右手。

哎哟一声惊叫，刀子掉在了地上。

“哥——”女孩儿吓哭了。

伸脚踩住刀子，王狗这才顾得上仔细看人：

这是两个孩子，拿刀的是哥哥，十来岁的样子，土黄色汗褂，黑灰色短裤，左手拿一个玩具小梯子。女孩儿也就是七八岁，红裙绿衫，大眼小嘴儿，一块美人坯子。

“贼头贼脑的，你们想干什么？快说！”看是孩子，王狗的警惕松下来，但是抓着孩子的手仍然没松。

男孩儿挣了挣，没有挣掉，龇哈着嘴回答：“我们、我们是来看大老爷的。”

“看大老爷？”王狗盯着他们。

“嗯。”两人一齐点头。

“哪个大老爷？”

“就是、就是……”男孩儿用左手指了指，“这个舔屁股的大老爷。”

“不是哥，是叫李大歪嘴舔屁股的大老爷！”女孩儿伶牙俐齿。

王狗一听笑了，不觉地松开手，弯腰捡起脚下的刀子，在手里翻看着。这是一把鱼形刀子，用时展开，可削可砍；不用时则可以合进刀槽，避免伤人。虽然锋利，却不像平常见到的杀人凶器。“你们认识大老爷？”

“啊！”两人点头。

“啥时候认识的？”

男孩儿翻翻眼，想了想：“前天中午。”

“前天中午？前天中午在哪儿？”

“在街上。”

“前天中午在街上。我怎么不知道？”

“我们认识的你怎么会知道？”

“你们今天来干什么？”

“我们来找大老爷玩儿的……”

“玩儿的拿刀子干什么？是不是想刺杀老爷？”

“老王，什么事？”王猴听见了，掂着他的蛐子笼子飞快地跑过来。

“少爷，抓住两个小刺客。瞧，刀子！”说着，就举了刀子让王猴看。“他们说认识少爷，来找少爷玩儿的。可我一个都不认识……”

“不是‘少爷’，是‘老爷’。老爷！”女孩儿大声地纠正王狗。

王猴接刀在手，仔细地看着：明晃晃的刀面，晶亮亮的刀槽，一看就知道这是一把勤奋的刀子，经常役使着它的主人。

“我们不是来刺杀老爷的！我们真是来找您玩儿的……”男孩儿大声说。

“就是老爷，你瞧，我还给你的蛐子拿了吃的！这是豆叶，蛐子最爱吃了。瞧，这是豆饼，蛐子也爱吃。”女孩儿说着，把手里的东西举给王猴看：豆饼夹在豆叶当中，她一伸手，豆饼露出来了。

“老爷，您不认识我了？前天在街上，我还给您拿了剪刀呢！”男孩儿有点儿着急。

“就是老爷，你让剪开鸡嗉子！”女孩儿脆生生地补充。

“少爷，以小人看，还是得审审他们，免得万一出什么事！”王狗有些担心，来定平县才三天，就得罪了胡家和杨家两个官宦大户，他真怕会有不测的事情发生。

仔细看着这对兄妹，王猴脸上浮现出顽皮的笑意，轻声说：“哼哼，看我怎么样收拾他们！”

“升堂吗？”王狗问。

“这么小的两个孩子，还值得升堂，到我屋里审去。走吧！”王猴喊了一声，一扭脸自己先走了。

“俺这么小，你也不大呀！”男孩儿不满地咕哝着，“哼，装不认识了！”

“哥，哥，他打咱不打？”女孩儿害怕了，小声问哥。

“走吧！”王狗凶他们。

2

两人一进屋，王猴就把门闩了。“哎哎少爷！”王狗被关在了门外。

“你在外边等吧！”王猴不让他进。

女孩儿害怕，以为要挨打，一进屋就靠在门后，再不往里走。男孩儿不怕，一直给王猴解释："我佩服你，所以才来找你玩儿，你那拳真是神奇……"

王猴不答，猛一转身，从桌上抓起个什么东西，"嗖、嗖"，砸向了两个孩子。

惊慌的男孩儿猛地一抓，那东西恰被他抓进了手里。女孩儿没抓住，那东西在地上滚动了很远，干细的"啦啦儿"声清晰可辨。男孩儿伸手一看，不由得嘿嘿地笑起来，是只核桃。女孩儿从地上捡起，也禁不住嘻嘻地笑。

"你们叫什么名字？"王猴问着，又抓了一把大红枣，往两人手里塞。

"他叫金拴，是我哥哥，老爷您前天打胡二，他还帮着找剪刀呢，你忘了？我叫小妹，嘻嘻。"小妹说着，捡了一枚红枣。

"拿这个做什么？"王猴举着手里的小刀。

"刻梯子呀！"金拴答。

"刻梯子？"王猴又问。

"喏，这叫'小猴爬梯'。瞧，"金拴说着，从兜里掏出拇指大个木制小猴，往竖起的小梯上一放，那木猴哧溜、哧溜地就从梯子上下来了。快到底时，金拴把梯子猛一颠倒，猴子似乎想了一想，立即又往梯子那头翻。

"好玩，真好玩！"王猴说着，就伸手要过来，把小猴放在木梯上。

猴子很乖地往下溜着。

“好玩，好玩！”王猴喊着，自己又重复地玩着。

“老爷，老爷！这是我哥专给你做的。”小妹说。

“专为我做的？”

“就是老爷。我哥说你小小年纪就当了县官，把粮行的胡二都打了，我哥说，你替我们报了仇，他就专门给你做了这个‘小猴爬梯’。我哥的手还叫刀子割了一下呢！瞧。”小妹说着，就拉起哥的手让王猴看。

果然，金拴的食指上还裹着布条呢。

王猴伸头看了一眼，问：“我替你们报仇？什么意思？”

“是啊，去年，胡二去我爹那肉架子割肉，耍赖说少给他肉了，不给钱，还打我爹。”小妹抢着说。

“你爹是干什么的？”

“杀猪卖肉的。”小妹又抢。

王猴捡一块豆饼喂蛐子：“你们怎么知道蛐子爱吃豆饼？你们也喂蛐子？”

“当然了！”又是小妹，“我哥就喂过蛐子……”

“嗳！什么时候让他们斗斗怎么样？”王猴抓住金拴的手。

“没有了。”金拴说。

“为什么？”王猴兴致勃勃。

“我爹、我爹……”小妹说不下去了。

王狗站在门外，既听不见审人，也听不见吵闹，他有些奇怪，耳朵贴着门缝儿，一脸的疑惑。

蛐子吃着豆饼。王猴玩着“小猴爬梯”。三个孩子头碰头，说得很热火。“你们以后不要叫我老爷。”王猴说。

“不叫老爷叫啥？”小妹问。

“我姓王，大名王茂昌，小名叫王猴，你们就叫我王猴。”

“王猴？嘻嘻嘻嘻，我们不敢叫。”小妹摇摇头。

“不敢叫？你刚才不是叫了吗？”王猴说。

“我刚才叫过了？”小妹一脸迷糊。

“当然叫过了。”王猴点头。

“我不敢叫。”小妹又摇头。

“只管叫吧。”王猴说。

“我叫了你不打我？”小妹问。

“不打。”王猴说。

“真的——不打？”小妹仍不放心。

“真的不打，保险不打！”王猴一副赌咒发誓的样子。

“那我就叫你的小名了？”小妹又问。

“叫吧。”

“那我真叫了？嘻嘻。”

“叫吧叫吧！”王猴急了。

“王、嘻嘻嘻嘻。”

“嗨！年纪不大，啰唆劲儿不小！”王猴跺一下脚，“爱叫叫，不叫算！”

“王猴。”小妹脆生生地喊了一声。声音中充满了喜悦。

“哎。”王猴认真地应着。

“王猴。”

“哎哎。”

“王猴王猴王猴！”

“哎哎哎哎！好听，好听！好些天没人这样叫我了，差一点儿我就不知道我是谁了！”王猴高兴地叫着。

“嘻嘻嘻嘻。”

“哈哈哈哈。”两个男孩也笑起来。

“嗳？你今年多大小妹？你该喊我猴哥才对呢？”

“我喊你猴哥？”

“啊！”

“猴哥！”

“哎！”

“我有两个哥哥了！啊！”小妹喊着，跳起脚来，“我有两个哥哥了！”

王狗把耳朵贴到门上，本来想应该传来训斥声或者啼哭声才对，怎么听起来像是笑声。他皱着眉头，耳朵贴得更紧。

“王猴，当老爷舒服吧？想打谁就打谁！”金拴一副好奇的样子。

“最不舒服的事情就是当这个‘老爷’！不管你想问不想问，人家一敲鼓，你就得问。就像你该他们东西一样……”

“嗳？老爷。”金拴说漏了嘴，连忙更正了，“嘿嘿，王猴，叫你说问案子没有意思了？”

“意思当然还是有的，要不我就那么起劲地问了，嘿嘿。这问案子有点像猜谜。猜谜，你们猜过吗？比如说，‘一点一横，两眼一瞪。’这就是个字谜。”

“字谜？”

“对呀，这个谜底儿是‘六’字。你看，”王猴抓过小妹的手，在她手上写，“一点，一横，两眼……”

“嘻嘻嘻嘻，嘻嘻嘻嘻。”小妹扭着腰笑，“痒，痒！”她叫着，把手从王猴手里抽出来。

“嗳嗳，你们认识‘一’字吗？”王猴说着，在手心里画了一道。

“‘一’？认识。”金拴笑了。

“‘二’也认识。我们还认识上、下、大、小呢！”小妹抢着说。

“‘上不在上，下不在下，不是在上，止是在下。’这就是‘一’字的字谜。”王猴又说了一个。

“一字？字谜？”小妹轻声问着，睁了眼想，“上不在上，下不在下……”

“是啊是啊，”王猴又逮住了小妹的手，在她手心里写，“瞧，‘上不在上，下不在下’，‘不’是在上……”王猴卖弄着。

小妹嘻嘻笑着，抽不出被抓的手，却把另一手躲在背后。

“猜谜，我们也猜过。”金拴也说了一个，“‘一只小狗，站在门口。不咬不叫，就是不让你进屋。’”

“嘻嘻，那是锁。”小妹说了谜底儿。

“‘一个小猪不吃糠，朝屁股里攮一枪。’”金拴又说。

“我知道，这是开锁哩！”王猴接上说，“嗳，你们上学了吗？”

两人摇头。

“你们应该上学，一上学，人就聪明了。”

“我们上不成学……嗳嗳，你还说破案呗！”金拴又催。

王猴正要说，忽然，前边堂上的大鼓响起来。

“有人要打官司！”小妹兴奋地大声叫。

“又该打人了！”金拴声音更高。

王猴没答，他把门开了一条缝儿，对着门外的王狗说：“老王，你去看看谁在敲鼓，怎么敲得有一搭没一搭的呀？”

果然，外边的堂鼓就是一声响一声不响的。

“王猴，你说破案像猜谜？”金拴又问。

“对，像猜谜。”王猴答着，就脱自己的衣服。

“猴哥，我们帮你猜吧？”小妹大胆地说。

“笃笃笃笃，”王狗在外边边敲门边说，“少爷，是两个孩子在堂上击鼓。”

“孩子击鼓？”王猴说着，开了一道门缝儿，问，“不是闹着玩儿的吧？”

“这是衙门，不是会上！闹着玩儿他们敢来这儿！”王狗在外边答。

“好，我马上就去！”王猴说着，抓起扔在椅子上的袍服，“你们先在我屋里玩，我一会儿就回来了。别走啊！”王猴嘱咐着，开了门就走。

金拴从后边追出来：“王猴，王猴！”

王猴听了，忙又踅回屋来，喊：“金拴，小妹。我要是一穿这官服，记住，那就不能再喊我‘王猴’了啊！”

“为什么？”小妹问。

“一穿上官服就是官了，你们马上就得喊我‘老爷’‘大老爷’‘王老爷’。”王猴说着，摆一个官样，“不然，衙皂打你们，你们可别抱屈啊！”说过，转身跑了。

金拴和小妹不禁哧哈了一下嘴。

“乖乖，这身官袍真厉害。往身上一穿……”金拴没叹完，小妹忙接上：

“就是老爷。”

“往下一脱……”

“就成了猴哥。……哥，哥，你记住没？我记住了！”小妹看着哥的脸喊。

3

王猴没去大堂，他一直跑到大门口，去看两个敲鼓的孩子了。

这是一对兄弟，哥哥十二三岁，瘦得像只猴子，根根肋条都数得清楚。弟弟大约十岁，虽然也瘦，但比哥哥有点儿肉。人小鼓高够不着，哥哥就抱着弟弟敲。哥哥力气不大，弟弟重量不小，所以抱起来就有些吃力，吭哧，吭哧，前仰后合地晃，弟弟便一下子使上劲一下子使不上劲，鼓声也就一声响一声不响了。

衙皂们看老爷在饶有兴致地看小孩儿击鼓，并没有升堂的意思，也都一个个站着不动。

哥哥抱不动了，把弟弟放下来。“哥，该我抱着你了！”弟弟说过，一鼓肚子抱起哥哥。俩孩子太专注了，竟没有发现穿着官袍的王猴。

“给他俩搬个凳子！”王猴喊。

衙皂们面面相觑，不理解老爷的意思。

“快快，搬凳子！”王猴急了。

“来了，来了——”老班长搬个凳子跑过来。

王猴把凳子往他们身边一放，大声说：“敲吧，使劲儿地敲！”

俩孩子一看王猴的官袍：“你、你你是大老爷……”反而停下不敲了。

王猴踩上凳子，轮圆胳膊敲几下，说：“就这样敲，不敲我不理你们的案！”

俩孩子你看我我看你地犹豫了一会儿，哥哥便踩上凳子，使劲儿敲起来。

“这多好听！多雄壮！哪像刚才，还没有放屁响呢！”王猴得意地说着，围着鼓转了一圈。老班长怕老爷再吩咐什么听不见，也跟着王猴转。

这两个堂鼓很特殊，只蒙了一面鼓皮，另一面空着，鼓腔里的粗木掌儿像是故意露出破绽的谜底，一眼就看得清清楚楚。

王猴问：“老班长，这鼓几年了？”

老班长想了想，说：“我还真不清楚，反正年头不少了。”

“等些日子换换，看，背后的鼓面都没有了！”王猴指着堂鼓说。

“老爷，您老有所不知，故意这样做的，图的是省材料。”老班长解释着。

“该我敲了，该我敲了哥！”小家伙叫着，他把敲鼓当成游戏了。

小家伙刚敲两下，王猴大喊一声："升堂！我要升堂！"

"升堂了——"衙皂们来了精神。

弟弟停住手，跳下凳子："哥，搬凳子不搬？"

"这还用问？人家给咱搬过来了咱不得再给人家搬过去！"哥弯腰搬起凳子，弟兄俩就到了堂上。

"跪下！"刘理顺又喊。

哥一听，连忙跪下。弟看哥跪了，也跟着跪下去。手里的凳子没放稳，扑通一下倒在了地上。

"两个小孩儿，你们不好好地去玩儿，为什么到堂上敲鼓啊？"王猴问。

"我们有冤情。"哥说着，就流了泪。

"我们真有冤情。"弟跟着说，也抽泣起来。

"有什么冤情，那就快说吧！"王猴说过，就给两边的衙皂使了使眼色，让他们往后靠些。他怕小哥俩害怕。

哥抬起头，抹了一把眼泪：

"俺娘病了，肚子肿老高，在床上躺了半个多月了，我爹又去外地推粮食了，回不来。俺娘就叫俺拿一串钱到城里抓药。我和我弟一到城里，看见个玩把戏的玩得怪好，我们就跟着看开了。我们怕钱被人家偷走了，就把我们带的窝窝头和那一串钱寄到了南门里的寄存店里。寄存店的老板问我们存的是啥，我怕他知道是钱，就说是一袋子窝窝头。等我们看完了把戏回去，拿了馍袋子一看，就只剩下窝窝头，没有钱了。呜呜呜呜，我们跟他要，他老婆还拿烧火棍子夯我们的头。你看老爷，我和我弟头上都有几个青疙瘩呀！呜呜呜呜，那钱还是俺借村里的财主张别子家的，驴打滚的利息呀！驴打滚，你知道吗？就是借一个还两个的利息呀……呜呜呜，我真糊涂啊！”

哥哥说着哭着，说完了，弟弟接上来：

“这事不怪俺哥全怪我。俺俩说好一递一段拿东西，轮到我时我累了，我想歇歇，刚好这时候走到寄存店门口，要不，俺还想不起来寄存呢！挨打呗俺不怕，可钱上哪儿弄去呀！”小家伙说过也哭。

“停！”王猴大喝一声。

两个孩子又抽嗒了一阵子才停住。

“你们弟兄两个也太不懂事，你娘有病在床，你们还不快快抓了药回去，反而在城里贪玩看把戏，要不是看你们头上每人几个青疙瘩，非一个人打你们俩嘴巴，让你们长长记性不中！”王猴大声说。

“老爷，我们错了我们知道，您要是能把案破了，把我们的一串钱找回来，我们就自己打自己的嘴巴！就是老爷您可怜我们，我们也不能放过自己！”哥很懂事。

“就是老爷，我们真的不怕打，我们就怕没钱给娘抓药！”弟说着，又哭。

“看来你们还很懂事。那好吧，等我破了案，就由你们自己打吧！老潘，给他俩记住账！”

“谢老爷！”两个孩子跪在堂上，不起来了。

“老班长。”

“在。”

“你知道南门里的寄存店吗？”

“知道知道，那是张麻子开的。”

“传张麻子！”

“他老婆还打我们呢！”哥哥抬起头来大叫，“她骂我们是强盗！”

“她才是强盗呢！讹人家的钱！”弟弟跟着喊。

“把他老婆也一起带来！”

“是！”

4

张麻子的寄存店在南门里路西，门口一副大红对联，虽然有些褪色，但是字迹清楚。上联是：多想生财道；下联是：广开致富门。老班长和胡闹走过来的时候张麻子正忙着，抬头一看，连忙招呼：“二位官人，里边请！”说过又扭头喊一声，“上茶！”

胡闹毫不客气：“里边不请了张麻子，您还是外边请吧！”

老班长站在门外，一副公事公办的模样，高声说：“张麻子，有人把你告下了！大老爷请你去衙门里走一趟！”

“老班长，胡官人，给，喝了茶再走。”他老婆从里间走出来，端了两杯水。

“不喝不喝，张夫人你也得跟着去啊！”胡闹语带嘲讽。

“我一个妇道人家，就不去了吧？”

“妇道人家？打人时你怎么忘了你是妇道人家！”胡闹说。

“锁上店门，一起过去！”老班长大声地催。

张麻子夫妇来到大堂之上，没等人喊，就跪下了。

“堂下所跪何人？报上名来！”王猴大声问。

“回老爷话，小人姓张，因小时候出花落下麻子，外人就叫我张麻子。这个是小人的老婆张牛氏。”张麻子声音洪亮。

“张麻子，这两个孩子把你告下，说你的寄存店昧下了他俩给娘抓药的银钱，可有此事？”

“回老爷话，小的开寄存店多年，有存有取，收银合理，从没有发生过和客人争吵的事，这大老爷可以查问。今天上午，这两个孩子把他们的馍袋子寄存在店里，存价也就是一个馍钱。我问他俩存的啥东西，他们说是一袋子窝窝头。我说，一袋子窝窝头还值当存，他俩说背着老沉。我就给他们存下了。过了一会儿，这弟兄俩来取时，却说店里昧了他们的一串铜钱。从存到取，也就是那么一个时辰，恁些人的钱俺都不昧，难道单单昧俩小孩儿那丁点儿钱？分明是他们无赖，想讹店里些银钱。大老爷，您一定要给小的做主，不能让势利小人毁坏了店里的名誉啊！”张麻子一派话语说得滴水不漏。

“人家常说，不能跟穷人打交道，一穷三分赖。看来真真不假！大老爷，您一定要为民妇做主啊！”张牛氏也喊。

“我们的一串钱就是他们昧下的！”两个孩子大喊着。

“你说我们昧了你们一串钱，我问你，你们的钱可有记号？”张麻子大声问。

“我们的钱没有记号……”弟弟说。

“没有记号你们也昧了！”哥哥喊。

“我们没有昧！”张麻子大叫着。

“你们就昧了！”两个孩子喊。

“没有昧！”张氏夫妇叫。

“昧了！”两个孩子喊。

“没昧！”

“昧了！”

“没昧没昧没昧！你们血口喷人！”

“昧了昧了昧了！你们坏了良心！”

双方都不觉地立起身来，手指着对方的鼻子骂。

“嘻嘻嘻嘻，”王猴高坐堂上，不觉笑了起来，说：“来来来来张麻子，来，你坐本县这儿……”

众人一愣。

潘师爷的脸都变长了。

张麻子更是一脸惊诧，他下意识地瞅瞅周围，不相信自己的耳朵。

王猴给他招手。

“大老爷，小人不敢，小人没当老爷的福！”张麻子说。

“来吧来吧！本县只是让你坐坐，我让你做老爷了？”王猴不耐烦了。

“叫你去你就去呗！”张牛氏小声催他。

张麻子爬起来，意意思思往上走。

告状的小哥俩你看我我看你的，有点儿不知所措。

小妹也感奇怪："嗳哥，猴哥怎么让张麻子坐那儿了！他能配当大老爷？他要做了大老爷，他还听猴哥的话吗？"

金拴说："只要他不穿红袍，坐哪儿也不算！"

这兄妹俩本来在王猴的屋里坐呢，一听审案，哪还坐得住，悄悄地就跑了出来。

秀玉和虹彩也出来看了。秀玉是不放心。虹彩是看热闹。一看让张麻子坐在老爷的位上，秀玉的眉头便皱起来了。

王猴还嫌不过瘾，又把张麻子的老婆也叫了上来："张牛氏，你也过来。"

"我？"张牛氏惊奇地瞅瞅四周，小声咕哝着，"我一个娘们，怎么能坐大堂呢？"疑疑惑惑地走上去。

"大老爷，怎么不叫俺上去呀？"弟弟大声喊。

王猴不理，他走下堂，大声说："本县还没有见过寄存店怎样寄存东西。今天，你们再给我表演表演，也让本县开开眼界……小孩儿，你们两个过来。"

两个孩子爬起来。

"你们的东西是怎样寄存的，现在再给我表演表演……开始！你们两人来寄存了，这儿就是寄存店。张麻子，你当时是怎样站的？"

"他在那儿坐着呢，他老婆站在旁边……"弟弟说。

张麻子两口子照说的站了。

"你说吧，我不想理他们。"哥向弟下了命令。

“不行，当时怎么存的，现在就怎么表演。快说！”王猴又喊。

“当时？哥，你当时在前边的……”弟推着哥。

“张麻子，存东西！”哥走上前，恶声恶气地喊。

张麻子皱起眉头。

众人笑了。

“你不是这样喊的，你说的是‘师傅’。”张麻子纠正他。

“我就是喊你‘张麻子！’张麻子张麻子张麻子！”哥仍没好气儿。

“你怎么能这样喊？”张牛氏生气地叫。

“怎样喊？就这样喊！‘张瞎子，张麻子，张秃子，张瘸子，张麻子的老婆子，一肚子的坏水子！’”俩孩子一唱起儿歌，神色竟开朗起来。

“放肆！”张麻子一摔惊堂木，“拿下！”

嗳？张麻子有些失态，真把自己当老爷了。人们哄地大笑。潘师爷手里的毛笔把墨点洒湿了一片。衙皂们也乐了。

告状的小哥俩也笑了，他们边笑边接着唱歌：“摆架子，装样子，眼珠儿是俩泥蛋子，看着像个人样子……”

“打他鳖孙！光想当老爷！”小妹笑着喊。

不知是小妹的喊话提醒了衙皂，还是他们感觉不对头，嚷嚷着上来要打张麻子。

王猴伸手止住他们，笑着说：“表演到此结束！下去吧张麻子！”

张麻子边往下走，边气哼哼地咕哝着：“唱，唱！要在街上，老子非打你们不可！”

“他们唱谁不会唱！”张牛氏说着，一鼓肚子也唱起来，“俩小孩，光耍赖，存个麦秸秆，光想要烟袋；拿个土坷垃，光想当金块……”

“俩大人，光使坏……”两个孩子要再唱。

王猴抓起惊堂木，啪地往案子上一砸，大喊：“住嘴！我看你们是没事找事，吃饱了撑的！在大堂上又吟诗又对歌的，想拿老爷消遣是吗？来人！”

“在！”

“一闲生百病。给他们找个活干干。天这么长，没事做心里也是难受。老班长，把大门口那两面大鼓卸下来，到后院里用粗绳箍紧，让他们抬着转荷花池去。”王猴说着，往外边一指。

衙门口不远，确有两个相邻的荷花池塘。正是夏天，荷花池一片葳蕤。

5

两通大鼓抬过来了。

王猴在前面走，四个衙皂抬了大鼓在后边跟。王猴一直走，他们一直跟。穿过甬道走进后院，最后停在了宽敞的会客室里。四个衙皂不敢进屋，站在门外犹豫。“怎么不进？”王猴喊着，两面大鼓进了客房。

就是在这座客房里，王猴完成了一件让后人争说不已的行动。

他让衙皂们找来两根粗绳、几块薄板儿，把薄板覆盖住大鼓空缺的背面，然后拿绳子捆了个死紧，“哈哈哈哈”，王猴禁不住一阵大笑，蹦跳着跑向前堂，猛叫一嗓子：

“抬鼓——”

6

已近中午，白花花的太阳晃晕了人们的脑袋。风不吹，树不摇，像是害怕打破这安宁似的，行人们停下了脚步，小摊贩停止了叫卖，就连街上的狗都溜着墙阴悄悄地走，又长又薄的舌头呼扇着，像是对禁口令的无力的控诉。

张麻子和老婆张牛氏在众人的哄笑声中抬鼓走出衙门。毕竟是男人，张麻子抬着倒没嫌重，悠着胳膊，很轻松的样子。他老婆张牛氏就不行了，两手抱住肩上的棍，小脚一扭一扭，像是跳的脚疼舞。“麻子，疼疼媳妇！”有人喊。张麻子连忙把鼓往自己这端扒了扒。

胡闹送出衙门，故作神秘的样子调笑他：“张麻子，您抬这鼓，可是老爷亲自拴的！满张纸就画个鼻子——您老脸宽呀！”

张麻子咧了咧嘴。张牛氏翻他一眼。

两个孩子抹着眼泪，也抬了一面鼓往外走。

王猴从椅子一跃，越过长案落在地上，追着他们高喊：“正转三圈倒转三圈，好好消遣啊！”

“正转三圈，再围着荷塘倒转三圈。记住了吗？”胡闹边应，边用手在张麻子脸前比画了三个圈子。

细细的荷柄举起硕大的叶子，一片一片盖满了荷塘。后出的荷箭从下边钻出，透过叶隙露出头，毫不犹豫地就去占领空间。安静的要数荷苞了，四月的荷塘还不是开花的时候，她们歪着头，表现出特有的羞怯。抬鼓的四人从旁边走过，看着满塘荷花一动不动，就感觉有些奇怪。荷们大概也有同样的感觉，定定地看着抬鼓的人，忽然倾下一串水珠，噗噜噜的响声把这奇怪的安静砸穿了一片晶莹的小洞。

看客们也都出来了，他们全都站在大柳树的浓荫下，指指点点地议论着，评说着。浓荫下对于阳光下谁都知道这是一种无言的优越。平时没有机会，现在终于有了可以毫不掩饰的机会，谁愿意放弃这样的时刻呢！

张牛氏越走越慢，终于挨到荷塘的对面，也就是不那么容易被人看见的地方了，她停住脚，大声地骂起丈夫来：“老东西，划来划不来，为鳖孙一串钱，让老娘跟着你丢人现眼活受罪！”

张麻子不恼，嘿嘿嘿地笑起来。

张牛氏不理他，接着又骂：“老东西，有啥可笑哩？我放下了啊！这是人干的活吗？哪有叫有头有脸的妇人大热天做这种活的？”

“再走再走别放下。我笑那小县官，你想他也是没有办法，要不然，哪有让打官司的人抬鼓消遣的？一串钱是不多，可那也是一千枚铜钱呢！一千枚不是一枚，也不是一十枚，那得很长时间才能挣来的！人不得外财不富，马不得夜草不肥。这串钱咱算挣定了！看他还有啥法？”张麻子颇为得意。

“那小县官贼精贼能的，孙芒种家的案压八年他都断清了。你说要是万一查出来了怎么办？”老婆仍然担心。

“你真是头发长见识短，他是因为没法了，才想出来让咱抬鼓，他出出恶气！孙芒种家的事，嗐，哪儿跟哪儿呀？”

老婆笑了，说：“你说他查不出来？”

“他又没见你偷，他怎么能查出来？除非这鼓会说话！”

“别说了老东西，只要不被查出来，就是抬抬鼓出出汗丢丢人也不是白干！”老婆说过，换一下肩，就又扭着小脚走下去。

“嗳！这就对了。抬六圈挣一串钱，工价不算低！”张麻子笑笑，扭脸想讨老婆的好。

“屁！要是早知道这样，我才不挣你这一串工钱呢！担惊受怕，说不定还得挨打！”张牛氏擦一把脸上的汗，气哼哼地。

小哥俩也不痛快。弟在前头哥在后，抬一节，歇一会儿，歇一会儿再抬一节。哥疼弟弟，一抬起来他就悄悄地往他这头拉鼓。弟怕哥累，一停下来就往哥那头儿推棍。

“哥，人家都说小县官是清官，叫我看，也是糊涂盆一个。自己没本事断案了，拿咱出恶气！”

“唉，兄弟，谁都不怨，就怨咱俩贪玩，误了大事！”哥很懊悔。

“别说了哥，等会儿抬完了，咱找个没人的地方，你使劲儿扇我三个耳光，我再使劲儿扇你三个耳光，”弟弟说着说着就又哭了，“咱娘还等着吃药哩，咱俩却在这儿转起荷花塘了！呜呜呜……”

弟弟哭泣，哥哥掉泪。两人禁不住骂起张麻子。

哥骂："黑心肝的张麻子，昧良心的张麻子，将来你不得好死，生个小孩也没屁股眼儿！"

弟骂："头顶上长疮，脚底板流脓，从头上烂到脚下！走着走着，平白无故扑通一声栽死！作恶不见恶，终久跑不脱。"

"不是不报，时候不到。时候一到，一切都报！"哥也念起了咒语。

两人这一骂，感觉心里好受了许多，抬起鼓又走。

"哥，一会儿咱去要饭吧。咱光要钱，等要够了，先给咱娘抓药。"弟又有了办法。

"想得倒好，要钱！要饭还不知道人家给不给呢！"毕竟比弟弟大几岁，哥比弟现实多了。

"那你说咋办？"弟弟现了哭腔。

"咱先要饭，要多了咱再卖钱。"

"中，中，哥，咱一点儿也不吃，饿了咱就忍，真忍不住了咱就猛喝凉水！"弟弟发着狠。

"咱给人家多说点儿好话，'爷爷奶奶婶子大娘'的嘴甜点儿。要是见了年轻女的，咱要叫她大姐，不能叫大嫂子。"

"中，嘴甜点儿，叫大嫂子。"弟说错了嘴。

"不能叫大嫂子！"哥耐心地说。

"中，不能叫大嫂子，那叫、叫啥……"

"大姐。这都记不住？"哥不满地看他一眼。

"记住了记住了叫大姐。"弟走了两步又问，"哥，要是咱要不够药钱咋办呢？"

哥不吭声。

“我看要不够药钱了咱就不回家，咱俩在外边要啊，要啊，要啊，要到咱长大，肯定会要来很多钱，到那时候咱们再回家看娘。我敢保证，咱娘一定会非常非常高兴……”弟弟说。

张麻子夫妇先走够了六圈。红头涨脸的，被胡闹上前喊住：“怎么样张老板，过瘾不过瘾？要不再抬一圈！”

“哎哟胡官人真会开玩笑，你看这大热的天，一圈都过瘾了！唉，孔夫子说，唯小人和女人难养，真是一点儿不错！这俩小毛孩儿，唉！他要直说想要钱哩，我认倒霉也给他俩呀！唉！”张老板摇头叹气地表白着委屈。

“认倒霉？没那么容易！把老娘都快累死了！”老板娘走着骂着。

两通牛皮大鼓被汗流浃背地抬回县衙，并排安放在大堂之上。此时的王猴正躺在长案上抛吃炒豆，东抛一颗，西抛一颗，满案上跑动着王猴的嘴。

原告和被告都在堂下喘气。张麻子满头淌汗，张牛氏湿透衣衫。小哥俩也很狼狈，经常欠洗的脸让汗水一冲，一个像花皮儿西瓜，一个像花皮儿甜瓜。

王猴随一颗炒豆跳下长案，坐上空荡荡的太师椅，“小孩儿，你们的状还告不告？”王猴很得意。

“告告，只要不还我们钱我们就告！”弟弟大声喊。

“好啊，劲还不小啊！那就跪下吧！”王猴大声喊。

四个人一听，全都跪下了。

王猴大声说：“把俩鼓抬到大堂中央！”

“是。”衙皂们高应。

两通鼓被抬在大堂正中，王猴一跳，越过案子落在鼓边：

“诸位，究竟是张麻子昧了钱，还是小哥俩昧了心，说实话本县也不知道！本县不知道，但本县想知道。所以，在他们抬了大鼓转荷塘之前，本县先焚香燃烛拜请了鼓神。天灵灵，地灵灵，离地三尺有神明。现在，我要请鼓神出面，细说详情，明断是非，原告、被告，你们四人可有意见？”

“鼓神？鼓神是谁呀？”张麻子小声说。

“你们先说有没有意见？回答过我了我再回答你们。”王猴得意至极。

“没有意见。”弟弟先应了，“鼓神啥样啊，快让它出来吧！”小家伙说着，竟扭着头四下里找了。

“快说！”王猴大声催促。

“没意见没意见！”三个人都喊。

“四千年前，我们的先祖黄帝大战蚩尤，数年间不分输赢胜败。黄帝就派大臣力牧到东海捉了夔龙做战鼓，夔龙皮做鼓面，夔龙骨做鼓槌，战争再起时，八十一面夔鼓一起擂响，惊天动地，声震寰宇。蚩尤大败，被黄帝捉住，砍下头颅。鼓神谓谁？夔龙是也！大堂前为何设鼓？鼓是正义的化身。鼓是胜利的象征。鼓还是辟邪的圣物。现在，本县即请夔龙神现身做证，以判是非曲直！”

这两面破鼓在衙门前摆了多年，风吹雨打，剥蚀得都没了颜色，现在叫王猴一说，竟然神奇得令人敬畏。观众们交头接耳，纷纷议论：

“这鼓真能说话？”

“鼓要能说话，那石头也能说话了！”

王猴绕着双鼓走了一圈，又抱拳对鼓作了个揖，来到张麻子抬过的大鼓边，摇头晃脑地问起来：

“鼓。夔鼓。夔龙之鼓啊！您上为天灵，下为神明，立于大堂之首，沐浴春雨秋风，听历任知县审理大小案件，天理国法人情，定是了然于便便大腹之中。现在，本县问您，刚才张麻子和老婆张牛氏抬着你在荷花塘边转悠的时候，他们都说了些什么，想必您还没有忘记吧？”

“没有！”尖尖的嗓音从鼓里传出。

“真说话了！”人们一个个惊得张嘴瞪眼。

“好，既然没忘，那就请您老人家一五一十、原原本本、真真切切，给本县细细道来如何？”王猴学起戏台上的道白。

“遵——命。”这鼓也变成戏台上的语调了。

观众更惊，有几个人直揪耳朵，想看看是不是自己的视听器官出了问题。

张麻子和老婆张牛氏本来将信将疑，现在一听，惊恐得五官挪位，肌肉变形。

“你说，他们两人都说了什么话？”王猴又用脚踢了踢鼓板。

“张牛氏说，为鳖孙一串钱，让老娘跟着你丢人现眼活受罪。张麻子说，人不得外财不富，马不得夜草不肥。这一串钱咱算挣定了。张牛氏说，那小县官要是万一查出来了咋办？张麻子说，他又没见你偷，他咋能查出来？除非这鼓会说话！”这鼓不但会说话，而且还学着张麻子和张牛氏的对话，声调、语气，惟妙惟肖。

“哎哟我的娘呀，活不成了！”张牛氏惊叹一声，扑通倒在地上。

张麻子也抖成了一团。

王猴又走到两个孩子抬的这面鼓面前，大声说：“好，现在我让这一面鼓也说说它究竟听到些什么？”说过又致一礼，“你这面鼓，本县问你，你都听见些什么，也给本县说说如何？”

“中中，这小哥俩抬着我，一路上先骂了您。弟弟说，哥，人家都说小县官清，叫我看，也是糊涂盆一个。自己没本事断案了，拿咱出恶气。哥说，谁也不怨，就怨咱一时贪玩。他们还骂张麻子黑心肝，将来不得好死！”一个女孩儿的声音从鼓里清晰传出。

小哥俩听着，也惊得大睁着双眼。

“哥，哥！我听清了，咱这个是母鼓……”

哥还愣着，没有明白过来。

弟又趴在哥耳朵上悄悄说：“那个鼓是公的！”

“哈哈哈哈……”王猴大笑了一阵，围鼓又转一圈，然后朗声宣布：

“小哥俩状告张麻子昧钱案，本县已经查明，奸商张麻子伙同老婆张牛氏，趁两个孩子谎称一串铜钱为窝窝头以寄存东西之机，偷偷将钱拿出，以为无人知晓，意欲昧为己有。张麻子，本县说得可对？”

“对对，一点儿不假。老爷神断，小人不敢抵赖。”张麻子说。

“哈哈哈哈，张麻子，你说这案子该如何处理啊？”

“小人听凭老爷处置。”张麻子还在抖。

“好吧，本县看你态度尚好，那我就从轻发落了。来人！”

“在！”

“先打张麻子二十板子，再罚银钱十两，张牛氏立即回去拿钱，速速交与两个孩子，让其取药孝母！”

“是是。”张麻子和老婆应着。

观众们立即鼓起掌来。

张牛氏想走，可身子抖抖地，怎么着也站不起来。

老班长和胡闹上前把她搀起来。

“小孩儿，这样处理你们可有意见？”

“没有意见！”两个孩子跳起来喊。

“你没有意见，我可还有意见哩，你小哥俩可是还有一件事没有办呀！”

“还有一件事？”两人齐瞪了眼看着王猴。

“潘师爷，给他俩提个醒！”

“啊啊，想起来了想起来了！”哥叫着，就自己用手在脸上左右开弓打了两个嘴巴。

弟弟见了，也忙跟着学。

“哈哈哈哈，是该让这弟兄俩长点儿记性！”王猴笑着，忽然又喊一声：

“打张麻子！”

“是！”众衙皂一片声地高应。

“打张麻子了——”人群中禁不住一阵叫喊。

“老班长，你和李大个子把这两面鼓抬到后院，它们帮了本县大忙，本县要再祭拜祭拜鼓神。”王猴又吩咐。

7

到了后院，王猴亲自上前把两面鼓的绳子解下，从里边请出金拴和小妹兄妹两个，并抓了两大把红枣让他们吃。小兄妹虽然在鼓里又闷又热，满头大汗，但能为断案出力也都兴奋不已，争着讲述在鼓里的感受。

第七章　审驴

—*—

天明了　鸡叫了
秃子戴上草帽了
——民谣

1

王猴上任的短短几天，就把定平的温度烧到了沸点儿。人们议论纷纷，感觉真的有了盼头。有冤屈的就想伸冤屈，有不平的就想鸣不平。当然，也有紧张、不快甚至仇恨的，譬如胡二，他怕王茂昌六亲不认，再把他更多的丑事、恶迹都揭了出来，早早地就跑到东京来给他的主子胡庸胡大人汇报了。

“……王知县说，胡尚书再大，他也得听皇上的！我是皇上派来的，舔！还是按着李大歪嘴舔了你侄子的屁、屁股……”胡二说着，眼睛里溢满了泪水。在胡尚书典雅豪华的客房里，胡二躬身站着。

“嗯——”胡尚书紧闭双唇，重重地出了一口气，“胡闹，真是胡闹！大宋律典有哪一条是让舔屁股的？”胡尚书站起身来，来回地走着，“王茂昌出任定平知县，是我力举的。我想，他至少应该知恩图报。哼哼，现在看来，要么他是个娃子，狗屁不通，目无法纪，要么他就是自恃才高，目中无人了！”

“对对，他还说，胡尚书他也不怕！”胡二连连点头。

“他不怕我，那他怕皇上不怕？……他还有啥新花招呀？”胡尚书又坐在椅子上了，以手示意，让胡二也坐。

胡二小心翼翼地坐在下首一把椅子，屁股只挂住一个角，身子前倾着忙接：“有有！他还包庇奸情，乡下你姜表弟，就是老虎，给你送过药的姜老虎，他家的闺女先是让个长工弄大了肚子，然后又当着东家的面让他们拜了天地跑了，都是这个王猴出的主意，他让神判，捏纸蛋儿定生死……我来时，他刚办了个事，让杀猪匠的两个娃子钻到鼓里当鼓神，把张麻子的老婆都吓病了……”

胡尚书再也听不下去了，在椅子的扶手上猛拍一掌：“我要禀告万岁，一定要裁制这个无法无天的七品顽童！”

2

王翰林也正为这些事犯嘀咕。王朝宾一进家就嘟囔：“捏纸蛋儿，舔屁股，刚听说又让两个孩子钻鼓里，装神弄鬼。这小子太聪明，别出心裁，乱翻花样，聪明反被聪明误，我看迟早要倒霉！”

“我当时就说不让他去，等两年再说，你想想，他还是个孩子哩，懂什么呀！你还说人家掂着礼送还补不上缺呢，占个大便宜似的，这下倒好……”王高氏看丈夫不耐烦，就收住话，改口说，“我看还是把王狗叫回来问问，你再给他交代交代，哪些该干，哪些不该干。”

“唉！”王朝宾叹口气，转过身子来回踱步。

“你也别长吁短叹的。猴子那样做，想必是也自有他的道理。聪明人跟糊涂人能一样？陈年旧账谁都断不了的案子他不是都断了吗？你听听街上的叫花子怎么唱的？要不，咱去听听？”

王翰林站住脚：“嗳？还真得听听，民间谣谚，也算是民声的一种表露呢！”

两口子悄悄地来到街上，正看见打着竹板边走边唱的几个叫花子，吸引了一圈子的小孩儿跟着拍手。

甲：朝天的大路明晃晃，
　　定平县来了个王茂昌。
　　王茂昌有一身好武艺，
　　妖魔鬼怪不敢挡。
乙：胡总管屁股亮光光，
　　他屁股会喝胡辣汤。
　　李大歪嘴做假证，溜沟子，舔眼子，
　　把那屁股蛋儿上的沟沟坎坎、洞洞眼眼、高高低低、深深浅浅、一点一点地全舔光。
丙：甜不甜？
合：甜！
丙：香不香？
合：香！

“啊！”人们喊叫着起哄叫好。

老两口又转了两条街，看见小孩儿们正学叫花子的腔调喊唱着：“胡总管屁股亮光光，他屁股会喝胡辣汤……甜不甜？甜！香不香？香……”

“这还得了！”王翰林不听则已，一听更坐不住。“满京城都说王茂昌，这不是个好兆头啊！露头的椽子肯糟……”

3

王猴可不这么想，王猴只感到高兴。他略施小计，就把小哥俩棘手的案子破了，多开心啊！他真想多来几起案子，让他好奇个够，开心个够！可是，定平虽大，也不是天天都有案子审的。早饭前，练了功。早饭后，念了书。王猴就感到有些无聊，他想跑出县衙到街上玩一会儿。刚到门口，正遇潘师爷和老班长、胡闹在说闲话。

“小爷，小爷！”胡闹大声喊。

王猴站下来。

胡闹指着旁边的石碑说：“那一通碑上的字多，小的还能认识几个。‘一、二、三，了’……还有几个‘杀、杀’。这通碑上的字少了，我可就一个也不认识了。您学问大，给小的们念念呗！”

“就是就是，俺们还真不知道写的是啥哩！”老班长也说。

王猴笑了，说：“真不知道？以上的老爷们在时，你们都没问过？”

“以上的老爷们个个厉害，动不动就打。哪像小爷您这样体恤下人呢？”老班长很会说话。

“对对，有一个朱老爷，他是拿钱捐的官，斗大的字不识三升，可他还就怕人家说他不识字。有一回，说来也该我挨打，我心血来潮，就问他这写的是什么意思。我还没问是什么字呢？他可恼了！非说我是‘蔑视朝廷命官’，把我的嘴都打歪了……”胡闹边说边比画。

“我们都叫他胡大歪嘴！”老班长取笑说，“和李大歪嘴一个名。”想起来李大歪嘴舔屁股的事，几个人不由得哈哈大笑。

“叫潘师爷讲讲。老潘，你先给他们念念！”王猴点了将。

“嗳嗳，不才不才！”潘师爷在官场久了，很知道当官人的心理：他要你念，并非真的是想让你念，而是一种谦虚的矫情，你要是认真了，那就是你的不对了。所以，潘师爷不念。

“嗳，你在县衙这么多年，难道连这几个字也不认识？”王猴就急了。

潘师爷看县太爷是真的想让他念，就走过去，伸头在石碑上，故作认真地上下看了好一阵子，一板一眼地说：“这叫官箴。一共是四四一十六字，四字一组，一组一逗。逗，就是停顿的意思。”

“嘿嘿嘿嘿，老鼠进书柜——咬文嚼字了。”胡闹笑着说。

“嗳嗳？蚂蚁尿泡——湿不深。”潘师爷幽默地谦虚着。

众人笑起来。

“这一十六字是：尔俸尔禄，民脂民膏，下民易虐，上天难欺。嗯，真正是天下至文啊！”

“嗳嗳？”胡闹看是潘师爷读的，就截了话头说，“‘儿儿儿儿’的，究竟啥意思呀？”

王猴看他把“尔”说成“儿”，不觉就笑了。

“啥意思，这只能叫老爷赐教，我们聆听了！”潘师爷说。

“哎哎，老潘，还由你讲！”王猴又点了将。

“不敏不敏，不才实在是无德无才，还是由老爷赐教！”潘师爷毕竟是潘师爷，任王猴再催，横竖是不讲了。

“你真不讲啊？”王猴看着潘师爷。

“不才，真是不才！”潘师爷直往后退。

“好吧，那就让我给你们说？”

“小爷说，小爷说！”老班长和胡闹齐说。

“尔者，尔也，就是‘你’的意思。‘尔俸尔禄’，就是‘你的俸你的禄’。俸禄，知道是什么意思吧？就是工钱、俸银和禄米。”王猴看着胡闹。

“这小的明白，就是国家给的皇粮啊银子啊什么的。”胡闹抢着说。

“明白了这个‘尔’字，下边的就好讲了。全碑的意思就是：你得到的皇粮啊银子啊，那都是老百姓的脂膏。老百姓位置卑贱，你可以虐待他们欺负他们。可是苍天在上，可是难以欺瞒啊！这是对做官的警告，所以叫‘官箴’！”

“高高，还是老爷讲得透彻！”潘师爷大声地赞扬着。

“嗯嗯，明白，明白！”老班长和胡闹都使劲儿点头。

“真明白了？”

“真明白了！”三个人一齐答。

王猴高兴了，马上有了显摆的热情：“这种字体叫大篆，大篆是秦以前的文字写法，笔法雍容，柔中有刚。你们看那通碑，”王猴往旁边一指，“书体就完全不同。那是大宋的律条二百九十七款。走，我给你们讲讲……”

王猴的第二讲还没有开始，李大个子和吴二斜子快步走来，王猴个小，又正趴在碑上看字，所以他们没看见王猴，只看见了潘师爷和老班长们，吴二斜子咋咋呼呼地叫着：“老班长，你给俺俩一件差，我们办完了，怕对不起你，又给你捎回来一件。”说着，往身后一指，“瞧，陕西的官司！”

“那你说，你还怪有本事了！”老班长说着，用眼向他示意：老爷在这儿！

王猴抬起头来，看他又带回来了官司，就威严地看他一眼，说：“李大个子，你光怕老爷没事干不是？”

“老爷老爷，不是小人要找事，这是他自己找上门来的！”吴二斜子回答。

“就是，他问衙门在哪儿，咱又不能说不知道。”李大个子憨憨地说。

吴二斜子一扭头，对着牵驴的人喝道：“还不快给老爷磕头！”

牵驴的人看看王猴，瘦瘦小小一个孩子，怕是哄他，有点儿犹豫。

“这就是大老爷，磕呗！”老班长也吵。

牵驴的人犹豫一下，他怕一松缰绳驴跑了，就牵着驴，叭一声跪下来，给王猴磕了头。陌生地方，驴本来就害怕，那人猛一磕头，驴惊了，一挣跑了。那汉子头没磕利落，爬起来就追驴。

众人笑起来。

“升堂！快升堂！”王猴喊过，扭脸就跑。

陕西汉子牵着驴走上堂，还没跪下，泪水先下来了，他一声长嚎：“大老爷，您可要给小人做主啊！”扑通就跪下来了。

双手撑着扶手，王猴在椅子上转了两圈儿：“具状人姓甚名谁，状告何人，快快如实报来！”王猴的台词越来越熟了。

“回老爷话，小人是陕西兰田人氏，姓周名铁，今年三十五岁，做生意来到贵县。今天一早，出了客店我就去县南的金岗买牛了。金岗离县城十八里，半道上我的脚磨了泡，就想雇个脚，正巧这时候来了牵驴的。我问价钱多少，那人说随便给吧。我想着叫咱随便给咱也不能亏人家，求营生不容易。那人热情得很，扶我上驴，又替我背包袱。我的银钱全在包袱里，一百两银子，沉着呢，我哪能让他背？那人很会说，他说他是老天爷专门派来接我的。说他夜里做了个梦，梦见了红脸膛、八字须的财神爷。财神爷说，今天有个从西北来的贵人，不管等到啥时候，你都必须把他接住。因为我要给这个贵人一笔钱财，你虽然命穷，也可以跟着沾光落俩，切记切记！我今日远远一看见你，就想着一定是那个贵人了。他一听我是陕西兰田人，高兴得不行，说看来今天是一准要发财了！”

“这么说，此人好说话？也就是话稠？”王猴问。

周铁想了想回答：“他说他这人没心，就是好说个笑话。他还说，他老婆说他是歪嘴骡子卖了个驴价钱——吃嘴的亏了。可他说，吃嘴的亏我不怕，反正嘴再歪，他也是个骡子。”

“周铁，我问你，自从你上了驴，你的包袱就一直由他背着吗？”

“可不是由他背着！”周铁叹了口气，“我给他要了几次，他就是不给。还生气了，说我不放心是怎么的！其实我真不是不放心，我只是怕他累得慌！他说，你是贵人呢，我是沾你的光挣钱的，替您背一会儿包袱还不应该？再说，我还心疼我的大黑驴哩，虽然你背着，可它压的还是我的大黑驴不是？感觉这人怪有趣哩，也就不好意思再争了。他一看我不争了，就对我夸他的大黑驴，现在想来，他是转移我视线的。他说他的大黑驴俊气，说有个秀才专为他家的驴写过一首诗，好听得很。要是俺不嫌弃，他就唱给俺听听。骑驴怪无聊呢，我就同意了……”

“你会唱吗？”王猴看着他。

周铁咳嗽了几声，摇了摇头：“我不会唱。不过那词我记得。什么秀才专为他家的驴写的呀？他是胡扯的。哪儿都有！那词是这样说的：说黑驴儿，道黑驴儿，说起个黑驴儿有故事儿。白尾巴尖儿，白心门儿，还有四只白银蹄儿。张果老骑驴从这过，要用他的神驴儿换俺的驴儿！”

王猴笑了，说：“这也能蒙住你？这是叫花子唱的莲花落嘛！”

“我也听说过，不是凑趣吗？我就夸了他的驴。他一听我夸他，就使劲儿往驴屁股上打了一鞭子。这驴尥开四蹄，就跑起来了。拐了个弯，驴慢了。我又想起来我的包袱，我不能老让他背呀，我就喊他，老大，你还是把包袱给我吧，虽说压着驴，总比压着人强些！你说是吧？嗳？没人理我。我想着是驴跑得太快了他没有跟上，就又喊了两声。还没人理。我想着他是解溲哩吧？就勒住牲口，站路边等他。又等了一阵儿，还没人来。这时候我才感觉不对劲了，急忙拐回去找他，哪还有个亡魂儿？我知道上当了，就、就一路问着，来到了大堂上。俺在陕西，听说河南牛便宜，就借了一百两银钱做本，想赚俩钱成个家哩。俺老一辈三门子就我一个男丁。没想到，没想到俺这么没成色，一出门就让人拐了！请大老爷一定给小的做主啊！”周铁一把鼻涕一把泪地说完，就跪在堂下，不起来了。

“周铁！”王猴喊。

“小人在。”

“你今年也三十多岁了，怎么光长年纪不长心眼呢？你带了一百两银钱买牛，那一百两银钱就是你的命！你因为偷懒怕累，想松快松快，就轻信别人，把一百两银钱让给别人背！你说说，你该打不该打？”王猴先把他骂了一顿。

“小人该打。”周铁又流泪了。

“本该打你三十板子，让你长个记性。念你初丢了钱，远在异乡，举目无亲，打伤了没人看护，暂且免了。我说周铁，你也别哭别喊了，一百两银钱换了头白尾巴尖儿白心门儿还有四只白银蹄儿连张果老都想换走的大黑驴，说明你运气还不赖嘛！要是碰上强盗，打烂你的皮肉，抢走你的银子，叫你什么也不落你不是也一点儿办法没有吗？”

“那，小人那一百两银钱可以买十几头牲口的呀！”

“这么说，你还是要告？”

“告告。”周铁态度坚决。

“好吧，既然你要告，那我就问你，可有什么证据？”

“回老爷话，小人没有。连那人的姓名小人也不知道，他只让我喊他‘老大’，‘老大’也不是名字啊！”周铁答。

“你这人真是死心眼子，那人没名，他的驴不是在吗？”王猴大声说。

“是是老爷，这就是那人的驴。他的驴有名，叫大黑子。您看看，它就是白尾巴尖儿，白心门儿，还有四只白银蹄儿。一点儿也没骗人。”

“那你就告这个驴嘛！”王猴大声说。

“驴又不会说话，怎么告啊老爷？再说，驴也不会磕头啊！”

“驴不会磕头你会磕头行了嘛！来人，把毛驴押上前来，让本县审它！”

李大个子走上前，把那毛驴往前牵。

毛驴很倔，见是生人生地方，不敢上前，使劲儿往后坠。

李大个子和那毛驴较起劲来，谁也拉不动谁。

观众大笑。

吴二斜子上前帮忙，他扶住驴屁股用力一推，那驴抬腿就是一蹄子。吴二斜子一屁股坐在地上。

王猴看见，不由得一阵哈哈大笑。堂下的观众更快活，一个个笑得闪腰岔气。

吴二斜子爬起来，挥了板子就打，嘴里喊着“打你个犟种！”毛驴终于被拉到了大堂正中。

“大胆毛驴，伙同主人拐骗客人钱财，你可知罪？”王猴厉声问道。

毛驴害怕，一个劲儿地往后坐。

王猴叭一摔惊堂木：“不动大刑，谅你不招！”

那毛驴吓得哞啦哞啦地叫着，在堂上屙尿起来。

人们笑得更响。

“啊！毛驴大胆，竟敢蔑视王法，咆哮公堂。来人！”

“在！”

“先把罪犯毛驴打二十大板，看它招也不招！”

李大个子和吴二斜子本来就恨这毛驴，现在一说让打，个个抡了板子，上前猛打起来。大黑驴左躲右闪，又蹦又跳，大叫不止。

“一、二……”李大个子和吴二斜子也跟着又蹦又跳，嘴里还不停地数着板子。

观众们个个笑得直喘。

李大个子终于停下手，大声地向王猴报告：“老爷，二十板子打完了！”

“招没有？”

“没有。”

“没有？好，拉到后院，饿它两天，看它究竟招不招！”

“是。”吴二斜子拉了那驴就往外走。

“周铁，兜里还有零钱吗？”王猴问。

“回老爷话，还有几个零钱。”

“有零钱，你就先在城里找个地方住下来。后天再来吧！”

“后天？大老爷，后天能破吗？”周铁现了哭腔。

“叫你后天来，你就后天来。毛驴一招，不就完了。退堂。”王猴说着，一溜烟儿跑了下去。

“退堂了？”案子没有结果，观众们都感觉有些不过瘾。

4

两天很快过去。记住这时间的，除了原告周铁，还有定平县城里的众多百姓，小爷问案花样繁多，灵感迭出，让人大出意外，很开眼界。天一亮，大堂外就来了很多看客。

衙皂们也知道今天有案，一大早就到了县衙。原告周铁往大堂上一跪，四个衙皂立即就进入了角色。看戏的都到了，演戏的却迟迟不登台子。大家都有点儿急。老班长使个眼色，就和胡闹一起大步走向了后院。

王猴也没闲着。他正和金拴、小妹一起玩泥巴。稀泥、稠泥，三个人的脸上都是泥点子。两个衙皂走进后院的时候，王猴正托着泥，往大黑驴脸上甩稀泥。金拴和小妹看王猴往上甩，也照着驴脸练瞄准。大黑驴饿了两天，早已没了力气，闭了眼睛任他们欺负。

“瞧，瞧！”小妹指指大黑驴的脸，又指指王猴和金拴的脸，禁不住嘻嘻地笑。王猴和金拴看看毛驴，再相互看看对方，也禁不住大笑。“怪不得毛驴恁老实，他想着跟你们一样呢！”小妹喊着，三个人又笑。

王猴看驴不叫唤，就拿起更大的泥团儿打它。大黑驴终于受不住，哞啦哞啦地叫唤起来。王猴拍手大笑，边笑边做出砸泥的样子。

“猴哥猴哥，你笑什么？你笑什么？”小妹追着问。

“大黑驴受不住，大黑驴招供了！”王猴说。

“招供了？大黑驴招了什么？猴哥它招了什么？”

王猴只笑不理，扭头喊一声：“升堂升堂！快升堂！”老班长和胡闹刚进院转身就跑，跑了两步，想起驴来，胡闹问：“牵驴不牵？”“不牵驴怎么审？”王猴跑着头也不回。

满脸泥点儿的王猴跑进大堂，往椅子上一跳，看也没看堂下的人，就兴奋地高喊一声：“带大黑驴！”

“来了来了，大黑驴来了——”胡闹高应。

大黑驴在大堂里挨过打，害怕，一个劲儿地往后扯。

胡闹再拉。

大黑驴叫起来：“哞啦哞啦哞啦——”

李大个子拉不动，大恼，就要上前打驴，王猴高声止住他：“停停。大黑驴已经招供，前后供词所言一致，可以相信。”

衙皂们你看看我，我看看你，个个面现惊讶之色。

胡闹在堂下大声说：“老爷，大黑驴只是叫唤，供词可一句也没说啊！”

“嗳！鸟有鸟言，兽有兽语。一般人是听不明白的。我老师早年曾教过我听鸟言，识兽语，我刚才从驴旁边经过，那驴正暗自悲伤哩。我往它脸上甩些泥点儿，它睁开眼一看是我，就大喊起来‘大老爷，我冤枉啊’！”

“啊！它说冤枉。我怎么听着和前天叫唤的一样呀？”胡闹对着老班长小声说。

“听吧听吧，老爷说冤枉就是冤枉呗！”老班长止住他。

“我问它冤从何来，主人是谁，它说‘冤驴情愿领着去找’！”王猴又说。

“啊！”人们再现惊讶。

“刘理顺！”

“小的在。”刘理顺上前一步走出列来。

“你和李大个子带着原告周铁，牵着这头毛驴，让它带着去找罪犯吧！嗳，把你们这衣裳换了，别惊了案犯，让他跑了！”

“大老爷，也让俺俩去呗，俺也换成便衣。”胡闹大声地叫着。

“就是。这么蹊跷的事也让我们去见识见识呗！”吴二斜子也要求着。

“那好，他俩一块儿走，恁俩一块儿走，千万别一哄而上啊！”

“放心吧老爷！”胡闹和吴二斜子高兴地大声保证着。

“老爷，您老人家不去，它说的话我们又不懂，万一出点儿啥错……”刘理顺面有难色。

“来来来刘理顺，我有话交代你！”王猴对他招招手。刘理顺快步走上来。王猴小声嘱咐着。刘理顺不住地点着头。“去吧！”王猴调皮地向外一挥手。老班长带着众人就往外走。

5

大黑驴饿了两天，一出县城，看见地里的庄稼路边的草，伸头就要去啃。周铁紧紧地抓着缰绳，把驴嘴提得高高。驴吃不着，坐着屁股不往前走，老班长和李大个子各拿一根棍子跟在驴后，打得毛驴哞啦哞啦叫唤。

“它这又是说啥哩？”周铁小心地问老班长。

“谁知道哩，大老爷又没跟着。”三个人边说边往前走。

“大老爷懂驴话，真是厉害！”周铁叹道，“想必牛话马话他也知道了！大老爷要是出来贩牲口，还不一赚一个准啊！”

“什么话！”老班长不高兴了，“老爷是什么人？廷试第三名探花！贩牲口那是贱人的事，你是不是想打嘴呀！”周铁不敢吭了，低了头只顾走路。

都说犟驴。其实驴一点儿也不犟。毛驴发现吃不着草还挨打，也就死了吃草的心，一门心思地跑路了。更何况又是熟悉的路，毛驴就有了安全感。很快，一行人走到了前天那棵歪柳树边。“到了到了！”周铁眼睛一亮。

三人停下来。“不会记错吧？”老班长问。

“不会不会。那天我还爬上这棵树喊他呢！”周铁说过，学着前天的样子使劲儿喊了两声“老大，老大——”

“好，把驴放开！”老班长大声说。

“把驴放开？”周铁不解地问。

“叫你放开就放开呗！”李大个子走上前去欲夺。

周铁犹豫一下，就松了缰绳。

缰绳一松，那驴就伸了嘴去路边吃青。左边的老班长梆哧就是一棍子。大黑驴急跑几步，又伸头去右边吃。右边的李大个子梆哧又是一棍子。

大黑驴哞啦哞啦又叫。

“老班长，它这是说的啥？”周铁说，“会不会翻供啊？”

“它敢？翻了供还饿它！”老班长说。

“你没听人说吗？老实得跟驴样。驴比人老实。它哪能说翻供就翻供啊！”李大个子说。

大黑驴吃不成，就顺着乡间这熟悉的土路，一溜烟儿地跑起来。

老班长等三人，一步不落地紧跟在后边。

大黑驴绕过小溪，穿过树林，最后在一个竹篱掩映的小院前停下来，急不可耐地大叫起来：“哞啦哞啦哞啦啦啦……”

院子里，一个中年妇女正喂猪，沾了满手猪食。听见驴叫，猛一抬头，不禁惊叫一声：“快，咱的大黑驴回来了！”说着，就甩着双手，上前来捉驴缰绳。

大黑驴看见女主人，“哞啦哞啦”地诉着苦，直往她身上蹭。

“我的娘呀！大黑驴呀，我的大黑驴呀！哪个龟孙把你弄走了，啊？”女主人说着，禁不住用手在黑驴身上摩挲着，心疼地说，“看看这伤！哎哟，这儿还流血了呢！蝎子肚子蚂蜂针，再狠狠不过贼人的心！”

大黑驴猛把头插进院子里的柴垛上，大口大口地吃着。

“哎哟，我的娘，我的大黑驴，贼人个龟孙也不叫你吃吗？”一扭头，对着屋子又喊起来，“你在屋里干什么？快给大黑驴弄点儿青草！”

站在竹篱外的三个人听了个真切。老班长说：“大个，咱俩进去；周铁，你在外边看着点儿，不到时候你千万不要露面！”

胡闹和吴二斜子一直在不远处悄悄地尾随，看见前边的情景，知道有戏看了，也就放慢了脚步，和周铁一起，停在了旁边的树林里。

李大个子一身便装进了院子，嘴里喊着，“毛驴跑这家了！”伸手就抓毛驴。

大黑驴害怕他，又蹦又踢，绕院子乱躲。老班长也走了进来，和李大个子一起截它。

“嗳嗳，你们这是干啥哩？”中年妇女气昂昂地问。

“干啥？不干啥！俺这个毛驴，牵着正走哩，它一挣跑了。我们找了好一阵子，没想它跑这儿了！对不起大嫂子，惊着您了啊！”老班长说过，又逮。

“你的驴？”中年妇女面现愠色，“实话告诉您这位大哥，这是俺的驴，丢了三天了！”

“怎么能是恁的驴？俺喂了多少年了，嗳，跑到恁家怎么就成恁的驴了？这么大个活物，能是说昧就昧下的？”老班长不依，高声叫着。

“我给你说大哥，千真万确，这真是俺的驴！”妇人高声大嗓的。

“恁的驴？恁一个妇道人家，怎么能恁不讲理哩，人家的驴跑到恁家，就成恁的了？照你这样说，天上的鸟在你家树上唱唱歌也成恁的了！天底下哪有这样的道理？逮！”老班长喊着，又逮。

“孩子他爹，你是干什么哩？咱的驴回来了，你也不慌慌哩呀！”中年妇女大叫着。

一个男人从屋里走出来，他看一眼院子里的两个人，不认识，就说：“这就是俺的大黑驴，丢三天了……”

“丢三天了？叫你这么说，俺还是偷您的驴了？”老班长大声说。

“我也没说恁是偷的，反正俺的驴是丢了！这就是俺的驴！”那人大声说。

“恁的驴？瞎说！恁的驴怎么丢的俺不管，这头毛驴反正俺得牵走！大个，牵走！”刘理顺大喊。

李大个子已经捉住了驴缰，用力往外拽。大黑驴坐着屁股，使劲儿往女主人身边靠。

“实话给恁说吧，俺的驴是叫一个从陕西来的牲口贩子偷走的！”中年妇女也说。

胡闹笑起来，说：“周铁，你可是偷了人家的牲口啊！”周铁气得直跺脚。他想往里走，被吴二斜子一把拉住。

“陕西的人偷走的，你去陕西要，怎么着也不能拉住俺的驴不丢啊！”老班长还吵。

“您的驴？您的驴有什么记号？”女人喊。

“俺的驴就是俺的驴，俺的驴就是记号！”刘理顺说。

“俺的驴是个黑驴！”李大个子跟着吵。

“您的驴有什么记号？”老班长喊。

“俺的驴当然有记号了！”男的说。

“有记号？有什么记号你说吧？”老班长又叫。

“你跟他们说！”男人这会儿也进戏了，脸上有了颜色，他看着老婆大声吼着。

“什么记号？大黑驴从小没娘，是我一勺汤一勺水喂大的。你要说记号，那我是再清楚不过了。它最明显的记号是，白尾巴尖儿，白心门儿，还有四只白银蹄儿……”女人说。

“这不算，都在面上带着呢，谁不知道。”老班长接上。

“你别慌我还有呢！”

“再说再说。”

“再就是前边左腿上有一块儿疤。那是它小时候，三个多月吧——”她看着男人说。

“嗯。”男人应。

“……我在地里种芋头，它撒欢哩，不小心撞到我的抓钩齿上，挂了一下。还有，它屁股蛋儿下边有铜钱大小一个扁平黑疣……”女人说得滔滔不绝。

“这么说，它一定是您家的了？”老班长小了声音。

“它就是俺家的！”两口子一齐说。

“您敢保证？”

“当然敢保证了！杀了我也敢保证！”那汉子说。

“好，那我们就算找对了！”老班长从腰里掏出一根绳子。

“老大，小弟找你多时了！”周铁叫着，大步走进院子。

这汉子一愣，支吾着说：“我、我不认识你！”

“你不认识他，可他认识你，他的银钱也认识你！”老班长说着，麻利地把绳子往汉子脖子里一套，大喝一声，“走吧！老爷在堂上等你几天了！”

“干啥？你们这是干啥呀！”中年妇女冲上来要拦。

李大个子伸手挡住她说：“你的男人拐人家的银钱，叫他到衙门里走一趟！”

那妇女不管，冲着大门喊：“快来人呀，九妮让人抢跑了！”“咋回事？咋回事呀？”立时，邻里们就有人拿着铁锨往这儿跑。

胡闹和吴二斜子在外边挡住说：“都别乱动，我们是县衙的当差，老爷派我们来拿他的！他拐了人家的银子！”

邻居们听了，就站下了。一个个面面相觑。

“走吧九妮！”老班长大喝一声。

那汉子偷看老婆一眼，低下了头。

“走！”老班长又喊一声，和李大个子带那汉子走出院门。胡闹和吴二斜子迎上去，“驴话可比人话可信啊！”胡闹喊着。

“啊啊啊，这可怎么过呀……”女人看着丈夫被带走，忽然放声大哭起来。

6

王猴和金拴正玩摔泥游戏。有名目，叫摔洼窝。每人团一个泥窝头，口朝下猛摔，爆烂的口子由对方用泥补上。小妹给两人团泥，秀玉、虹彩也都出来看热闹。“东头响，西头响，都来听我的洼窝响。”谁摔时都要先念这歌。当王猴输光了最后一块泥巴的时候，老班长等一行人走进了县衙。

老班长给那人一松绳子，那人扑通一声就跪下了。

“堂下是谁，报上名来！”满脸泥点儿的王猴把袍服披在身上，尖着嗓子喊了一声。

“老、老爷，小的叫侯、侯九妮！”侯九妮吓得直打哆嗦。

“侯九妮，你可知罪？”

“回老爷话，小人、不知道犯的啥罪？”侯九妮想抵赖。

“不知道？想必是发财的梦还没醒来。来人！”

“在！”

“先打侯九妮二十板子，叫他醒醒发财的梦！”

“是！”衙皂们一听侯九妮的话，气就不打一处来。听见老爷喊打，人人奋勇个个争先，把侯九妮按在地上，噼噼啪啪，就是一阵好打。

侯九妮在地上杀猪般叫喊着：“老爷，老爷，小人知罪了！小人知罪了！”

“停！”王猴一声喊。

众衙皂住了手。

“侯九妮，真的知罪了？”

“真的知罪了。”侯九妮一脸绝望。

“既然你知罪了，那就说吧！”王猴猛喝一声。

侯九妮跪在地上，哆哆嗦嗦地说：“小人想发财，夜里做了一个梦，有个神仙，好像、好像是财神爷的样子，红脸膛，八字须，那胡子就像仙人的拂尘那样长。那人说今天有一个人，从西北来，可以发他的财。小人就、就想法拐了他的钱。小人该死！小人真该死！”

“侯九妮，你想拐人家的钱，为什么还要拉上个神仙做垫背的呢？”

“回老爷话，小人说的是实话，就是有一个神仙，红脸膛，八字须，胡子……”

“好好，看来是红脸膛八字须的财神爷把你害了。神害人，神是不负责的。”王猴笑了笑，又问，“侯九妮，我问你，你把钱放在哪儿了？”

“我害怕被人知道，回到家中，背着媳妇，把钱埋到水缸下边了。我想等几天事过了，再拿出来使用。媳妇问我驴上哪儿去了，我说被租驴的陕西商人拐走了。我媳妇要上堂告状，叫我拦住了。她骂了我半天，说我不会办事。”

“听见没有？这就叫贼喊捉贼。”王猴手指着侯九妮。

“小人知罪了，小人再也不敢了！”

“钱，是你领人回去取啊还是我派人去挖呀？”

“小人回去亲自挖。小人对不起陕西来的这位客人！”

“嗯，既然你已知罪，那就不再打你了。来人！”

“在。”

“跟着侯九妮把钱取回，交给陕西的客人周铁。”

“是。”

“不罚则打，不打则罚，不然就没了王法，本县罚侯九妮十两银子给周铁，耽误了三天生意，就算是周铁的误工费吧！”

“大老爷，小人不要！小人想偷懒才让他背，小人也有错！”周铁大声说。

王猴想了想，就说：“那好吧，十两银子免了，让侯九妮置办酒席三桌，专门请请陕西来的客人，给咱定平县恢复恢复名誉！别叫人家说定平县都是骗子，没一个好人！”

“谢大老爷！”周铁和侯九妮一起跪在地上磕头。

“侯九妮，假使以后再犯老毛病叫本县抓住，可要新账旧账一齐算了！”

“哎呀大老爷，小人以后再也不敢了！”

“哈哈哈哈。”王猴笑着，头朝下，脚朝上，翻身在太师椅上拿了个大顶。

第八章　磨街

—*—

猫来了　狗跑了
月亮奶奶睡醒了
——民谣

1

王猴正在晨读，他读的是唐人柳宗元的《小石潭记》：“从小丘西行百二十步，隔篁竹，闻水声，如鸣珮环，心乐之。伐竹取道，下见小潭，水尤清冽。全石以为底，近岸，卷石底以出，为坻，为屿，为嵁，为岩。青树翠蔓，蒙络摇缀，参差披拂。潭中鱼可百许头，皆若空游无所依。日光下澈，影布石上。佁然不动……”

金拴和小妹悄悄地走进来了。王猴知道他们来了，功课未完，王猴不停：

“……潭西南而望，斗折蛇行，明灭可见。其岸势犬牙差互，不可知其源。坐潭上，四面竹树环合，寂寥无人，凄神寒骨，悄怆幽邃。以其境过清，不可久居，乃记之而去。”

王猴读完此文，拿一粒炒豆砸向金拴。

两人知道王猴的功课完了，一齐嘻嘻地笑着，凑上前来。

金拴兄妹是来请王猴玩的。自从结识了王猴，亲眼看王猴断案，煞恶人的威风，打坏人的屁股，兄妹俩就开始崇拜他。他们总想讨王猴的好，让王猴开心。更何况，王猴是从外边来到定平的，也算是他们的客人了。他们总得想办法让客人高兴才对。“猴哥，猴哥！你不是说喜欢捉鱼吗？老鳖你喜欢捉不喜欢？”捉老鳖，这是他们今天请王猴高兴的游戏项目。

“老鳖？”王猴真让他们蒙住了。

“对呀。老鳖可有意思了，谁要是让它咬住了，非得要等到星星出齐了它才能松嘴！”小妹歪着头，学着老鳖咬人的样子。

“谁说的？老鳖怎么知道星星出齐没有？”王猴不信。

“大人们都这样说。”

“你见过？”王猴又问。

小妹摇头。

“我是问，老鳖咬人和星星出齐出不齐真有对应的关系吗？”王猴说。

“这样王猴，等到咱捉住一只了，用小棍捅捅它，让它咬咬不就行了！”金拴说。

“对，咱今天就让它咬！”王猴高兴地比画着，“如果真是那样咬住不丢，我们就掂着棍子往回走。”

“对，捉住一只，就找一根小棍子，捉住一只再找一根小棍子。这样，我们回来时，也不用掂着它，沉。我们用手牵着就行了！”小妹兴奋地说。

“嗳？小妹这主意好。我们像牵羊一样。找一根绳子，在绳子上拴上很多小棍儿，这样，我们牵着绳子，绳子牵着棍子，棍子牵着老鳖。怎么样？一根绳子牵一群老鳖，棍子有长有短，老鳖有前有后。哎呀！你们想想那情景，好玩儿极了，真的好玩极了！”王猴兴奋地喊着。

“猴哥，我们得慢慢走，要不然，老鳖跟不上。它腿短！”小妹边说边比画，高兴得手舞足蹈。

“先说好，由我来牵啊！”王猴更加兴奋。

“行行，你先牵。我——”小妹想说“我第二”，偷看了一眼哥哥，忙又改了口，“我最后。”

“这比柳宗元的小石潭可好玩儿多了！‘以其境过清，不可久居，乃记之而去。’”王猴得意得摇头晃脑。

小妹不解，大声问：“啥意思猴哥？‘记之而去’啥意思？”

王猴笑起来：“‘记下来就走了！’”

小妹笑了：“那当然了，谁也不愿意住在潭里！”

“弟弟，功课做完了？”秀玉一身练功打扮，提了把刀走过来。

“姐姐！”小妹看见秀玉，很乖地喊一声，走上去，好奇地摸着刀柄上的红绸。

秀玉看看兄妹俩，认真地说：“金拴，小妹，少爷平时很忙，要读书，要练功，还要料理公务，不能像你们那样天天玩耍。来玩可以，但可不能耽误了正事！”

“嗯。”金拴小声应。

“我们来是看看猴哥今天有空没空，俺姑家那村的水塘里有很多鱼，猴哥说，他爱捉鱼，我们、我们是想让他去捉鱼，玩玩儿。天天破案‘猜谜’，累坏脑子了！”小妹看着秀玉，小嘴儿吧吧地挺能说。

“我没事儿金拴，你们天天来玩都行。这知县有什么好当的？知县会有什么正事？没知县，老百姓也照样过日子。”王猴看秀玉白他一眼，知道姐不高兴了，连忙改嘴逗她，“姐，今天你带我去玩吧，今天没正事！”

秀玉又白他一眼，扭脸走了。

王猴可不是那样好“白”的，他追上去拉住秀玉：“《礼》曰，入乡问俗。察民情，观人风，资政牧民，这是为官之必需。柳宗元不是也天天去游玩嘛！姐，咱们一起去呗！”

姐姐不理，走进屋里，坐在床沿上。秀玉确是被当作家长派来管理弟弟的，当着两个小孩儿的面被他顶撞，秀玉确实有些不高兴。

王猴知道怎样哄姐，他坐在秀玉身边又说：“塘里有很多水鸟，长腿的鹭鸶短腿的凫，还有专替渔翁抓鱼的鹈鹕……‘关关雎鸠，在河之洲……”

秀玉扭脸朝外。

王猴坐姐这边：“塘里还有无边无际的芦苇，‘蒹葭苍苍，白露为霜。所谓伊人，在水一方’……”

“你可真会闹！答应你了不行吗？”秀玉故作嗔怪地看弟弟一眼。毕竟才十三，秀玉也是个孩子，她也想出去玩儿。再说，她还是家长啊，不跟着能行！

“嘻嘻嘻嘻。”王猴乐了。

2

王猴换了装，上穿玄色镶边的白色短褂，下着宽腿儿蓝裤，戴一顶六角竹凉帽。秀玉的装扮更俊，月白布衫，青色长裤，一顶细篾儿圆竹帽，简直就是个翩翩美少年了。金拴、小妹用不着打扮。一出衙门，四个孩子便张牙舞爪地跑起来。

“过一片桑树林，再过一个黄土坡，再过一个大水塘，再过一片高粱地，就能看见俺姑家院子里的大榆树了，那榆树上有很大很大一个老鸹窝！俺姑家就在老鸹窝的下边……”小妹边跑边介绍。

十里远的丁岗集，半个时辰就到了。高远的蓝天落在水塘里，把大朵大朵的云洗得雪白。岸边的芦苇讨好似的伸向水中，借着看不见的风一掸一掸地拂着云衣。几只野鸭野蛮地砸进水里，云中的水鸡显然受惊了，猛一头扎进水下半天不出来。家鸭们却充满了敌意，对着客鸭扑翅膀，把满天的瓦蓝弄得一紧一皱。

“姐姐你看，漂亮吧！”小妹指着水塘。

“漂亮，真漂亮！简直分不清哪是天空哪是水了！”秀玉显然受了感染。

“水塘里的鱼很多，大的有几十斤重呢！水浅的地方有老鳖。”小妹话头很稠。

“你见过？”王猴又问。

“我当然见过了！我姑夫他们就捉过。”小妹自豪地使劲儿点头，“你知道如何捉老鳖吗猴哥？”

“用手呗！”王猴说。

“不是！”小妹摇头。

“那用什么？难道还用脚不成？”王猴不解。

“对对，捉鳖就是用脚。”半天没说话的金拴终于忍不住了，“我们下到水里，用脚慢慢地踩。如果你踩到一个又硬又滑的家伙，四面又有边，那就可能是踩着鳖盖了。”

“啊！”王猴张着嘴。

“这时，你千万不要慌着用手抓。”小妹说。

“怎么办？”王猴问。

“你要用脚再踩，找找哪儿是鳖头，哪儿是鳖尾……”金拴说。

“那它会不会咬你啊？它会恁老实地让你查看哪是它的鳖头，哪是它的鳖尾？”秀玉有了兴趣。

“听他讲完听他讲完！”王猴说。

“等你找准了，再用手从它的两边一掬。老鳖脖子短，它的头拐不过来，也就咬不了你……”金拴对王猴比画着。

“好好，知道了。那我们现在就下去踩吧！”王猴兴奋地喊着，就把上边的衣裳脱了。金拴扭脸看一眼秀玉。王猴心领神会，马上又喊：“姐，你和小妹背过脸去！”

“哼哼，”秀玉故作不高兴，说，“小妹，咱们走！”

小妹不走：“姐姐，我不能走，我还得教他们如何捉鳖呢！我哥都是听我说的，他并没有见过。”

“你们背过脸去就行了！”金拴等不及了，就往下扒裤子。“扭过脸去！”王猴大喊一声，也做出脱衣的样子。“不穿衣服的猴子，谁愿意看你们！”秀玉说着，和小妹一齐背过脸。

“快脱！”金拴说着，迅速脱光了衣服，扑通一声跳了进去。

王猴犹豫着，又扭头看一眼表姐和小妹。

两个女孩儿一动不动站着，秀玉哝着嘴，故作嗔怪地哼一声。小妹是满脸兴奋，止不住叽喳着：“姐姐，姐姐……”

王猴飞快地脱了衣服，也光屁股跳进水里。

“小心啊！太深的地方不要去！”秀玉背着身，却像亲眼看着他跳进去似的。

“嘻嘻……”小妹扭脸看了一眼，忙又把头扭回来，大声问，“我们可以扭脸了吧？”

跑了半天的路，热得浑身是汗，猛一下跳进水塘，两个孩子痛快地像两只鸭子，扎猛子，翻跟头，竖蜻蜓，就差扯起嗓子学鸭叫了。

“姐姐，咱也跳进去吧。水里可凉快了！”小妹说着，卷起裤腿，跳进水边，“哥，你们别光顾自己玩儿，快踩老鳖吧！”

两人就停止扑通，甩着头上的水，一脚一脚地踩起来。

“这边儿，这边儿，我亲眼看见，我姑夫他们就是在这儿踩住的。”小妹手指着。

两人忙又朝小妹指的地方踩去。

四个衙皂也来了。只是他们来了也没敢露头，因为王猴不让他们来。王猴说他要体察民情，衙皂们扯旗放炮地跟着，把老百姓全吓跑了，他还体察个屁！但潘师爷还是让衙皂们来了。毕竟是个孩子，潘师爷怕出意外。衙皂们看小爷下水洗澡了，就把轿子往不远处的柳树下一放，坐地上下起地棋来。

“哎哎，我踩住了！我踩住老鳖了！”王猴大叫一声，站住不动了。

“是不是又硬又滑？”小妹在岸上问。

“是又硬又滑。”王猴体会着。

“是不是四面有边？”小妹又问。

王猴又用心地踩了踩，说：“四面有边。”

“你用脚趾头找找它的头！”小妹又说。

“小心，别被咬住了！”秀玉有点儿着急。

“没事儿，不出水面它不咬！”金拴也过来，伸脚帮着去踩。王猴止住他，小心用脚趾头去找老鳖的头，满脸是琢磨的神情。

“怎么样？找到鳖头了吗？”小声问着，金拴又想去踩。

“别动别动，跑了！”王猴不让，“鳖头找到了。下边怎么办？”

“下去用手摸啊！”金拴说，“从两边往中间掬！来，我去摸！”

“别别！”王猴不让，自己憋一口气，猛地潜到水里。“小心！千万别掬住鳖头了……”小妹大声地提醒着。

很快，王猴闭着眼从水里钻出来，兴奋地大叫着：“出来了！老鳖出来了！”随着他的喊声，一个黑色的家伙被揪出水面。

等他们看清了，不由得一阵哈哈大笑：原来是个黑瓦盆底儿。

“哈哈哈哈……”

“嘻嘻嘻嘻……”

四个孩子全笑得喘不过来气儿。

兴趣大减，王猴一个仰泳浮在水面，“天真蓝啊！姐，你也下来吧！”

“猴哥，再摸呗！这地方肯定有！”小妹笑着喊。

不远处有个打鱼人，一张网，一只桶，一顶破草帽。每有“嘿”声响起，就有一片又圆又亮的网纹落进水里。这一次的网撒下去他却拉不上来了。抖了抖网缰，换了个角度，还是拉不出来。打鱼的最怕这个，硬拉，烂网。不拉又不行。打鱼人一脸纳闷儿，门口的水塘怎么会挂住熟悉的网呢？他瞅了瞅旁边，大声喊他们帮忙：“小兄弟，请过来帮个忙吧！”

“他喊什么？”王猴在水里大声问。

“要我们帮忙。”小妹应。

“走，我们游过去！”王猴说着，就和金拴往外游。秀玉和小妹从岸上跑过去。

“小兄弟，我这网挂住了，麻烦你拉住网缰，我下去摸一摸。”打鱼人看着秀玉。秀玉点一下头，伸手捉了网缰。小妹也连忙伸手帮忙。

打鱼人脱下上衣，跳进水中。王猴和金拴也游了过来。“拉紧！”打鱼人喊。

“拉紧拉紧！”王猴和金拴咋呼着。

打鱼人抓着渔网，一点儿一点儿地摸下去。

“这是什么东西？像是个圆家伙！”王猴小声问。

“我怎么摸着像一扇磨呀……”金拴应。

“拉，小兄弟使劲儿拉——”打鱼人喊。

“拉——”秀玉和小妹应着。

打鱼人和王猴、金拴三人配合着用力往上抬。

一股泥浆涌上来，模糊了水中的视线。“这么大，啥家伙呀！”

王猴叫着。圆圆的石磨露出水面。“下面还有东西！”金拴也叫。

“嗨！”五人一起使劲儿。“哗——”一件蓝色的棉袍露出来。蓝袍似乎一吸肚子，一具骷髅从袍子里喷薄而出。“哎呀！”打鱼人惊叫一声，猛一下跳到岸上。

王猴和金拴也光身子从水里跑出来，“死人！死人！”大叫着往外跑。

“哥！哥！”小妹喊叫着，拉起秀玉也跟着跑。

衙皂们正下地棋，猛听见一片惊呼，站起来就往水塘边奔：“怎么回事？怎么回事啊，小爷？”

五个人确实受了惊。衙皂们跑到塘边的时候，王猴和金拴还光着屁股呢！打鱼人瞪大眼睛喘着粗气，手指着水边说不出话来。“骷髅，吓死人了！”金拴喊着。王猴抢了衣服穿在身上，顺手把金拴的衣服扔过去。金拴似乎不慌着穿衣，光着屁股给众人比画。

王猴渐渐地恢复过来，扭头看一眼塘边，对衙皂们下了命令：“老班长，借辆车子，把石磨和骷髅统统拉到县里！”王猴抹一把头上的水，“记下打鱼人的姓名、住址，告诉他，不要走漏任何风声……”

尸骨出水，恶臭爬上岸塘，清风一下子黏稠起来，直粘你的皮肤。“哎哟，恶心！”秀玉一声喊，弯腰呕呕地吐起来。

“轿呢？”王猴大声问。

衙皂们想着，不让来非来，小爷会对他们的不听话大发脾气呢，一听问轿，大家都笑了，“在那儿呢，在那儿呢！”

“姐，姐！”王猴喊。

秀玉还在吐。

“让我姐和小妹坐轿吧，回府！”

3

一听小爷的叙述，潘师爷立即判定是前年的一起案子。因为这两三年中，定平没有未破的命案。师爷翻出早年的审案记录簿，瞪大一双无神的近视眼：

“前年的夏末秋初，一连下了几天连阴雨，有天上午一个开店的，叫薛仁义，前来报案。说昨天晚上有父子两人来店投宿，天明起来，就剩下儿子一人，父亲去向不明。这孩子大约十一二岁光景，说是他爹拉肚子，上厕所时他还没睡着，睡醒时他爹也没回来。再问就摇头三不知……”

“这人是干什么的？”王猴从案卷上抬起头。

“做生意的。京城人。当时是从——扬州吧？做了生意回京。听他儿子说，好像是赔了点儿钱。不过当时他应该还有不少钱。他儿子说，他爹有一袋儿银子。”

“当时的县令是怎么问的？”王猴问。

“当时的老爷怀疑是店主人图财害命，把店主和店里的伙计都审了个遍，跪也跪了，打也打了，就是没人认账。实话说，老爷也落了点儿钱财，后来就都放了。再说，当时生不见人，死不见尸，谁也不敢确定就是人被杀了，要是他赔了钱没法办了出家当和尚了呢？案子也就不了了之。”

“不会。”王猴摇头，“胜败乃兵家常事，赔赚是商场常情。他一个商人，又带着儿子，是不会把儿子一人丢在客店自己逃跑的。他没有理由逃走！”

“那那那……”潘师爷支吾着。

“你说，这个无名尸首就是两年前失踪的那个商人？”王猴问。

潘师爷想了一会儿，使劲儿点了点头：“应该是！”

“为什么？”

“这人穿的是扬州湖绸，缀的是樟木衣扣。衣服缀扣，是这几年才兴起来的呀！只有讲究穿戴的商人才如此打扮，这是其一；其二，其二嘛，这人尸首已化，没有个一年半载，水里的尸首是不容易腐化的；其三，其三嘛，这两年没案子说有人失踪啊。外县人谁会拉着个死人跑几十里地往这儿扔，何况还坠个磨，多沉啊……”潘师爷说着，不觉露出得意神色。

“你看下边该怎么办呢？”王猴忽然谦虚起来。

潘师爷想了想，说：“老爷英明，自有妙策……”潘师爷忽然又想起他“不露能”的处世哲学来。

“我就想听听你的！”王猴笑着。

“以小人之见，当以迅雷不及掩耳之势，出其不意，再将薛仁义等人传来，连夜突审……”

“他们要再不招呢？两年前就不招，两年后难道一审就招了吗？”王猴说。

“不招、不招就用重刑……”

“嗯。”王猴摇头。

“依小爷之见——”潘师爷瞪大眼睛。

“老潘，这样，你写一个告示。”王猴得意起来，“告示这样写，哎，你现在就记！”

潘师爷连忙拿笔。

“告示！”

潘师爷连忙记录。

“县令王茂昌探花，夜梦文曲星来访，嘱修文庙。神曰，造庙宜用旧磨，可保定平县学子博取头等功名。为报效社稷，振兴乡党，本县特高价征收旧磨……”王猴笑了，“如何？”

老潘把“如何”也记上了。

“嗳嗳？”王猴拿起笔来抹掉二字，“我是问你呢！”

“如何？”潘师爷摇摇头，“不如何。”

王猴笑着，一脸的胸有成竹。

“难道小爷要收磨？还要高价？”

“对，我要收磨。还要高价！”

“多高的价呢？”

“每斤，纹银半钱。如何？”

潘师父倒吸一口冷气：“太贵了！这哪是买磨呀？这比买茶还贵！小爷，鄙人斗胆问一句，收磨这事，重要吗？”

“哈哈哈哈。”王猴趴上老潘耳朵嘀咕了两句。

老潘像被火烫了一下，大声说了句“好”，随后就皱起了眉头，“小爷，这、这行吗？”

“老潘，你把告示抄几份，只张贴在丁岗集一带啊！”王猴说过，一跳蹿出屋子。

“小爷，小爷！”老潘追出来，“小爷，鄙人有个想法，您是不是也写个东西，和告示一起贴出，以示郑重！”

“嗯，好主意！”王猴又跳进屋里，拿起笔来，“我写个《磨铭》如何？”

潘师爷皱起眉头想了一会儿，正想赞“好”，扭脸一看，王猴已在纸上龙飞凤舞起来：

磨　铭

磨者，磨也。形法天地，动效日月，出之灵山，用之朝野。人祖爷滚磨成亲而兆民繁衍，老百姓赖此温饱而礼义鼓乐。延种族之神器也，利万民之美器也，析混沌之利器也！朝野之用，古今之用，朝朝暮暮之不可或缺者，呜乎磨也！

“好！真天下至文也！”潘师爷连击了几下掌，“哎，小爷您吟哦一番！”

“好的！”王猴摇头晃脑，得意地念了一遍，把笔递给潘师爷。笔头已到师爷手里，“嗳？署名！”王猴猛一拉，潘师爷一下弄了满手墨汁。“王茂昌”。王猴署完，看着潘师爷的狼狈相，禁不住哈哈大笑。“给！”王猴把笔给师爷。师爷刚接了笔头。“嗳？”王猴又一拉，师爷又弄一手墨。“哈哈哈哈，”王猴大笑着，“我给受害人家属写封信，投递文书的来了，让他们带走！”

“对对，小爷想得周到！”潘师爷甩着手，由衷地赞扬。

4

定平县府的告示贴了出来，旁边还贴着知县王茂昌亲笔写的《磨铭》。一脸优越感的乡间郎中之乎者也地念了一遍，老百姓一下子就炸了窝。

“不对吧？”一个老人表示了大家共同的疑虑，“买磨哪有论斤的呀？一斤纹银半钱，十斤那就是五钱，一百斤呢，就是五两白银啊！比买盘新磨还贵呢！乖乖，这价可邪乎呀！”

“错是不会的，盖着官印呢！你看下边，还附有大老爷的《磨铭》呢！”郎中解释着。

“《磨铭》是什么？也请您老人家给大家念念！”老人一说，郎中便又“磨者磨也呜乎磨也”地念了一遍。

原来是坠了五里烟雾，现在一听，倒成了十里。郎中看大家满脸地莫名其妙，于是就做了一个权威诠释：“乡党们什么也不要记，只记住卖旧磨这一条就行了，价格优惠得很。县太爷为什么要收磨呢？有神托梦，用磨修庙可保咱定平县的学子们考取头等功名。明白了吧？”

“《磨铭》是干什么的？”有人又问。

“《磨铭》是说磨是神器。为什么用磨修庙可博取头等功名呢？神嘛！”

“啊！”众人一齐半拢着嘴，头点得像啄米母鸡。

磨来了。四个衙皂忙着过秤，近视眼的潘师爷负责记账，开始磨少，两天以后，前来卖磨的便多了起来。肩担的是小磨，车载的是大磨。还有人图省事，干脆在地上推着，让磨自己滚。衙门前的这条土街上，一时成了磨的集会。

潘师爷记账。潘师爷记账但不付钱，潘师爷给一张纸条，上边写着斤数，石料，口面大小。说是半个月后再来领钱。老百姓不高兴了，费心巴力地把磨送来，你不给钱什么道理呀！师爷说，这些磨最后都得让老爷验收，只要旧磨，不要新磨，新磨坏风水！

啊？那就等半个月吧！

院里的石磨越垛越高，潘师爷的额头越皱越紧。想想看，这么多石磨得出多少钱呀！潘师爷愁得不行，一有空就连忙叹上两声。

小爷不愁钱。小爷奇怪那半扇磨怎么不过来。天晚了，王猴过来看账："老潘，这石磨怎么会有这么大的差别，有的只重几十斤，有的竟重三百多斤？"

潘师爷揉揉酸涩的眼睛："小爷，您是在京城长大，对乡下的情况不甚了解。这石磨共有四种情况：一种是面磨，用处是磨面做饭，咱通常所说的磨，主要指的是它；这种磨又大又厚，像三百多斤的就是；第二种是油磨，比面磨薄，芝麻好磨又有油，谁也不想推重磨不是？第三种是豆腐坊用的豆腐磨，又小一些。沉商人入水的就是这种磨。第四种是家庭常用的小磨，嗳，就是这种——"潘师爷说着，走出门去指着旁边一扇。"这磨与磨各不相同，同是一种磨，不仅大小、厚薄不同，就是里边的磨齿儿数目也不一样。所以，一对磨就是一对磨，造时候就定好了。不像男女婚配，谁跟谁都差不多！"

5

王狗回来了。王狗回东京五天，向老翰林及夫人学说了少爷在定平的作为，捏纸蛋神判，舔屁股断鸡，排座位辨约，审驴抓歹徒，问鼓要证据……家里人笑一阵，叹一阵，叹一阵又笑一阵，叹完笑罢，就更不放心了。官场有官场的规则，潜规则，显规则，哪一条都不能轻视。王猴这小子风行水上，无遮无拦，爽快倒是爽快，可是得罪了一圈子的大人。胡大人，杨大人，哪一家都不是省油的灯。猴子这样子会改吗？他肯定改不了！知子莫若父。王翰林摇摇头，叹口气，明知道说了无用，但还是修书一封给儿子，苦口婆心地进行劝诫。

一进县城，王狗就感到奇怪，拉的磨，挑的磨，推的磨，全进了县城大街。王狗下了驴，牵着，慢慢在街上走，他想听听大家都在干什么。一推一拉两个男人正从他身边走过。推车的男人三十来岁，刀条脸儿。拉车的男人稍大些，满脸的麻子密密匝匝，阳光下，闪呀闪的，像是出了一脸的汗水。车子上是一扇麻石红磨。两个人边走边高喉咙大嗓地说话。王狗紧走几步跟着听。

刀条脸儿说：“这几天手臭运背，没一把是赢的，再不弄俩花花，非得急死了不可！”

“我也是，要不是手头紧，咱会出一身臭汗卖这个破磨？”这是大麻脸。

“哎，卖这个磨也值，每斤纹银半钱，十斤那就是半两了！”

“再‘半钱’也赶不上咱上次的生意好！”

“嘿嘿，那是意外。”又走几步，刀条脸儿又说，“嗳，县太爷这么多钱，啥时候咱弟兄俩弄俩花花去！”

“那是现成！今晚有兴趣今晚就去弄！”

王狗听着，就感觉有问题。他多看了两人几眼，记下他们的特征，就大步走过去，进了县衙。

院子里堆磨如山。潘师爷和老班长还在收着。“杨庄杨大孬，石磨一百八十二斤……”老班长报数。“杨庄杨大孬，一百八十二斤。”潘师爷边咕哝边记账。“潘家屯冯自仁，二百二十二斤……”

“少爷！”王狗看见了正在磨缝里钻着玩儿的王猴。

“嗳，老王！回来了？”王猴站住，抹着头上的汗大声问，“我娘我爹可好？”

“好好，老人家捎的有信。”

“老王回来了？”秀玉问一声，连忙指挥着抬磨的人，“这边！这边！单扇的放这边。”

“少爷，这是——”王狗指了指院内的磨。

“嘻嘻，”王猴诡谲地笑着，拉着王狗进了室内，“信呢？”王猴说着，就去翻王狗的包。“在这儿呢！”王狗从怀里掏出来。王猴接信，刚看了两句，忽听见外边吵起来：

“你们官府也太不像话了，我们又推又拉地走了几十里，为什么不给我们钱？”

王狗听出来了，是刀条脸儿。

老班长大声解释：“嗳，不是不给钱，大老爷还要验磨呢！这么好的价钱，怕有人拿着新磨当旧磨来卖。”

“新磨旧磨都是磨，还不都一样吗？这能是理由？完全是耍赖嘛！”这个是大麻脸。

“文曲星托梦给大老爷，言明要旧磨。新磨修庙就不灵了……”老班长又解释。

“丁岗集，丁三赖，豆腐磨一个下扇，一百一十斤整……”潘师爷开好了条子，“两位，先拿着，半个月后来领钱！”

“不行。必须现在给钱。我们还急着用呢！”刀条脸儿不依。

潘师爷正要再劝，王猴跑了过来，这扇红麻石磨令他眼睛一亮。“翻过来看看！”王猴大声说。

“给钱不给？”刀条脸儿看着王猴。

“怎么会不给钱，快翻过来！”王猴又喊。

两个人用力翻过石磨，磨橛儿硬硬地挺着，是一个下扇。

“麻烦二位把那边的一扇磨也帮忙抬过来！”王猴说着，大步就往外走。

老班长看小爷认真，也就都住了手。

丁三赖两人跟过来。

王猴指着地上的一扇红磨石上扇磨，高声说：“把这磨抬过去，和你们的那一扇放在一块儿！”

“俺只卖一扇磨，恁却让俺抬两扇，可得多加点儿钱呀！”丁三赖对着王猴讨价还价。

“抬吧，亏不了你！”

两人抬起石磨走到自己的磨前，把这扇磨往上一放，恰与自己的磨拼成一对，严丝合缝，一点儿不差。

“好了，给钱吧？”丁三赖大声要求。

“你叫什么？”王猴笑着。

“丁三赖呀！怎么了？”

“丁三赖，你怎么只卖了一扇磨，那一扇呢？”

“那一扇？嗯嗯，丢了。”

“什么时候丢的？”王猴急追不舍。

“丢、丢丢、丢几个月了。”

“怎么丢的？”王猴又问。

“怎么丢的？怎么丢的——”

“俺怎么知道？啥时候都是捡家清楚，丢家糊涂。”大麻脸替他接上，“快给钱吧！给了钱俺好走，还有事呢！”

“哼哼，你们走不了了！来人！”

“在！”众衙皂一片声应着。

“拿下！”

6

王猴好得意，在宽大的太师椅上连翻了三个跟头，才把那大红的官袍套在身上。金拴也来了，好像审案也有他一份似的，他也穿了件干净衣服。他不能坐大堂，就站在下边咬牙切齿地给王猴助威。“猴哥，猴哥！”小妹喊着，悄悄地跑到王猴身边，把自己学着炒的焦黄豆递上一包。王猴接过来，开心地吃着，嘎嘣，嘎嘣，每一颗都嚼得脆响。

潘师爷握笔坐在案后，看一眼老爷，再看一眼老爷。

四个衙皂分列如仪，站在两旁。

“报上名字。”王猴扔一颗炒豆到嘴里，嘎嘣，又是一声。

“小人丁三赖，丁岗集人氏，现年三十五岁。”

“小人丁大头，丁岗集人氏，现年四十二岁。”

“丁三赖，我问你，前年的六月初三，是阴天晴天？”王猴正慢着问，忽然一拍惊堂木，加快了语速。

“阴天阴天。”丁三赖脱口而出。

“丁大头，那天的雨下得大不大？”

“大大。”丁大头点头。

“本县再问你们，今天是几？”

“六月初十吧？”丁三赖迟疑着。

“六月初九，好像。”丁大头说。

“本县再问你们，今年六月初三是阴天晴天？”

“嗯、嗯嗯——”两人支吾着。

“下雨了没有？”王猴一拍惊堂木又问。

“下了。”丁三赖答。

“嗳没有。”丁大头回答。

“哈哈哈哈，”王猴得意地大笑起来，他不使两人有喘息机会，连珠炮似的一直问下去，“丁三赖，为什么刚刚过去几天的六月初三你记不住阴晴风雨，过去了两年的六月初三你却记得清清楚楚？说！”

“老爷，大老爷，这个嘛、这个，嗯嗯，嗯小人的娘就是前年六月初三死的，所以小人记得清楚。”丁三赖擦了擦头上的汗。

“就是就是，小人那天去帮忙，弄得身上都是泥！”丁大头的汗水也出来了。

“来人！”

“在！”衙皂齐应。

“打丁三赖十个嘴巴！”

早有衙皂上前，“噼噼啪啪”打丁三赖一通嘴巴。

“丁三赖，你有几个娘？”王猴又问。

“一个。”

“你娘丁牛氏两年前既然死了，那为什么现在还在？”

“大老爷，小人有罪！”丁三赖喊。

“何罪？说！”

“小人一时害怕，欺骗了大老爷，小人有罪！”

“就这么多？”

“小人不知道还有啥罪？”丁三赖十分狡猾。

“丁大头，你知罪吗？”王猴换了目标。

“回大老爷话，小人不知道犯了什么罪？”

“既然丁三赖的娘前年六月初三没死，你在那天帮的什么忙啊？是不是帮忙杀了人呢？”

丁大头一颤，神经质地叫喊着：“没有没有。老爷，小人记错了！”

“来人！”

“在！”

“打丁大头二十板子，让他醒醒记性！”

“是！”众衙皂上前颠翻丁大头，就是一顿好揍。

“想起来了吗？”王猴问。

“没有大老爷，小人真的一时想不起来。”丁大头狡辩。

“好，既然你不知道，想不起来，那本县就替你们想，替你们说：前年六月初三夜晚，电闪雷鸣，天降大雨，京师商人范福来从扬州携子返京，雨阻丁岗集，夜宿冯家店，你二人见财起意，顿生歹心，趁夜晚电闪雨暴之际潜入客店，夺财杀人，沉尸于村外水塘之内。本县说得可对？”王猴下得堂来，绕两人边走边说，背书一般。

丁三赖被说得一阵一阵地打颤。

丁大头的汗水直如雨水浇头。

“大老爷，您说的小人一概不知！”丁三赖听完，颤抖着接了一句。

丁大头看丁三赖一眼，也忙接上：“大老爷，小人真的一概不知！”

“嘻，你们还真是不见棺材不掉泪呀！有道是，天网恢恢，疏而不漏……”王猴坐上大堂正要接着再审，王狗忽然走上堂，附耳说了一句：“被害人家属来到。”

王猴转眼想了想，忽然高声吩咐：“老班长。”

“在。”

“把丁三赖、丁大头分押两处，好生看管。退堂！”说过，跳下椅子，飞快地向后院跑去。

7

后院廊檐下，站着谦卑的商人和一个半大孩子。王猴身着红袍跑进院子。“这就是少爷！”王狗介绍着。

“大老爷，小人给您磕头了！”商人牵着孩子扑通一声跪在王猴面前。

“哎，起来起来，屋里说吧！”

两人不起。

商人扬起脸来，两眼含泪：“大老爷，小人在京城久闻大老爷英名，今日大老爷主持天理，为小人伸冤，小人全家为大老爷焚香祝福，小人的哥哥九泉之下也会给大老爷念佛啊！”

孩子也哭了，泪流满面。

王猴上前，把二人搀起来，说：“两年多破不了案子，对不起了！老王，快泡茶！”

在后院的会客室里，王猴听取了商人叔侄的陈述，并让潘师爷一字不落地做了笔录。

“小人的哥叫范福来，小人叫范福到。俺俩是双胞胎，从小一起吃一起住，穿什么衣服都是一模一样。后来我们都成家了也还是这样：嫂子做衣服一裁两套，内人裁衣时也是两套。衣服做好后，我哥的衣服大襟里边绣上个‘来’字，我的绣上个‘到’字。这不，这件衣服，”范福到说着，从随身带来的箱子里拿出那件湖绸长衫，翻出那个“到”字让王猴看，“我哥失踪以后，小人知道是凶多吉少，从此就再也没穿过这件衣服……”范福到说着，又哭了。

“你叫什么名字？”王猴看着那孩子。

“小人叫范修德，今年十四岁了。”孩子应着，翻身跪地上又给王猴磕头。

“起来起来，我有话问你。”王猴说。

孩子就爬起来，坐在椅子上。

“你爹出事那天晚上，你能记住点儿什么？”

“那天下大雨，雷打得可凶了。我爹那天拉肚子，一会儿上厕所，一会儿又上厕所。我从小害怕雷，我爹上厕所半天不回来，我、我害怕得很，我、我就藏到大箱子里了……”

“大箱子里？”

“客店房间里都放一个大箱子，让客人放东西的。我爹那天没把东西放箱子里，我知道。他一直不回来，我害怕，就掀开箱子盖，钻进去了……”

“箱子里不闷得慌？”

“我用只鞋垫住箱沿呢！”

想起自己也曾怕雷，也曾钻进过书箱子，王猴不觉露出了笑意。

范修德沉浸在回忆里，自然觉察不到王猴的微笑，继续往下说：“我钻进去的时候我爹出去了，我醒过来的时候天已经亮了。其他我就不知道了。”

“这孩子命大，要不是还不连他一块儿害了！”范福到叹。

“钱在哪儿放你知道吗？”王猴又问。

“知道。我爹怕放箱子里不保险，他用床单一裹，放床头了。”

“你和你爹是什么时候走到丁岗集的？”王猴又问。

“下午。”

“你们怎么在那儿待恁长时间而没有去县城住啊？”

“雨一直下，走不成啊！我爹急得不得了，他也怕在那儿不安全。”

“那天下午，你们在哪儿？”

“我们，”孩子翻眼想想，“我和我爹去喝茶了，我们在茶馆里一直坐到天黑。”

“为什么没有去客店坐呀？”

“不是想往县里赶嘛！”

“你们在茶馆都见了谁？”

“谁也没见。”

“好好想想，茶馆里难道就你们父子两个吗？”

范修德翻起眼想了一阵儿，说：“我有印象的就是有个麻子。他的麻子特别多，我当时还以为他是淋雨了呢，可他脸上的雨为什么一直不干呢？我给我爹一说，我爹笑了起来。我爹那次去扬州赔了点儿钱，一路都不高兴，所以他的笑我记得特清。”

王猴兴奋起来，又问：“那麻子就他自己在喝茶吗？”

范修德想了想回答：“好像还有个人。”

“是不是刀条脸儿？”

范修德摇摇头：“记不清。”

王猴扭头看着师爷：“好。老潘，都记下了吗？”

“记下了。”

“那你拿出那件衣服让范福到叔侄俩看看。”

潘文才从身边的柜子里取出那件叠得整齐的衣服。

范福到一下翻出了那个“来”字，禁不住喊一声：“我的哥呀——”哭了起来。

“爹——”范修德也哭了。

8

傍晚时分，天忽然暗下来，浓云低垂，雷声隆隆。有意思的是，云垂得再低，雷打得再响，雨就是一粒未落，就像是拗着犟着等什么似的。“为什么还不下呢？快闷死人了！”秀玉洗了澡，披散着一头水淋淋的长发，抬头看着沉重的天。

王猴从屋里跑出来，猛地打了个喷嚏，忽有所悟地喊了一声：“冤情动天了！”

“哗——”雨应声而落，一下就是多半个时辰。拥挤的雨水争先恐后地往院外淌去，把院门扛得一晃一晃的。

“为什么我不说‘冤情动天’它不下雨，我刚一说出这几个字它就下雨了呢？”王猴看着秀玉的脸。秀玉显然受了启发，一把拉住王猴，急迫地说：“弟，既然范福到和范福来是双胞胎，何不让他去见见两个罪犯呢？”秀玉说着，俯上了王猴的耳朵。

王猴听着，禁不住兴奋地打一下秀玉的手说：“姐姐，你可以当女大老爷了！”

“大老爷有什么难当的！”秀玉得意地看他一眼。

雨一刻不停，到了子时，似乎更有劲儿了。雷响得近，雨下得密，整个世界似乎被黑暗、被暴雨、被雷声、被闪电捆了个严实。王猴带着范福到叔侄和潘师爷、众衙皂悄悄地来到了狱牢之外。

单独关押丁三赖的牢房里亮着微弱的灯光，每有一声雷鸣，那灯便紧张地跳动一下，努力地撑持着不使自己熄掉。丁三赖困得很，却怎么也睡不着。他也不敢睡着，因为他一闭眼，那个被他杀死的商人就来揪他的耳朵。当他睁大眼睛的时候，商人便退到墙角的黑暗中，瞪着幽幽的双眼愤怒地看着他。丁三赖换个姿势，闭上眼睛不看墙角。

那商人又来了，这次他没有揪他的耳朵，而是朝他两眼间踢了一脚。哎哟一声，丁三赖坐起来，正看见那人站在门外长长的闪电中，他虽然一动不动，身后的雷声却直扑过来，把丁三赖震得肝胆皆裂。

又是一道耀眼的闪电，照亮了穿蓝布长衫的商人清晰的脸庞。

啊！丁三赖惊倒在地上。

左一道闪电！

右一道闪电！

商人的额前又一道闪电！

这闪电不灭了。和前年的那道闪电一起高高地悬在商人头顶。

“啊——”丁三赖惊叫一声，猛地爬起来跪在地上，边磕头边号叫起来：

“客倌儿，大爷，小人知罪小人知罪了！是小人杀了你！小人本不想杀你，可小人抢你钱时你看见小人了……”

炸雷。

又一声炸雷。

“……客客客、客倌儿，老爷——小人有罪小人有罪小人有罪呀——”

电闪雷鸣中，滂沱大雨里，丁三赖惊惧的声音喊叫不止。

接下来的事情就好办了。第二天上午，定平知县王茂昌徜徉于大堂之上，倒背双手，迈着官步，审结了这桩人命大案：

“丙寅年六月初三，电闪雷鸣，风雨大作，京师商人范福来从扬州携子返京，雨阻丁岗集，夜宿冯家店，丁三赖和丁大头见财起意，顿生歹心，趁夜晚电闪雨暴之际潜入客店，夺财杀人，沉范某于村外水塘之内。戊辰年六月初五，渔民沈三立意外捞取范某尸体。磨证、人证，凿凿如磐。罪犯二丁，供认不讳。以大宋律条，处主犯丁三赖凌迟、从犯丁大头死刑……”

潘师爷龙飞凤舞，飞快地记录着王猴的判词。

“……丁三赖！”王猴扭过头来喊。

“嗯。”丁三赖下意识地应。

“你可冤枉？”

“杀人偿命，小人不冤枉。小人请求大老爷免除凌迟，给我一刀吧！”

“你等凶犯，罪在不赦。被害人与你前世无冤，今世无仇，就因为区区银两，你就能下毒手杀人害命，免你凌迟，天理不容……”王猴说着，转向丁大头，又问：

“丁大头，你可冤枉？”

“不冤枉不冤枉！”

“画押！”

早有衙皂拿来簿录让其画供。

如堵的观众猛然鼓起掌来，不少人泪流不止。

9

这么漂亮的办案，古今少见。老人们都说，这些天定平的喜鹊特别多，唱得那个好啊，听了还想听。水塘里的蛤蟆特别密，叫得那个欢啊，简直让人迷！

乡绅们叹：泽及牛马，惠及池鸟！

百姓们赞：包拯不老，青天又生！

须发皆白的冯乡绅绍闻先生站出来评论了：“要说，小爷比包大人不差，包大人比小爷可就有不及的地方了！”

包拯是当朝有口皆碑的清官，爱民亲民的典范，谁能比得上他老人家呀！“讲讲！讲讲！”都想聆听冯乡绅的高论。

“包大人做官京城，那是首善之区，自然治理也易。咱这儿，虽说不上是蛮荒之地，可刁顽之辈众，不法之徒多。再说，包大人那是成人之腑，小爷呢，只是儿童之心。以皎洁纯净之童心理纷繁复杂之世事，难矣哉，苦矣哉，劳神费心也矣哉！”冯乡绅语出肺腑，众人一齐点头。于是就请冯乡绅主笔，题写这青天又生。

真是有人高兴有人愁，潘师爷睡不着觉了。一连两夜不瞌睡，满耳朵里就嗡嗡一个字：钱！一大早，潘文才揉着通红的两眼来到后院。

此时做完早课的王猴正鉴赏金拴、小妹送来的蛐子。小妹逮了个母蛐子，放在笼子里珍贵得不行。王猴一见就笑了。说母蛐子要它何用，扔了算了。小妹不扔。小妹说：“母蛐子会不会生小蛐子？”王猴说：“当然会生了！”小妹问：“会叫唤的蛐子是不是母蛐子生的？”“当然是了。”小妹一听，拍手跳脚地乐：“啊，我的蛐子会生小蛐子，我才不扔呢！我要好好地养着它，让它生出来会叫的小蛐子呢！”

潘师爷在门外咳嗽两声。王猴就走了过来：“这么早，有事儿，老潘？”

潘师爷又咳嗽一声，像个犯错的孩子似的低下头来：“小爷，几天来咱一共收了大小磨扇一千七百六十七扇，总重量一十九万九千九百零八斤。按一斤半钱银子算账，一共是九千九百九十五两四钱。这可是个天数啊！”潘师爷说过，面现难色，“案子好破，这钱，可上哪儿——”

“你是师爷，经的事多，那你说该怎么办呢？”王猴看着他笑。

“不兑现，失信于民；兑现，又谈何容易！”师爷皱起眉头，“再说，衙门里放这些旧磨又有什么用处呢？弄又弄不走，搬又搬不动。”师爷苦笑笑，“难道真的修文庙不成？”

“叫你说这磨一点儿用处没有了？”王猴一脸调皮。

“依不才看，用处——”潘师爷摇摇头，“真的不大……”

“嘻嘻嘻嘻，我让你看看。”王猴说过，轻轻一跃，跳上磨山，在上边闪、展、腾、挪，连做了几套把式，然后猛跳到潘师爷跟前，大声问：“这不是用处？”

潘师爷正看得津津有味，王猴一纵身猛跳到了眼前，惊慌中潘师爷急忙后退，一下子坐倒在石磨上。

“哈哈哈哈”，王猴大笑起来。“嘿嘿嘿嘿”，潘师爷也笑了。潘师爷笑过就不笑了，坐在磨上发愁：“这万把两银子到哪儿弄呢？小爷，您能给在下一个暗示吗？也让我夜里睡个踏实觉？”要说这钱，也轮不到潘师爷操心，不过，潘师爷神经官能症，一缠住哪件事，就再也绕不过弯来。

王猴诡秘地看了看四周，用手捣着身边的房子，小声说：“师爷你放心，这钱的事，不难！”

“啊？不难！”师爷翻眼看了看小爷，“你说不难？”

“不难！”王猴肯定得很。

“不难就好！不难就好！那我，能睡了能睡了！”潘师爷走了两步，忽然又停下了，“小爷，您还没给我个暗示呢？”

王猴伸出右手食指，对着周边又划拉一圈。

秀玉也在为钱发愁，吃完早饭，就拉住了王猴：“弟，听说师爷把账算好了？”

“嗯，一共是九千九百九十五两四钱银子。这个数字挺好记，结巴嘴走亲戚：‘舅、舅、舅，吾是’（九、九、九、五、四）。”

“你还有心开玩笑，‘舅、舅、舅，吾是’呢！这么多银子去哪儿弄啊？”秀玉看着他。

“哎呀，你发什么愁，车到山前必有路，有路就有银子来嘛！”

“弟，姐给你想个办法吧！”秀玉认真地说。

王猴老实了，故意伸着头听。

“干脆，谁家的磨谁还拉走，衙门里只付些运费。你想想，运费能有几个钱？”秀玉看着王猴，脸上露出了笑意。

“嗯，这也算个办法。”王猴笑着。

“再说，磨的问题也解决了，要不然，这些磨你弄它哪儿去？修庙？你还得再花一笔钱！人家还以为你真的梦见文曲星，非得用磨修庙呢！”

“嗯嗯。”王猴由衷地点头。

“怎么样？姐姐做个七品称职吧！”秀玉得意。

“你这主意，只能做七品，再升两品，你就不够格了！”王猴对秀玉做鬼脸儿。

“这么说，你有更好的主意了。不会让姐姐的首饰卖掉给你顶账吧？”

“哈哈哈哈，”王猴笑了，“姐跟着忙了三天，得不到报酬再卖了首饰，那不是想让娘打我吗？我可没有那样傻！”

“你说，真有银子了？嗳？能不能给姐说说，从哪儿来的银子？”

王猴趴上秀玉的耳朵。

“什么？衙门能卖钱？”秀玉大为不解。

王猴笑着跑到院里，高叫一声：“金拴，我们爬树！”

10

两人脱了鞋，刚要往上爬，一阵锣鼓声在衙前响起。“有人告状了！”金拴喊着，就想往外跑。

“不是告状。告状的不敲锣。”王猴说着，又要爬。

又一阵鞭炮声响起来，繁密得像炒豆。

“娶媳妇的！”金拴高喊一声，拔腿就往外跑，一下子撞进正往里走的老班长怀里。

“老爷，老爷！”老班长大声喊，“范福到和商会来给老爷送匾！”

“走，接匾去！”王猴说。

“猴哥，猴哥！把你的蛐子笼给我！”小妹撵着喊。

王猴不给，飞快地跑出院子。

范福到一身新衣，携侄子范修德和商会身着吉服的一行人等抬一面朱红长匾站在门口，匾额上洒金四个大字：

青天又生

一看王猴出来，众人一齐发喊：“青、天、又、生！”鼓乐齐鸣，鞭炮骤响。

礼毕乐止。年高的商会会长出列向前，对王猴深致一礼，两名英俊后生抬“青天颂”词从后边走出。

老者又致一礼，这才挺胸昂头，朗声高吟：

青天颂

乾坤朗朗，环宇荡荡，农人亦农，商人亦商，巍巍乎山之高，悠悠乎水之长，万千生灵之庇荫福地……

颂词未完，又一队锣鼓拥上前来。

“快，快看，又一家，又一家！”孩子们喊叫着，前去迎接。

这是一群乡绅耆老，虽然老态龙钟，但却人人精神个个矍铄。

两个年轻后生抬巨匾走在最前，蓝地匾额上书写着四个洒金墨字：

百姓父母

乡绅们看有人在前，站下来，自觉排在后边。只年迈的冯乡绅上前施礼。王猴接了，鞠躬致谢。两个后生闪身走出，展开颂词请乡绅朗诵。

“探花颂！”冯乡绅刚念了一句，就被王猴不客气地打断，“不念了不念了！老潘，都请里边坐吧！”

“哎，念念呗，人家费心写的……”老潘坚持着。

“不念了不念了！”王猴提高声音，“没事时我自己念。都请里边坐吧！”

“好好。”潘师爷走上前，对冯乡绅耳语，“老爷不想听颂词，老爷想听您老人家批评呢！”

众人闹哄哄地走进客房。两班子鼓乐没事干，各展奇巧，玩命似的对敲对打起来。这边是“将军得胜”，那边是“普天同庆”。这边是“王母设宴”，那边是“万国会盟”。县城的人们全来了，喊着唱着，把天上的行云都撵跑了。

王猴和众人分宾主坐下，左边是范福到等商会主事，右边是冯绍闻等社会贤达。王猴一坐下便批评："你们送这些干什么？净是虚东西。这得花不少钱吧？"

"老爷，这只是表示表示百姓们的心情，钱，倒花不了几个。比您买的磨便宜多了！"冯乡绅说。

众人笑了，齐说："那是那是，磨是大钱！"

"老范，你哥的事情办完了？"王猴说。

"办完了。"范福到答着，眼圈又红了，"多谢大老爷！我们找到沈三立，在丁岗集那个水塘里把我哥的尸骨找全，立即就装殓了。两年来，小人全家祖孙四代，夜不安寝，食不甘味，天昏地暗，水深火热呀！我爷八十四岁，老眼昏花了，全家上下都瞒着他。他一会儿喊福来，一会儿喊福到，一会儿福来、福到一齐喊。他喊谁，都是我应。我在老人面前装欢，全家人在背后流泪。今年年节，老人非要我们两人一齐给他磕头，我说哥去外地收账未回。老人听了，泪流满面。说，他知道福来外出未回。夜里，福来给他拜过年了！福来说，爷呀，我想您呀！我在水里冻得慌呀！他一定要我娘再做件厚棉袄，亲眼看着让福来穿上……"

王猴听得涕泪交流，不能自已。其他人也都被感动，一个个悄悄拭泪。

"大老爷呀，福来沉冤得申，凶手邪恶得除，生得以养，死得以葬。昭昭天理，全仰大老爷光大发扬！小人是商人，商人讲究信义。小人是商人，商人也讲究回报。我有一个请求。"

"说吧！"王猴拭拭眼泪。

"我知道，为我哥的案子，县里花钱买了不少石磨。这石磨，实为破案的道具，除此之外，无一丝一毫的用处。昨天晚上，办完我哥的事，我焚香祈祝，在座上打了个盹儿。梦见我哥垂泪而来，他拉着我的手，一定要我承担下这笔石磨钱。大老爷，不看生人面，请收亡人情。这笔钱，您、就让小人出了吧！”说着离开椅子，对着王猴跪了下来。

范修德听叔叔说着，一直垂泪不止。他看叔叔跪下，也慌忙跟着跪下。

“起来起来，起来一样说！”王猴说。

“大老爷！”范福到执意不起，“您答应下小人的请求，小人才好请我哥回家。哥在水里泡了两年，您就让我们兄弟俩早些回京吧！”说过又哭。

王猴听着，一咧嘴哽咽出声。

“对不起老爷，让您伤心了！”范福到叔侄还在跪着。

小妹躲在院里的树后边，偷眼看见王猴哭，连忙跑到前院喊哥。金拴正喂黑头吃豆饼。“哥，哥，我看见猴哥哭了！”

“不会吧？谁敢惹大老爷生气呀！”金拴停下手。

“真的哥，你快去吧！”

“中。”金拴把蛐子笼递给小妹，就往后院跑。王狗提一只彩瓷茶壶往屋里送水，金拴看见，连忙跑上去接住，进了客房。

王猴红着眼睛，对须发皆白的冯乡绅说了声“请”。冯乡绅拭了拭眼角，就从椅子上站了起来。他看着王猴说：

“老爷，为破这起案子，县里确实花了不少钱。办案花钱，古今皆然。按理讲，抓差办案的钱怎么着也不该受害者的家属承担。

可是，今天的事情别有因由：一为表全家谢忱，二为了死者心愿，范家叔侄要拿出这笔钱来为大老爷分忧，我看，老爷，您就给小老个面子，帮助范家叔侄了却了他们的心愿，让他们早日回家吧！”

“就是就是，老爷，您就答应了吧！”众人七嘴八舌地说着。

“那我就谢谢范先生叔侄，谢谢冯乡绅，也谢谢大家的抬爱！”王猴拱手谢了一圈儿，众人含泪鼓起掌来。

11

转眼到了兑钱的日子。一大早，衙门前就聚满了黑压压的人群，说实话，这些人也不是都来兑钱，大多是无事凑趣，看热闹的。

潘师爷先出来了，深一脚浅一脚，专提醒人们看路似的。紧跟着，是刘理顺和三个衙皂。几个人站好场子，潘师爷喊一声：“请老爷——”

王猴和金拴、小妹追着跑出来。秀玉和虹彩，王狗和老婆梁氏，也都跟着跑了出来。

“大老爷！大老爷！”人们喊着，忽地鼓起掌来。

“诸位安静，诸位请安静！”潘师爷伸开胳膊，示意大家停止说话。

众人止住话，齐扬头看着潘师爷。

“诸位，今天能给诸位兑现磨钱，全仰仗范福到先生……”潘师爷此话一出，就引起了下边一片的议论声。

“范福到？这名字挺熟啊！”一老者声音很高。

“不就是被害人的弟弟吗？被害人叫范福来，和范福到是双胞胎。你没看布告？大老爷办案还叫范福到充他哥哥呢！”中年人说。

“我说！这名字太熟了！村里说书的瞎子都编成戏文了。”老者说。

潘师爷继续说：“一斤石头半钱银。这是当时收磨的价钱。你们知道县里一共收了多少斤石头吗？一十九万九千九百零八斤！折合成银子该是多少呢？九千九百九十五两四钱！这是一笔大钱呢，县里哪有啊！大家知道，这收磨，实为让大家协助破案。范福到要拿这笔钱。范福到是受害人范福来的弟弟。按道理，案发在定平，抓差办案所需银两自然该咱定平出，咱定平再穷，也应该能承受起这笔钱。怎么说，也轮不到让人家受害人的家属承担。范家这两年受尽了苦楚，一家人食不甘味，夜不安寝呀！可是……”

一个身材魁伟的中年人在下边忍不住了，他伸胳膊往上举了举说：“这位老爷，小人刘老四有几句话要说行不行？”

众人齐扭了头看着刘老四。

“好的，请讲！”潘师爷伸手示意。

刘老四脸红了。“我是刘五屯村的刘老四，我的磨是二百四十斤，这有条。”他说着，往上举了举条子，“我这二百四十斤的旧磨一直放在我家的粪堆旁边，碍手碍脚的，我从来也没想着它还能给我换一笔大钱。大老爷破了案，抓住了凶手，我才知道县里边买磨的用意，我才知道我和我的磨都为查办凶手这件事出了力，说心里话，我高兴啊！”刘老四转脸向大伙儿，“咱是定平人，咱要让人家知道，咱定平有杀人的坏蛋，咱定平也有仗义的百姓！老爷呀，请您转告范福到先生，让他回去好好照顾他的老人孩子，好好照顾他哥的遗子，让孩子初一、十五别忘了给他爹烧纸上坟。范福到不该我磨钱。我的磨不要了，钱，我也不要了！”刘老四说着，举起手中的条子，撕个粉碎。

“我也说两句。”红脸膛的青年人学着刘老四的样子，也往上举了举手，“大老爷查办凶手，老百姓理应协助。如果我往县城里送一次磨，就能多惩办一个坏蛋，多一户幸福人家，就是天天往县城送，我也无怨无悔。老爷，我的磨钱也不要了！”青年人说过，撕了手中的条子，一扭脸就往外走。

“哎呀！一家一套破磨，穷不了，富不了！别难为范家了，我也不要了！”老者说。

“不要了，不要了！”众人喊着，纷纷撕着手中的条子。

“谢谢大家啊，谢谢乡亲父老！”王猴向大伙儿拱手作揖。

金拴和小妹也学着拱手。

“如果谁确有困难，请一定留下条子，我再给兑现。”王猴说过一扭脸儿对老班长说，“喊范福到！”

“来了来了！”范福到应着，携侄子范修德走上来。

“这就是范福到！”潘师爷介绍着。

范福到深深地弯下身子，和侄子范修德一起，向众人鞠躬：“谢谢诸位，谢谢诸位贤达，谢谢诸位义士！定平给了我们痛苦，定平也给了我们感激！给了我们脸面！我和我九泉之下的哥谢大家了！”范福到说着，拉过侄子：

“他叫范修德，是我哥唯一的儿子。修德，给定平的父老乡亲磕个头！以后只要是定平人走到咱家门口，不管是大人小孩儿，都是咱范家的上宾！”

范修德长跪不起，又哭起来。

“起来吧！起来吧孩子！”人们喊着。

范修德被两个老人搀了起来。

“老爷，小人还有两句话要说。”有人高喊。

众人齐扭头看去：还是刘老四！

“老爷，小人看衙门大院里堆一堆石磨终不是个事，小人前几天来卖石磨，一路十几里也没啥事，一进县城出了麻烦，坑坑洼洼的，把我的车轴折断了。依小人看，不如把这些石磨铺在衙门口这条路上，一来路平了，老百姓走着舒坦；再说，也让那些想作恶的歹人知道，只要做了恶事，别说天地不容，就是草木土石，也不会放过他们！”刘老四说得入情入理，大家一下子为他鼓起掌来。

“说得好！说得好！”范福到大声叫着，“修路架桥是积德行善的事，这钱，我一定要出！”

“鼓掌！大家鼓掌！”王猴大叫一声。

人们拼命地鼓起掌来。

12

当一千七百六十七扇各色石磨在三天不熄的鞭炮声中滚动到各自位置的时候，定平县衙门前的大街就彻底地铺成了。

当晚，王猴和他的伙伴们在新修的街上玩起了“闯阵”游戏。

这是一场战争模仿。两班儿孩子各占一边，拉紧手扯成一线，由自己的将军向对方叫阵。

这边的队伍里，王猴站在正中，他左边牵着金拴，右边扯着小妹。其他孩子冰糖葫芦似的串了很远的一串。“麦秸垛——”，金拴当了将军，扯着嗓子叫阵。

“扛大刀——”应战的是一个胖大孩子。

金拴：“您的兵——”

胖孩：“随俺挑。”

金拴：“挑谁？”

胖孩：“挑二梅。”

金拴：“二梅没给家。”

胖孩：“挑您的祸疙瘩！”

胖孩喊过，己方阵中冲出个结实男孩，向着对方“冲阵”。

“拉紧！拉紧啦！”王猴和伙伴们相互鼓励着。

冲阵的男孩被层层缠裹，成了乖乖的俘虏。男孩一转身变成这方主力，跟着向对方叫阵。

轮到这方冲阵了。“我去我去！”大家都争。“我去吧！”王猴喊着，向对方冲去。

“拉紧！拉紧啦！”对方使劲儿呐喊，想俘虏王猴。

王猴飞跑入营，一下子闯破了对方的阵线。

“挑！挑！挑一个最强的作俘虏！”金拴和小妹们大喊着。

潘师爷和老班长走过来，看见小爷还在游戏，就站着等他结束。孩子们玩得热闹，一时没有结束的意思。“先回吧，明天举行开通典礼，还得忙呢！”潘师爷说。“啊——”老班长打了个深深的呵欠。

新阳洒一地金辉，把刚铺的大街染成一条波光粼粼的长河，河流中那一千七百六十七块石磨，恰像一千七百六十七片或红或青或白或紫的偌大睡莲。市民们都知道今天举行通路仪式，新路的晨光里，除了闪闪的金沙的河流，没有一个人影儿走动。庄严的仪式之前，没有谁愿意破坏这气氛的神圣！

拦街的横幅已经扯起，上写着“定平县大磨街通行典礼”，一看就知道是冯乡绅的手笔。冯乡绅两年没写字了，说是手抖，可看今天这字，没一点儿抖的痕迹。

横幅边一张长书案，乡绅耆老们穿戴齐整，顺次坐在案边。桌旁一个戴凉帽的后生，晃动胳膊，一圈儿一圈儿地研墨，洒金的墨锭越转越短。街边楼上，两个青年人正往竹竿上绑鞭炮，长长的千足礼花从二楼直落到地。一街两旁的窗前、门后，隐藏了千万双眼睛，期盼的目光交相辉映。

衙门里，一身新衣的衙皂把轿子装饰一新，连轿帘都换成了紫红的颜色。可是，王猴不坐。王猴说轿硌屁股，坐上难受。他要走路。

衙门开启，四个衙皂手举“肃静”“回避”从偏门走出。这“肃静”，早些日子让王猴折断过，现在虽然修好了，看上去仍然显得不那么硬气。紧接着，王猴在潘师爷陪同下走出来。金拴、小妹紧随在后。大红的袍服太长了，他只能用手提着。

秀玉和虹彩，王狗和梁氏也都出来了，这么喜庆的日子，谁也不想错过。只不过，他们没有跟着王猴往外走，他们在衙前站住脚，静等远处典礼的热闹。

王猴心急，在小街上跑起来。他跑，金拴、小妹也跑。四个衙皂把虎头牌一横，也跟着飞跑。潘师爷就累了，他本来眼近视就不敢跑，现在看老爷跑，也就只好勉强跟着跑。没跟几步，鞋跟掉了，他想一边跑，一边提鞋子，没承想，跟没提上，鞋倒掉了。惹得街两边的人们哈哈大笑。

忽有乱哄哄的声音从前边传来，胡闹和李大个子紧跑几步，挡在众人面前，高喊着："不要喧哗！"

"我要请官府的老爷评评理，我家的斗，找了很长时间了，现在却跑到他们家去了！"山羊胡子的男人喊。

"胡说。我家买了多年，怎么忽然就成了你家的？真是见了鬼了！"这是一个方脸的男人。

"回避回避！今日是全县的大喜日子，不准乱吵！"老班长追了上来。

"再吵打板子！"吴二斜子威胁他们。

王猴和金拴、小妹一头汗水跑来了："怎么回事？"王猴停下脚。

众衙皂一看老爷问，一个个就都不再咋呼。

"老爷，"山羊胡子扑通跪下了，"小人家的斗，几个月前忽然不见了。小人还以为是让买米的人家顺手掂走了呢！今儿早上，忽然看见，这斗就在隔壁糖坊里，小人去要，他们不给，还说是他们家的，所以，就争吵起来了，望大老爷明察！"

王猴抬头一看，这是相邻的两个店铺，一个是米店，门前大写一个"米"字。另一家是做麻糖的，门口画一根长长的麻糖。

"大老爷！"方脸男人一声高喊也跪下了，"这斗，是小人三百文大钱买的，至今已经两年。今天早上，小人起来挖芝麻，让隔壁的看见，非说是他们的。望大老爷明断！”

“老爷，今天是通路典礼，大喜的日子，一个斗犯不着理它，等明天闲了再理不迟。斗不是吃食儿，一会儿坏了，也不是鸟儿雀儿，一会儿飞了……”潘师爷走过来，小声对王猴说，“人们都等着呢！”

“慢，我问了再去不迟！”王猴说过，不再理潘文才，“卖米的，你说是你的斗，难道天下就只有你家有斗，人家都不兴有斗吗？”

“大老爷，这真是我家的斗。天天使用，一看就知道。”山羊胡子一副理直气壮的样子。

“可有什么暗记儿之类的东西？”

“暗记儿倒没有。小人家的斗是用牛筋绳儿勒的，斗沿上有个小豁儿。因为这个小豁口，当时还少给卖斗的二十文大钱。小人的斗漆过，是用过一段后才漆的。小人的斗……”米店老板翻眼看天，想自家的理由。

“卖糖的，你家的斗可有记号？”

“有有，有记号。”方脸男人连忙应答。

“有什么记号，快说！”

老班长等四个衙皂看老爷问案，就都自觉站在两边，保持着在衙门的位置。

“小人的斗也是牛筋绳儿勒的。小人的斗上写有名字，‘糖坊刘记’，刘是小人的姓。大老爷，要说一个斗不值几个钱，可他当着众人这么一喊，就好像是小人偷了他的一样。斗，事小；名誉事大。”

“拿来看看。”王猴说。

胡闹上前把斗拿来，举着让王猴看，斗上果有“糖坊刘记”字样。

“卖糖的，本县再问你，你这‘糖坊刘记’是买来就写上的呢还是用了一段才写上去的？”

“回老爷话，是买来就写上的。”

“好吧，既然你们都有理，那就是本县我没理了。来人！”

“在。”众衙皂齐应。

“把斗拿来，让我亲自问问它，叫斗自己说它究竟是谁家的。”

胡闹连忙把斗拿来，双手递给王猴。

王猴举斗过头，使劲儿拍了两拍：“本县问你，你是糖坊的斗还是米店的斗？”说过，把斗靠近自己的耳朵。

斗无声音。

王猴又拍了两下。然后又放在耳边听了听。

看热闹的人都笑了，审鼓是因为里边钻了人，斗又钻不得人，看你如何审它！

王猴恼了，大喊一声：“看来这斗也敬酒不吃吃罚酒啊！来人！”

“在！”

“把斗放在地上，口朝上，底朝下，给我重重地打它十大板子，看它究竟说不说实话！”王猴厉声命令。

“是！”胡闹和李大个子两人上前，对着那斗，一五一十地打了十大板。

看客们一片的大笑声。

“不准喧哗！”老班长大叫。

人们强压住笑，看着往下进行。

“报告老爷，十大板子打完！”

“好，取过来，看看斗里究竟有什么东西！”

胡闹便把头伸了进去，睁大眼睛仔细看了一阵，说：“好像有、有米粒儿。”

“取一块净布来！”王猴又说。

“这这，这有！”早有邻街的商户隔人头递过来一块白布。

“把斗倒倒，让大家看看，究竟都是什么！”

老班长连忙上前把布展开。

胡闹把斗口朝下使劲儿一拍，一片细小的米屑掉下来。

“哈哈，证据有了！卖糖的，你的斗怎么藏有小米呀？分明是你要赖米行的斗了！还有何话，快讲！”王猴很得意。

“大老爷，小人的斗借给邻居家用过，米也挖过，面也挖过，里边什么东西不能藏！为什么独独藏几粒小米就说是他家的呢？”卖糖的不认账。

观众中就有人点头，称赞有理。

看着卖糖的，王猴笑了，说：“我还有别的方法可以再证明一回。来人！”

“在。”

“取一盆清水，拿一把刷子，斗上的字太脏，给它洗个澡。”

“是。”刘理顺应着，就要出去找水。

“来来，这里有。”旁边的店铺里就有人端盆水出来。

“给给，这有刷子！”外边又有人喊。

刘理顺接了刷子和水，就弯下腰，使劲儿刷那“糖坊刘记”。

卖糖的老板偷看一眼老班长。

“澡洗完了吗？”王猴问。

“回老爷，澡洗完了，字也没有了！”老班长大声应。

“这就对了！卖糖的，本县告诉你，斗上的字，要是一买来就写上的，用了几年，任你如何洗，这字是不会再掉。因为是先写上字后刷的漆。要是后来写上的，也就是说，先漆后写的，一见水，这字就没了。怎么样？这回服不服？”王猴说过，眼盯着卖糖的方脸男人。

“哎呀大老爷，小人真是服了！”卖糖的跪在地上，头也不敢抬。

“卖糖的，本来是应该打你几板子的，只是怕你们隔墙邻居，以后少不了舌头磨牙的会由此结下冤仇。记下这件事，以后不要再贪占小便宜就行了！”

“谢大老爷！谢大老爷！”卖糖的不住地磕头。

王猴又扭过脸来看着卖米的说：“这也不是个大事。我想，卖糖的自己有一个店铺，难道还非得昧下你一个破斗吗？想必是借得日久，你忘了讨要，他贪便宜久不归还。又怕被你认出失了和气，才在斗上写了个名字。再想必，他家急用斗时来你家拿了，时间长了不好意思奉还，也未见得。他不过是贪点儿小利，和翻墙越院偷人家东西的匪人有天壤之别，你不能说他是贼！”

“大老爷，您真是青天大老爷呀！小人去年借他的斗，用了些日子。本来就说还呢，两家的孩子怄了点儿气，婆娘们又拌了两句嘴，就生分了……都是小人的错！”卖糖的面现感激，大声说。

“你说这，小人也有错。因为个破斗，险些失了两家和气。大老爷，小人谢您老人家了！”卖米的也大声解释。

“嘿嘿，”王猴笑了，“快起来做您的生意去吧！”说过一扭脸，高喊一声，“放炮去了！”转身飞跑起来。

金拴、小妹和众衙皂也忙跟着跑。

13

猎猎晨风中，跑来了张牙舞爪的王猴等几个孩子。

众乡绅和范福到等人见了，忙上前去接。

“老爷，请！”

“老爷，请！”

“请请！”众人让着，把王猴让到了长案后的正位上。在他的旁边，右有冯乡绅，左有范福到。白发老者端了朱红的托盘走上来，托盘上端放着笔、墨、纸、砚文房四宝。老人恭恭敬敬地说：“老爷，请您老人家给新街题名。”

王猴犹豫一下。

冯乡绅探过头来解释：“老爷，这街道是您的功劳，理应由您给大街题名。这也是典礼的重要内容。”

“谢谢，那就献丑了！”王猴展开红色的洒金宣纸，拿起墨笔，在砚池里滚了几滚，高悬手腕，龙飞凤舞三个大字：

“好笔力！”众人鼓掌。

“现在由王老爷主持典礼！”冯乡绅高声宣布。

众人再鼓。

王猴前走几步，扯嗓子高喊：

“定平县大磨街经三天修整，现在可以开通了！开通——”

欢快的鼓乐吹打起来。潇洒的小伙儿鼓起腮帮，一口气就把唢呐吹到云彩眼里。“啊——”人们一阵欢呼喊叫起来。

“哪儿有炮？哪儿有炮？”王猴环顾四周。

“在那儿呢！在那儿呢！”后边的老班长忙指给他。

王猴从案后一跃，蹿到路上，伸手夺了一挂正燃的长鞭，顺大街往前奔跑。鞭炮炸着，王猴跑着，后边跟了一群拾炮的孩子，他们叫着，喊着，不时弯下腰抢着。

“大磨街开通了——”

“大磨街开通了——”

“猴哥！猴哥！让我放放！”小妹追着叫喊。

第九章 认钱

—*—

小白鸡，叨磨盘
一叨叨出个大铜钱
又灌油，又称盐
又娶媳妇又过年
——民谣

1

王猴爬院里的白果树，踩断一截枯枝，险些从树尖上摔下来，吓得秀玉哭了一场。王猴说他是故意踩的，故意踩的会挂烂衣裳摔青额头？王狗也吓坏了，自己罚自己跪了半天砖头。衙门里没意思，王猴想出去玩，下乡看景！他跟姐商量，姐还生着气呢，不去。他知道姐生气，姐是想用她的不去阻止他不去呢！姐比他大三岁，他一会走路，就是姐带他。又疼又管。从小到大，她（他）俩都习惯了。

"'暧暧远人村，依依墟里烟。'陶渊明都说好。去吧姐！"姐喜欢东晋诗人陶潜，他就用陶潜的诗诱惑姐。陶潜就是陶渊明。

姐摇头。

"'绿树村边合，青山郭外斜。'城里有什么意思！"他知道姐也喜欢唐朝诗人孟浩然，又吟了一句孟浩然的诗。

姐拭了拭眼睛。

男孩子长到十岁，正是逆反心理的萌生期，他看姐又想当家长管他了，反抗的热情一下子就高涨起来。你越是不去，我越是要去。“姐，你真不去？我可去了！”

秀玉也是个孩子，她也想去玩。不过她知道，她不能完全顺着弟弟来，他是个人来疯，越夸越张狂。她要用不配合给弟弟降降温。

王猴想起了金拴兄妹。他往外瞅瞅，空荡荡的院子直通到衙门口，屋瓦上的瓦松和青草亮亮地立着，像一群好奇的眼睛。“猴哥，猴哥！”小妹飞进了衙门院子。

王猴一愣，连忙跑出去迎接她：“金拴呢？”

小妹一口气跑到跟前，伸手拉住王猴的胳膊，神秘地说：“猴哥，我跟你说，前天咱从俺姑那庄——就是丁岗集啊——回来，俺哥就挨打了。俺爹说他光知道玩玩玩，就不知道干活。俺爹说：‘天天跟着我学杀猪择毛！再往外瞎胡跑，看我打断你的腿！’我说，爹，俺从水塘里摸出来一个死人！你猜俺爹怎么说，‘死人能吃吗？’”小妹学着她爹的口气。

王猴不觉地笑了。

“俺爹可厉害了，他老是打俺哥。哼！”小妹毫不客气地表示着她的不满。

“他打你不打？”王猴问。

“也打。不过，他打我时不下劲儿，只是做做样子。”

“为什么？”王猴不理解。

“为什么？”小妹往四下里看看，她看旁边没有人，就踮起脚来，趴在王猴的耳朵上小声说，“俺哥是俺娘带过来的。俺娘是后娘。不过，俺娘对我可好了，天天早上起来给我梳头扎小辫儿。俺爹对俺哥就不好，老是打他。他说我哥淘气，哼！”小妹说着，又哼一声。“猴哥，你给想想办法，让俺爹别打俺哥了，行不行？你是大老爷，又是俺哥的好朋友！俺哥说你是小诸葛亮，你神机妙算，你一定会有办法！好吧猴哥？”小妹抱着王猴的胳膊甩着闹他。

王猴就笑了，说：“我要是打你爹，你不恨我？”

“不恨。”小妹说过，又怕真把爹打重了，“不过，你不能让人打狠了。其实、其实俺爹还是很好的。他给俺买衣服，买粮食，还给俺哥做玩具。就是、就是他的脾气坏！猴哥，俺哥说，他今天就不能和你一块儿去玩了，让我来给您说说。啊！”她看着王猴，又问，“猴哥，你、你还出去吗？”

“出去出去！在县衙里有什么意思？憋死人了！”

“就是。哪怕出去让雨淋一场也比在家里待着强！你让雨淋过吗？凉快极了。”

“小妹，你跟我出去吧？”王猴问。

小妹摇摇头，说：“我爹不让我哥出去，就更不会让我自己出去了。‘女孩子家家的，天天在外疯啥哩！’我要是自己出去，他还怕人家说他偏心哩！”

“你个小人儿，哪来的这么多道理！”王猴笑着，刮一下自己的鼻子羞她。

“嘻嘻嘻嘻”，小妹笑起来。

“嘿嘿嘿嘿”，王猴也笑了。

“那，猴哥，我走了！下一次，我一定陪你玩，啊！”她忽然歪一下脑袋，做一个哄弟弟的样子。小妹这一歪脑袋是跟秀玉学的，秀玉劝王猴的时候，就是这样的口气和神情。她看王猴没说话，扭头就往外跑，和正往院子里走的老班长和胡闹险些撞上。

“哎，这丫头！”老班长惊叹一声。小妹飞快地跑了出去。

“老爷，今天……”老班长话没问完，就被王猴打断了：“今天咱下乡！”

“下乡？”胡闹下意识地看一下天说，“五黄六月，天气炎热呀！”

“炎热你不去！”王猴不高兴。

“我是怕老爷热，小人哪有怕热的！”胡闹自我解嘲地说。

“备轿！”老班长说一声，就和胡闹收拾轿子了。

“老班长，今天去哪儿？”李大个子走进来，大声问。

“乡下。”

“哪个乡下？”李大个子又问。

“大个子，你这叫孔夫子进庙——没（每）事问。究竟上哪儿，别说老班长，我看就是老爷自己也说不清楚！”胡闹小声说。

没人陪他，王猴又想到姐，他还想让她去。“姐，姐姐，你不是说你来定平就是陪我玩的吗？我又没给你丢人，你为什么不陪我去乡下？”

“我可以陪你玩，但我不能陪你爬树！不能陪你从树上掉下来！你把人都吓死了知道不知道？我告诉你，我要把你今天的事给我姑夫讲……”秀玉郑重地看着他说。

“将在外，君命有所不受。你讲我也不怕。”王猴说过，在屋子里转了一圈儿，口气软了下来，“姐，今天天气热，你可以不下乡，但是，你也不能告诉我娘我爬了树，更不能说我从树上掉下来。我不是掉下来，我是故意吓你们的。我不是怕我挨打，我是怕娘生气。我娘身体不好你知道吧？不过，你要真说我也不怕，我娘是你姑哩，我娘难受，你姑也好过不了！”王猴耍起无赖。

“羞不羞，羞不羞？”秀玉站起来要刮他的鼻子。

秀玉不去，秀玉嘱托了王狗。她也怕万一出点儿啥事。毕竟，十岁的王猴还是个孩子！王猴没人玩。王猴能玩的只有那只铁皮蛐子。

2

王猴不高兴。王猴坐在轿上，把官袍脱了坐屁股底下，掀了轿帘往外看。四个衙皂抬着轿，轿后跟着的是一声不响的王狗。

野外的气息刺激了蛐子，铁将军忽然兴奋地叫起来：嚯嚯嚯嚯……

王猴高兴起来：“老刘，颠颠轿！”他想看看蛐子对轿的感受。

“颠轿？”老班长有些不解。

颠轿不仅仅是抬轿表演，不仅仅是抬花样。如果仅此那也就意思不大了，颠轿还有个作用，就是惩罚坐轿的人。想想看，椅子大一个黑屋子里，众人抛上抛下地扔你，那该多难受啊！老班长怕小爷受不住，准备用一种温和的颠法：

“弟兄们，老爷让颠轿，那我们就唱起来颠吧？”老班长大声说。

“好——唱起来颠！”众人应着。

唱起来颠就是具有表演性质的颠，不剧烈。

老班长扯开喉咙：“我抬着个花轿走四方。”这是定岗腔，一人唱众人和，缠绕往复，肠子似的在肚子里转弯。独唱的唱的是词，和唱的唱的是衬词。“依儿哟，呀儿哟，呀哟呀哟一个呀哟！”

“一抬抬到那王家庄。”

三衙皂一齐又和：“依儿哟，呀儿哟，呀哟呀哟一呀哟！”

“王家庄有个王员外。”

“依儿哟，呀儿哟，呀哟呀哟一个呀哟！”

“他有三个好姑娘。”

“依儿哟，呀儿哟，呀哟呀哟一呀哟！”

蚰子不吭声。“没吃饭吗？使点劲儿！”王猴不满意。

“好哩！使点劲儿啊弟兄们！”老班长又唱，“头一个姑娘捏泥人。”

“依儿哟，呀儿哟，呀哟呀哟一个呀哟！”

“捏了个士兵会扛枪。”

“依儿哟，呀儿哟，呀哟呀哟一呀哟！”

“捏斜子，捏大个，捏一个胡闹会嚷嚷……”

轿被更大的幅度颠起来。王猴在轿里一尥一尥的，蚰子忽然叫起来。“哈哈哈哈，”王猴更开心，“再颠再颠！”

“老爷，怎么样啊？”老班长怕他受不住。

“我说老班长，你们有多大劲儿，就使多大劲儿，颠得好了，我今天请你们吃饭！”王猴又叫。

“好哩，老爷要请吃饭！”老班长大声说，“让老爷请吃饭啊！”四个衙皂应着，更使劲儿地颠起来。

人小轿轻，四个轿夫并不费劲地就把轿颠高了。王猴的头，一蹦一蹦地，把布做的轿顶子，拱得一鼓一鼓地高。虽然还是唱着颠，但明显是颠得厉害了。

“慢一点儿！听见没有，慢一点儿！”后边的王狗跑上来，大声喊。

“晕不晕老爷？”老班长又关切地问。

“颠吧，不晕！”王猴两条腿蹬住轿门，两只手抓住轿壁上的立木，整个身体悬空，任由几个衙皂颠。风吹轿帘，王猴看上去像只钻进笼子里还在拼命飞的鸟。蛐子又叫起来，像是有些害怕。

“怎么样老爷？”老班长大声又问。

“挺好！”王猴的话音未落，哪一声，头撞在了轿框上。“哎哟！”王猴大叫一声。

众衙皂停下来。

“哎哟！”王猴捂着头还在揉。

“叫你们慢一点儿没听见？逞能似的，越叫慢些颠得越快！”王狗生气地吵起来。

“老爷！”老班长还在陪着小心。

“怎么样少爷？”王狗软了声音问。

王猴一掀帘子从轿里跳下来，大声凶起王狗来：“吵什么吵什么！我是泥捏面揉的？钢筋铁骨，结实着呢，碰能碰坏？”王猴喊着，做了个练功的架式。“铁将军，叫一叫！”蛐子不吭声。

“老爷，老爷，天热，您还是坐里边吧！”老班长又说。

“好，把轿倒过来。我要倒过来坐！”王猴大声说。众衙皂一时不明白老爷的意思。“倒过来！”王猴做一个倒的姿势，“把轿头朝下，知道吗？”

“好好，头朝下！”老班长率先明白过来。众衙皂忍住笑，把轿倒过来。

王猴得意地看王狗一眼，又钻进轿里。

众衙皂在轿外走，他在轿里踩着轿框，一步一步地跟着学。

“怎么样老爷？舒服不舒服呀？”老班长问。

蛐子叫起来。

“舒服舒服。”

“得劲不得劲？”

“得劲得劲。”王猴应着，在里边乱动。

“坐好坐好，坐好少爷！”王狗走到旁边提醒。

王猴忽然喊一声：“停停！”说着跳下轿来，伸手抓住老班长的轿杆，“来，让我抬轿！你去坐上。弟兄们，一齐上肩啦！”

衙皂们你看看我，我看看你，不知道该不该执行。

“啊啊，没有说清，你们四个轮流坐，老班长先坐，胡闹第二。我给你们一个任务，不管谁坐轿，都得带上铁将军。我发现了，铁将军好坐轿。上肩吧！”王猴喊。

衙皂们仍不动。

“怎么，不听本县的话！”王猴火了。

“老爷，您稀罕抬轿您就抬着玩儿，坐轿，小人不敢！小人没这个命，坐上了一准儿头晕。摔下来事大了！您抬吧，我不敢坐！”

“啊坐坐！我让你坐哩。本县让你坐！”王猴不依。

“少爷，少爷！”王狗走上前要劝。

“没你的事老王，你又不抬轿。你不知道抬轿的滋味。我就是想让他们都坐坐轿。抬了一辈子轿，自己没坐过一回，这窝囊不窝囊？坐坐，老班长，我抬！”王猴又劝。

“小人不敢！”老班长往后退。

“坐！”王猴真恼了。

“坐吧坐吧，老爷想让咱都舒服舒服呢，咱就谢老爷不行了！别稀泥糊不上墙。”胡闹笑着。

“请，老班长刘理顺，上轿——”王猴喊着，把铁将军递过去，伸手就抓了轿杆。

“老爷？老爷？”刘理顺一脸苦瓜相。

王猴笑着，击掌以示鼓励。其他三人也都跟着鼓掌。

老班长痛苦万状般走进轿里。

王狗不高兴，抬轿是下人的事，大老爷怎么能做这下贱的活！翰林爷要是知道了，不打他王狗才怪呢！劝了不听那不是下人的错，该劝不劝那才是小人失职。王狗走上前拉住轿杆：“少爷，抬不得！”

“老王，你这就叫狗咬老鼠——多管闲事！本县在自己的领地，想干点儿什么还都得你管？去去！”王猴一挥手，“大家一齐抬！”

三个衙皂嘻笑着，一个个抬轿上肩，王猴个矮够不着，三个衙皂便弯下腰配合。弯腰抬轿，累不在抬轿在弯腰，不大一会儿，三个衙皂便都满头是汗。胡闹膝盖当脚，干脆跪下来抬。王猴不依了，

“你们都站直了抬！”三个衙皂一站直，王猴就只有举着胳膊了。

老班长哪敢坐啊，屁股挂住座沿，两手扒着轿门，好像这样大家都省力了似的。“老爷，我们自己互相抬行不行？您别折小人们的寿了！”

“好的！”王猴忽然攀住轿杆，一个翻身儿骑了上去。屁股当脚在轿杆上走了两趟，猛看见前边一棵大桑树，跳下来说，“你们自己抬着玩儿吧，我和铁将军去摘几颗桑葚吃！”

3

王猴和铁将军吃了桑葚，就看见不远处有个水塘。

水塘里捞出个范福来，这件事对王猴有刺激，一看见水塘，王猴就跑了过去。水塘里很干净，既没人打鱼，也没人洗澡。静静的水面扯起明丽的湖绸，安宁得像个大姑娘。大蛤蟆背一只小蛤蟆，蹲在岸边的泥窝窝儿里，一动不动地想心事。一只红蜻蜓追逐着一只绿蜻蜓，像是喜欢追又像是讨厌追，两只蜻蜓拧着弯子飞，终于追上了，绿蜻蜓背起了红蜻蜓，还是一个劲儿地飞。王猴想抓蛤蟆，蹑手蹑脚走过去。蛤蟆显然不想做这个游戏，在王猴伸手向前的时候，猛地把自己射向水中。两只蛤蟆八条腿，一蹬一蜷地游向远处。弄了两手泥的王县令，索性挖起一团胶泥，在岸边玩起来。

衙皂们歇在树下，四个人不寂寞，下地棋赌饺子。

王狗不放心，在王猴不远处悄悄地跟着。王猴知道他跟着，但他装着不知道。无遮无挡的阳光直射下来，涌起一股一股的溽热，王猴托起泥团，走向岸边不远处的一棵大树。

这是一棵砍头柳，粗大的树身托着上百枝胳膊粗的柳杆，荫翳着下边的三岔路口。热风似乎也受不了了，一齐跑到大柳树下乘凉。先有这棵柳树呢还是先有三岔路口？一到树下，王猴就想起了这么个问题。抬头看了看树，又扭脸看了看路。王猴的结论就出来了：肯定是先有了树，因为树大有荫凉，走路的人都想来树下消暑，时间长了，就成了路。顺此思路再看，就发现这个结论正确无比。因为三条路有两条都是弯过来的。

一群麻雀也来乘凉了，叽叽喳喳地争吵着很是热闹。王猴抠下来一蛋儿泥，对着树上掷过去。麻雀飞走了。王猴忽然就想上树。脱了鞋掖在腰里，抱了树干就往上爬。站树上往下看和站树下往上看真是大不一样。从下看上，天显得大，地显得小。从上看下，天显得大，地也开阔了许多。无边无际的庄稼地一片睡意。站着的谷子在打盹儿，歪倒的大豆在做梦，旗杆似的高粱庄严肃穆，像是单等着将军的一声号令便振奋起程……

麻雀们又来了，争吵着，追逐着，打闹着，快乐得像一群孩子。它们并不在意树杈上的王猴，风一样钻进树丛中。王猴折了根柳条，扎起一个泥蛋儿，对着树梢上的麻雀偷偷打去。麻雀不喜欢这游戏，轰一声飞起来，转眼便没了踪影。王猴折了一把子柳条，迅速编了个大大的帽圈儿戴头上。他怕还骗不住麻雀，又编了两个小圈儿套在两个脚上。随后，往树枝的稠密处一蹲，静等着麻雀再来。

麻雀没来，却来了一对母子。母亲三十来岁，背一个仨系儿篓子，儿子十一二岁，背一个独系儿草篮子。“娘，你说那人一定会来找吗？”娘儿俩来到树下，儿子先弯腰放下自己的篮子，转身又去接娘肩头的篓子。

娘擦一把脸上的汗，说：“你想，丢钱的人一定很急，买米啊，聘亲啊，他要是发现钱丢了，能不火烧火燎地找？”

“也是，钱丢了，谁不急呀！那咱就在这儿等？”儿说过，扭脸看着路上。

“就在这儿等！”

“他要是不来呢？”

“今天不来，咱明天等。明天不来，咱后天等。一直等他三天，真不来了，咱再想别的办法呗！”

“咱等他三天，那咱的羊吃啥呀？”

“嗳，咱边等边薅草嘛，能干等着？孩子，这是个善事，帮人的忙哩！行好不见好，终久跑不了。作恶不见恶，终久跑不脱。”

“娘，这我知道。那——那就等吧。”孩子说过，看一眼娘的草篓子，又说，“娘，咱数数吧，看看咱捡的钱究竟是多少？”

“是得数数，要不然，谁知道了，瞎说冒领，咱还说不清哩！”娘说着，就从草篓子里使劲儿掏出个白布袋子。

“一、二、三、四……”儿子把钱一吊一吊地排在一起，说，“娘，刚好十吊！”

“一吊一千个钱。十吊可不是个小数。赶快放起来吧！”娘说着，连忙往袋子里边装。儿子配合着撑开袋口。

树上的王猴听得真切，伸直脖子看远方，他也想让丢钱的人快点儿来到，自己不急了，也不耽误这娘儿俩的营生。

娘儿俩刚把钱装好，扎住袋口，几个扛锄头的庄稼汉子也来乘凉了。“大嫂，天都晌午了，还不回家啊？”

“大兄弟，不瞒你说，一早我带孩子出来薅草，在那边路上拾了十吊钱。”女人说着，伸手往捡钱的地方指了指。

“十吊！”那汉子惊叫一声，“那是老天爷可怜苦命人哩！大哥走两年了，也够您娘儿俩苦的了。十吊不少，收起来，准备着给囤儿娶媳妇吧！”

“就是就是，”旁边的人也说，“又不是偷的，咱捡的！来找，给他；不找，咱花。怎么着，还非得让孩子饿着肚子在这儿等？”

“就是。人，当然得做好人，也不能好过头了是吧！”又一个男人说。

囤儿娘给大伙笑着，一脸的歉意：“是哩是哩，我再在这儿等一会儿，人家不来了，咱就走。天热，反正回去早了也没事。”一回头，又对儿子说，“囤儿，你回去吧。天一明就起来了，铁人也得饿！”

儿子不走，说：“娘，等一会儿咱一块儿走吧！”

这群汉子刚走，一对父女来到了树下。“大婶，您怎么不回家做饭呀？天都晌午了。”女孩子快人快语。

“俺捡了十吊钱，俺娘说，丢钱的肯定很急，俺在这儿等等。”囤儿说着，指了指娘身边的白布袋子。

“大妹子，善行啊！”老头称赞着。

“十吊可不少。这人也是，恁些钱丢了也不知道。”姑娘说。

“人一天三迷，不知道啥时候就迷了！”爹接。

“嗳，那人是不是来找钱的？”男孩儿眼尖，伸手指向不远处。

众人顺着他指的方向看去，果见一个男人低着头，像一只嗅味的狗一样，在地上寻找着什么。

“可能可能，你看他那样子，就像个找东西的。”姑娘说。

“要是他丢的东西就好了，咱也该回家做饭了！”囤儿娘说着急忙站起来。

那人越来越近了。“嗳，爹，那不是东庄的二坏吗？好赌钱那个？”姑娘说。

“怎么不是，你四大娘的娘家侄儿。”爹说。

“二坏，找啥哩？”老头儿问。

“不找啥。”二坏神秘兮兮的样子。

“不找啥？那怎么跟个狗样，老在地上闻啊！”姑娘笑着说。

二坏来到柳树下，长叹了一口气：“这人要是晦气了，喝凉水塞牙，放屁砸破脚后跟，称四两小盐也得生蛆！”

“怎么了二坏，说得恁邪乎？”老头儿问。

“怎么了？昨天晚上，我在陈笆斗家赌钱，赢了十多吊钱。”

“赢十多吊？那你不该盖楼了，怎么还晦气啊？”姑娘毫不客气地揶揄他。

“唉，姑娘啊，你是有所不知！我拿出那些零钱，请赌友们吃了一顿，还剩下整十吊，我用个布袋子一装，扛在肩上就往家走。十吊钱啊，沉着呢！千不该万不该是不该喝多酒。喝多酒啥味儿呢？腿像棉花样，头像笆斗样，走像驾云样，感觉像爷样。怎么走的怎么睡的你啥都不知道。刚才我一觉醒来，哎，我怎么在家里呀！啥时候回家的，怎么着回家的，我一概不知道。你说，这酒喝多了，有啥好处？刚才我起来洗脸，刚撩了一把水，啊！我忽然想起来昨天晚上赢的那十来吊钱哩！一下子出了一身冷汗。这一段，我是天天输，天天输，欠了一屁股两肋骨条儿净是账，我是没老婆，要有，也早该输给人家了！才说赢了十几吊钱，又让我丢了！唉，我拿什么还账啊我！非得把俺爹娘的坟地卖了不中吗？”二坏说着，眼泪就不知不觉地出来了。

“就是，你丢半天了，上哪儿找去！”老头儿故意“激”他。

“我说，你还是再喝点儿酒吧，‘腿像棉花样，头像笆斗样，走像驾云样，感觉像爷样’，多好！”姑娘也故意气他，“昨天夜里你都丢了，哪个善人还会捡了钱不走，专在这儿等你？我看你是丢定了！”

“谁说不是哩？唉！唉唉！”二坏连连摇头，“看来，我赌认倒霉了！”说过，又拭眼泪。

“二坏，你真的丢了钱？”囤儿娘问他。

“唉，忙得不得了，谁还会没事找事呀！我、我，还不上账，我就、我就得上吊了！丢十吊钱，还不值得吊一回？值得！”二坏说着，又擦眼睛。

“二兄弟，你别哭，我捡了一袋子钱。”囤儿娘笑微微的。

“就是，俺捡了十吊钱。”囤儿更实诚。

“真的？真的？”二坏两眼放光。没等他娘儿俩回答，他马上又说，“这不可能！这么长时间了，有十袋子钱也早让人捡走了，谁还会专在这儿等我不成？大嫂，您别给您这个苦命的兄弟开玩笑了！唉！我知道我没有福，可不知道我没福恁狠！唉——唉唉唉唉，我、我真是苦命啊！才赢俩钱……看来，我是非得上吊了呀！”说着又抹眼睛。

“二兄弟，二兄弟你别哭，俺真的捡了十吊钱！”囤儿娘不想让他再伤心。

“真的？不是诳我的？”二坏瞪大一双牛铃眼。

“不是诳你的。看！”囤儿娘说着，就把那袋子钱从仨系儿草篓里掂了出来。

二坏一看，眼睛里伸出手来：“哎呀大嫂子，您真是观音不死，菩萨再生啊！我、我给您磕头！给您磕头！”二坏一把抢过钱袋子，抱着，就给大嫂磕起头来。

“二兄弟，我看你以后也别赌钱了，光见赌输了上吊的，没见过谁家赌钱赌发家了……”囤儿娘劝他。

“那是那是。大嫂子，你良言一句三冬暖，兄弟我以后再不赌钱了！我、我我，我给嫂子您当牛做马……”

“二坏呀，别当牛做马了。你要是有良心，就拿出一半来给人家拾家。人家娘儿俩从早上拾了钱，就在这儿守着，到现在晌午过了还没有回去吃饭，就是专等着你哩！你想想，人家孤儿寡母的，要是拾起来一掂走人，你不是啥也落不着？上哪儿找去！”老头儿对着二坏就是一阵子教派。

“二兄弟，你看看，一共是十吊钱，你数数少不少？”囤儿娘看着他说。

“不用数，不用数，我一掂就知道不少！”二坏掂着就要走。

“你还是数数吧，当面点钱不为丑。”囤儿娘坚持着。

二坏犹豫了一下，嘴里应承着：“中中，我数数。”就打开钱袋子，一吊一吊地往地上摆。钱数完了，整整十吊，一串不少。

“二坏，数了半天，一句排场话都没有？”老头儿有点儿不快。

“还排场话哩！我想起来了，不是十吊，是十五吊！你想想，我赢三瞎子五吊，赢黑脸儿八吊，还赢狗屎……”二坏皱着眉头，做出回想的样子。

听他这一说，人们可炸窝了。“二兄弟，我跟你说。就是十吊啊，我和孩子捡了，就没敢动身！你看看，大夏天哩，穿的衣衫单薄，谁也不会再拿下几吊放起来！我要是真的想要你的钱，你想想，俺还会早饭不吃在这儿傻等到中午吗？”大嫂说着，就摊开双手，让大家看。

“就是十五吊，大嫂子，少了少了罢嘛，我又不怪你，自认倒霉算了！”二坏说着，掂起钱袋子就走。

“啊！哪有这样的事，你一分钱不拿，还说少了几吊！”老头儿生气地说。

“说不清楚不能让他走！”姑娘也喊。

囤儿娘气得掉起泪来，一句话也说不出来。

二坏一听大家的话，扭脸走得更快了。

“站住！”一直在树上隐蔽着的王猴，柳条帽子柳条圈儿，从上面一跳而下，对着往外走的二坏大喝了一声。

二坏本来就心虚，猛听见一声断喝，下意识地就站了下来。当他一扭头，发现是个男孩儿时，胆子忽然大起来。他站住，大声说：

“站住就站住，谁还怕你个小孩儿不成？”

树上跳下来个孩子，大伙儿都吃了一惊。闹活半天了，谁也没想着树上还有个孩子哩。全都定定地看着他。

王猴一踢腿，把脚上的柳条圈儿甩掉，大喝一声：“你回来！”声音洪亮，气势夺人。人们不禁一愣。

“你以为你是谁家的孩子？管得了二爷我？哼！”二坏不听，转身就要走。

“别管谁家的孩子，叫你回来你就得回来。回来！”王猴双手叉腰，威风凛凛。

“二爷就不回。我看你能把二爷的球咬了？驴头！”二坏骂过，一转身背了钱袋又走。王猴跑上前，伸手捉了钱袋，猛一下拽到手里，嘴里骂着：“你才是驴头呢！”

“给我的钱袋！你给我的钱袋子！你给不给？”二坏指着王猴，大声威胁。

“你的钱袋？梦想！”王猴不给。

二坏大恼，对着王猴就是一拳。

众人急了，大喊：“孩子！”

王猴轻轻一闪，躲过拳头。

“孩子，孩子！你是哪里来的？他是个无赖，赌徒，你不要和他争！”老头儿大声喊着。

二坏更恼，做一个饿虎扑食，再抢钱袋。

王猴不动，笑等他来到跟前，一闪身再次躲过，顺势在二坏的后背砸一钱袋。二坏踉跄几步险些栽倒。众人笑起来。两次没得到实惠，二坏着实火了，哇哇叫着，再挥双拳砸向王猴。王猴这次没躲，他定定地站着，看二坏的双拳到了眼前，拿钱袋轻轻一抡，“哎哟！”二坏抖着手叫唤起来。“怎么样？回来不回？”王猴笑微微地站着。

二坏哎哟着退到姑娘旁边，猛一下抢了姑娘的锄头，叭地操在手中：“把钱袋给我！”

“给我的锄头！你给我的锄头！”姑娘喊着，上来想夺。

“孩子，快跑！”老头儿大声地喊他，扭脸又喊二坏，“他一个孩子家，你千万别打！”

王猴不跑，凛凛然站着，大声地命令他：“放下！把锄头放下！”

“王八蛋才放下哩！”二坏骂着，挥起锄头抡向王猴的脑袋。王猴不恼。王猴退到柳树边，以树做依托，和二坏捉迷藏。二坏左打，王猴右藏。二坏右打，王猴左藏。钱袋子在王猴手里呢，王猴不急。二坏急得怪叫，但就是抢不到手里。众人怕孩子吃亏，叫着，吵着，追着，求着，齐围着柳树跑。不同的是，二坏和王猴跑动的是小圈儿，跟着跑动的众人转的是大圈儿。粗大的柳树成了众人散发激情的场所。

二坏累坏了，张着大嘴喘气。王猴还不过瘾，招着手让他再追。二坏不追了，喘着粗气搞理：“你为什么抢我的钱？”王猴举了举钱袋：“这是你的钱？这是你抢的钱！”“这就是我的钱，我丢的钱……”二坏边说边往王猴身边凑，他想趁王猴不注意时去抢。王猴故意装作不知道，单等他过来。只剩下一锄头的距离了，二坏还在搞理。姑娘绕着树悄悄地走过去想抢二坏手里的锄头，二坏显然觉察到姑娘的意图，他趁姑娘未到之际，猛挥起锄头砸向王猴。

“小心！”众人大喊，都为王猴的安全着急。

王猴一躲，锄头落地，王猴伸脚踩住，说了声：“歇歇吧你！”抡起钱袋子砸向二坏的额头。“哎哟！”二坏晕了，晃晃荡荡地靠在了树上。

“怎么样？你还走不走了？”王猴得意地看着他。

4

王狗偷偷地跟着王猴，既不能暴露目标也不能寻找荫凉，阳光下晒得头晕。他看少爷爬了树，树身不高，树头又大，想着一时也不会有什么事，就悄悄地回到衙皂们坐的树下。“天生做官的料，好管百姓的事。看见地里有一群做活的人，又去问事了。”王狗粉饰着小主人，又问，“来几盘了，胡闹？”“三盘。”“战况如何？”胡闹一脸坏笑：“头一盘儿我没赢，二一盘儿他没输，三一盘儿我说和了吧，他不愿意。”王狗禁不住笑起来。

衙皂们又下了几盘，靠树打盹儿的王狗猛醒过来，正听见远处有吵闹的声音。“不好，有事！”王狗喊着，抹着口水就往柳树下跑，众衙皂抬了轿，跟着也跑。他们来到树下的时候，正看见二坏的锄头抡向王猴。

“哎哟少爷！”王狗脸儿都吓白了。

“老爷！老爷！”衙皂们也都高声喊着。

“啊？”乡民们一见这阵势，全傻了。

“这是大老爷？”姑娘下意识问出口。

“噢！”老头儿惊得合不拢嘴，“就是审鼓、问驴、收石磨的那个大老爷吗？”

“舔屁股，舔屁股……”拾钱的男孩儿高兴得话不成语。

“来人！”王猴大喊。

“在。”衙皂们放下轿，应着。

“把二坏带上来。本县要问！”

“二坏？谁是二坏？”老班长四下里看着。乡民们哧哧地笑起来，齐伸手去指。胡闹和李大个子走过来，抓了二坏，按倒在地上。

王狗连忙去轿里拿出袍服给王猴穿。王猴推开王狗，站着审问。

“我丢了钱，人家捡了又给我了，你们为啥要带我？”二坏跪在地上叫。

“为啥？还不是因为你打大老爷！嗨，你可打着家了！”老头儿大声说。

“不对！”王猴摇摇头，“本县带你上来，是本县要问你的官司！”

“官司？小人没官司啊！”二坏瞪着眼。

“那位民妇，你捡了十吊钱，二坏说是他丢的，你是不是给了他？”王猴问。

大嫂连忙跪下，回答说：“大老爷，您在树上看着哩，您一切都明白。真是我捡的，二坏说是他的，我就给了他。可是，他说他丢了十五吊钱。大老爷，我和孩子早上起来到地里薅草，在路边捡了这一袋子钱。俺想，拿钱的人都是有事，钱丢了，不知道该有多急哩，就坐在这里等，没想到，等出了这一场事来！”

“这么说，您捡的真是十吊了？”王猴又故意发问。

“大老爷，真是十吊！若有一句瞎话，民妇服刑坐牢出苦力，决不会有半句怨言！”

“老爷，真是十吊！”儿子站在娘身边，声音朗朗。

“孩子，快跪下，这是大老爷！”娘喊着，伸了手拉儿子。儿子忙跪下来。

“二坏，你说，你丢的究竟是十吊还是十五吊？”王猴又问。

“十五吊。”二坏不改嘴。

“啊——”王猴扯一个长腔，把头转向大伙儿，“我明白了，二坏丢的是十五吊，这位民妇捡的是十吊。可见，所捡并非所丢。所丢也并非所捡。本县判决如下：民妇所捡十吊钱，暂由民妇收管。二坏所丢十五吊，由他自己再找！”

“好，好好！”老头儿和姑娘等人都禁不住拍手。

“退堂！”王猴喊一声，转身要走。

“老爷，老爷！那十串钱真是我丢的呀！”二坏赖在地上不起来。

树下的人越聚越多。一个推着独轮小车的男人走过来。这人五短身材，一脸呆相，光膀子光脚，勾着个脖子瞅脚下。一见人多，又有人跪着，不自觉就停了下来。

“有什么证据？”王猴扭脸问。

“我的钱有记号！”

“有记号？有什么记号？”王猴走回来。

“我的钱是麻绳穿的！”

“还有什么记号？”

“都、都都，都是方孔！”二坏又要赖了。

村民们笑了。老头儿说：“哪儿的铜钱不是方孔？”

“还都是铜的呢！”姑娘又接上。

“你们、你们怎么胳膊肘往外拐？”二坏对着众人吵。

推车子的男人听见说钱，便放下车子，伸了头往地上一看，禁不住一声大叫：“哎哟娘呀，这是我的钱！”

人们听见，齐把头转来看他。

那人也顾不了许多，扑通一声跪倒在地，大叫道：“大老爷，这一袋子钱是小人的！”

“嗯？钱不多，事倒蹊跷。报上名来！”王猴一惊。

“小人李才，是本县李家庄人氏，只因家贫无粮，小人就借了十吊钱去东乡推粮食。昨天夜里，小人想赶些路，趁着夜色多走了几里。小人胆儿小，夜里走路，老听见身后头有人跟着，我想，这人是想抢我钱的吧，就推了车子拼命跑。脚高路低的，钱丢了也没发现。等天明，我一看钱没了，我想，我怎么恁没成色呀我，就想一死了事。再一想，家里还有个娘哩，小人死了，娘还指靠谁哩！可我还是想死，见一口井，我就犹豫一阵子，见一口井，我又犹豫一阵子。这样走着看着，十几里的路，我看了几十口井，也就走到了这时候！”说着，泪流满面。

“你的钱上有记号吗？”王猴问。

“有记号有记号，小人的钱上有记号！哪一吊钱上都有一个小豁口。俺娘说俺没成色，怕有人赖俺的钱，就悄悄地用小锯在钱串上都轻轻地拉上一溜儿小豁口，做个暗记儿。老人就是经的事多，看看，今天还真应上了吧！”那人说着，一时哭一时笑的，把人们也都说得喜一阵悲一阵的。

“打开看看。”王猴又说。

胡闹走上前，把袋子一抖，十吊钱掉了出来。胡闹拿起一吊仔细地看过，放下，又拿起一吊看，嘴里说着：“不错，吊吊都有豁口！哎呀，这家人家还真细法哩！”

二坏听李才讲钱，知道不好。三十六计，走为上计。猛爬起来就跑。谁也没料到他会有这一手，王猴大叫着：“快快，把他给我抓回来！”

一时，众衙皂和二坏在地里展开了短跑竞赛。二坏仗着地形熟，在地里东拐西藏。四个衙皂哪见过这种审着审着跑了的事，气得不行，也是志在必擒。众人都伸了头，喊着，给衙皂助威。

二坏终于跑不动了，又被拧住胳膊捉回来。李大个子和吴二斜子把他按在地上，再听大老爷发落。

王猴嘻嘻地笑了，说：“二坏，还跑不跑？你一个赌鬼，让你跑你也跑不快！嘻嘻。”

二坏不答。二坏趴在地上大口大口喘粗气。

“二坏，不是你的钱，你为什么说是你的钱？嗯？给本县说说心思！”

“我没钱，我听下晌回去的人说，大嫂拾了一个白布袋子，里边装有十吊钱。我就冒充丢钱的人前来领钱，我、我没钱，我想要钱！我啥都不亲，就亲钱！”

“嘿嘿，可你为什么要把十吊说成十五吊呢？”王猴又问。

“那个老家伙说要我分给拾钱的人一半钱，我不想分，就多说了五吊！我想那五吊，就算是我给拾钱的大嫂分的！”二坏倒还坦率。

“无赖！无赖！真真一个无赖！”老头儿大声说。

“大老爷，小人服了！小人再也不敢耍赖了！”二坏使劲儿磕头。

“真服了？”

“大老爷文武双全，小人真服了！”

“本县原想打你四十大板，只因你知罪服输了，那就减为二十板子吧。来人！”

“在！”

“打二坏二十板子！”

“回老爷话，没有板子！”老班长回答。

王猴脱口而出：“没板子，那就用鞋底子！”

众衙皂听了，脱下脚上的鞋，对着二坏的屁股使劲儿抡起来。

王猴看着打完了，就指着跪在旁边的拾钱大嫂对李才说：“李才啊，这位拾钱的大嫂，早上拾到你这十吊钱，就带着儿子在这棵大柳树下等。你看看，现在太阳都往西斜了，她和她的儿子还没有吃上早饭哩！李才，还不快向这位大嫂和孩子表示谢意！”

李才往前爬爬，对着大嫂磕了一个头。一转脸，又爬爬，对着她的儿子也磕了一个头。

大嫂子一看，忙喊儿子：“孩儿，快跪下！”那孩子听了，慌忙又跟着跪下。

李才磕完，挺起身，涕泪交零地说：“大嫂子，您就是李才的救命恩人！我一辈子没成色，不知道咋着感谢您，这十吊钱，我给您五吊，算是我对大嫂子的一点儿心意！”

囤儿娘一听，泪就出来了：“大兄弟，你也是不容易。出门在外，谁能保证没个闪失呢！俺从早上等到这个时候，是怕丢钱的人急，想让丢钱的人快点儿找到，哪想着得人家的谢钱呢？你谢俺的情分俺领了，这五吊钱，怎么着俺也不会要！”

“大嫂子，您要是不要，李才我今天就不起来了！”说过，就跪在大嫂子跟前，一动不动了。大嫂子感动地一笑，说：“大兄弟，您说到这儿，这钱我就不能不接了！”

“娘，不能收！”儿子喊着，往娘身边爬爬。娘对儿子笑笑。

众人听她接受钱，也都面现轻松的神情。

看着李才，大嫂子说了话：“大兄弟，这五吊钱就算我收下来了。现在，我再托你把它送给恁家老太太，她老人家一生操劳，生儿育女不容易，到老了，还不能心闲一会儿！大兄弟，你还是赶快去推粮食吧！天下的穷人，谁还有不让人帮的理呢！大兄弟，去吧，路上多操点儿心！早点回去，让恁娘早睡个安生觉！”

“二坏，听见没有？看看人家那心，再看看你那心！”王猴感动地说。

“大老爷，二坏一定学好，一定学好！”二坏腚高头低又磕下头去。

“咱县有大嫂子这样的人，那是咱县的荣光。老班长！”

“在。”

“拿纹银五两，赏给这位好心的大婶儿！记住，什么时候也不能让好人吃亏！”

老班长连忙拿出银子，双手交给大嫂子。

在场的人们鼓起掌来。

“谢大老爷——”李才跪着喊一声。

“谢大老爷了——”囤儿娘和囤儿也跟着喊。

王狗悄悄地走到王猴跟前，小声说：“少爷，天不早了，咱该回府了！”

“嗳？这么好的风光，我想多看看！”王猴说着转身欲走。

“是啊，让老爷多看看俺定平的乡间美景啊！”老头儿大声说。

王猴停住脚，大声纠正老人：“不是‘俺’，是‘咱’！”

白日当午，绳子似的乡间土路上，红顶官轿翩翩地舞动着。众百姓站在粗大的柳树下，目送着那红点儿渐行渐小，消失在一片茂密的田畴。